Aus dem Amerikanischen von
Violeta Topalova

ARCTIS

*Für Dougie, der meine Hand hält,
damit ich mich nicht verirre.*

1

ANFANGSDOSIS: 0,5 mg. Adam Petrazelli, 16 Jahre, nimmt an der klinischen Studie für ToZaPrex teil. Er beteiligt sich nur widerstrebend an den Therapiesitzungen. Kommunikation ausschließlich nonverbal. Nicht ungewöhnlich, wenn man seinen Widerstand gegen den therapeutischen Aspekt der Medikamentenstudie bedenkt.

15. August 2012

Mein erster Arzt hat gesagt, es sei ungewöhnlich, dass die Symptome sich schon bei einem so jungen Menschen manifestieren. Bei männlichen Patienten wird Schizophrenie für gewöhnlich erst im Alter von Anfang bis Mitte zwanzig diagnostiziert. Ich weiß noch, dass ich dachte: *Na toll. Scheiße, ich bin was ganz Besonderes.*

Wahrscheinlich dürfte ich in diesen Einträgen eigentlich nicht fluchen.

Scheiße.

Aber Sie haben mir zugesagt, dass die Einträge vertraulich behandelt und niemals gegen mich verwendet werden. Also kann ich meiner Meinung nach hier so reden, wie es mir passt. Und ich werde mir auch nicht den

Kopf über grammatikalische Feinheiten zerbrechen. Ob man einen Satz mit einer Konjunktion beginnen darf und so. Wenn dies hier wirklich, wie Sie es ausgedrückt haben, »ein sicherer Ort, um mich frei auszudrücken« ist, dann werde ich alles, was mir durch den Kopf geht, genauso aufschreiben, wie es mir durch den Kopf geht.

Ihre Fragen werde ich beantworten, aber nicht während unserer Sitzungen. Ich mache das hier, denn auf Papier kann ich mir das, was ich geschrieben habe, noch einmal durchlesen, bevor ich es Ihnen in die Hand gebe. So kann ich selbst bestimmen, was Sie sehen, und es vermeiden, etwas zu sagen, das vielleicht ein Anlass wäre, mich aus der Medikamentenstudie auszuschließen.

Wenn ich mit jemandem rede, sage ich nicht immer exakt das, was ich wirklich meine. Und da es unmöglich ist, einmal ausgesprochene Worte wieder runterzuschlucken, rede ich lieber gar nicht, wenn möglich. Damit müssen Sie eben klarkommen.

Aber ich verstehe, dass Sie Fragen zu meiner Krankheit haben. Wenn Leute davon erfahren, haben sie ab dem Moment kein anderes Thema mehr. Sie wissen wahrscheinlich, dass meine Mom und mein Stiefvater Sie ausgewählt haben, weil Sie viel Erfahrung besitzen.

Und ich muss zugeben, dass Sie ziemlich cool geblieben sind.

Nach nur ungefähr zwei Minuten bleierner Stille haben Sie mir einen Block gegeben und mich angewiesen, meine Antworten nach unseren Sitzungen aufzuschreiben, wenn ich nicht mit Ihnen reden will. Und das will ich wirklich nicht. Natürlich werde ich alles dafür tun, dass es mir besser geht, daran liegt es nicht. Der Grund ist, dass ich nicht hier sein will. Genauer gesagt will ich nicht, dass das hier real ist. Ich würde die Therapie gern genauso behandeln wie all die anderen Dinge, die ich lieber ignorieren möchte. Als würde sie nicht existieren. Eines weiß ich nämlich jetzt schon: Diese Sitzungen werden rein gar nichts bringen.

Aber das Medikament vielleicht.

Sie haben mich gefragt, wann mir zum ersten Mal aufgefallen ist, dass irgendetwas nicht ganz normal war. Ab wann es sich verändert hat.

Am Anfang dachte ich, es liegt an meiner Brille. Nein, Brille ist doof. An meinen Gläsern. Das Wort gefällt mir viel besser.

Ich habe sie bekommen, als ich zwölf war, weil ich ständig die Augen zusammenkniff und meine Mom damit verrückt machte. Dr. Leung ist der einzige Arzt, den ich wirklich mag, weil er eine ziemlich einfache Lösung für ein großes Problem gefunden hat. Gläser. Problem gelöst. Ich konnte wieder sehen und meine Mom war glücklich.

Aber das war auch der Punkt, an dem mir klar wurde, dass ich Dinge sah, die für andere nicht sichtbar waren. Ich war stets der Einzige, der den Kopf herumriss oder die Augen zusammenkniff, um etwas besser erkennen zu können. Alle anderen schauten nicht etwa die Vögel an, die durch das offene Fenster hereingeflogen kamen, oder die seltsamen Leute, die auf einmal im Wohnzimmer standen. Sie schauten nur auf *mich*. Also hörte ich auf, meine Gläser zu tragen, und sagte meiner Mom, ich hätte sie verloren. Eine Weile funktionierte das und ich konnte so tun, als sei alles in Ordnung, aber irgendwann kaufte sie mir so viele Exemplare, dass ich keine Ausrede mehr hatte. Ich war geliefert.

Lange Zeit erzählte ich ihr nichts von den Dingen, die ich sah. Sie hatte gerade erst meinen Stiefvater geheiratet und die beiden waren sehr glücklich. Ich sagte es ihr erst, als mir keine andere Wahl mehr blieb. Meine Rektorin rief bei uns an, und nachdem Mom aufgelegt hatte, schaute sie mich an, als sähe sie mich zum ersten Mal.

»Mrs. Brizeno sagt, du hättest im Chemielabor nach oben geschaut und dich dann schreiend zu Boden geworfen.« Ich weiß noch genau, wie ruhig sie war. Meine Mom hat eine Art Jedi-Tonfall drauf, mit dem sie dich einlullen kann, wenn sie Informationen will. »Was hast du denn dort gesehen?«

Ich antwortete nicht sofort. Zuerst nahm ich meine Gläser ab und versuchte, so zu tun, als sei sie nicht da. Als habe sie sich nach ihrer Frage einfach in Luft aufgelöst. Ich bin ziemlich gut darin, mir solche Sachen einzureden, aber diesmal war es schwierig. Sie stand einfach vor mir und wartete auf meine Antwort.

»Fledermäuse«, sagte ich und senkte den Blick. »Riesige schwarze Fledermäuse.«

Ich verschwieg ihr, dass sie doppelt so groß gewesen waren wie normale Fledermäuse. Ich sagte nichts von ihren Menschenaugen und nichts von den nadelspitzen Reißzähnen, die aus ihren Mäulern geragt hatten.

Als sie zu weinen begann, wünschte ich, die Fledermäuse wären echt gewesen. Ich wäre lieber von den ekligen kleinen Mistkerlen aufgefressen worden, als erleben zu müssen, wie meine Mom mich in diesem Moment ansah. Als sei ich verrückt.

Ich wollte wirklich nicht verrückt sein. Natürlich will *niemand* verrückt sein, aber seit ich weiß, was mit mir geschieht, und seit ich verstehe, was in meinem Kopf vor sich geht, will ich noch weniger darüber nachdenken, was es bedeutet, zu wissen, dass man verrückt ist.

Zu wissen, dass seine Familie weiß, dass man verrückt ist.

Mein Stiefvater Paul ist ein netter Kerl. Er ist gut für meine Mom. Sie waren jahrelang zusammen, bevor sie geheiratet haben, und er hat sich immer Mühe gegeben, an meinem Leben teilzunehmen, mich nach der Schule zu fragen und so weiter. Er ist Anwalt und kann ihr die Dinge bieten, auf die sie verzichten musste, nachdem mein Dad uns verlassen hatte.

Aber seit er über mich, über die Krankheit, Bescheid weiß, hat sich alles verändert. Er weiß nicht mehr, wie er mit mir umgehen soll. Wir schauen immer noch gemeinsam fern, aber sobald ich im Zimmer bin, kann ich beinahe hören, wie er angestrengt nachdenkt. Das seltsamste Gefühl – abgesehen davon, Dinge zu sehen, die nicht wirklich da sind – ist, neben einem erwachsenen Mann auf der Couch zu sitzen, der auf einmal Angst vor mir hat. Früher hatte er keine Angst. Es ist ziemlich schwierig, das nicht persönlich zu nehmen.

Wovor *ich selbst* Angst habe? Kein Kommentar. Das merken Sie bestimmt noch früh genug.

Das Gute an Paul ist, dass er meine Mom von Herzen liebt.

Und weil meine Mom mich liebt, gibt er sich Mühe. Er war derjenige, der vorgeschlagen hat, mich auf eine Privatschule zu schicken, anstatt mich dorthin zurück zu verfrachten, wo alle wussten, dass mit mir etwas nicht stimmt.

In zwei Wochen beginne ich mein elftes Schuljahr in St. Agatha. Es ist eine K-12-Schule, das heißt, sie geht vom Kindergarten bis zur Abschlussklasse. Meine Mom und Paul haben die Lehrerschaft über mein »Leiden« informiert, und weil es sich um eine katholische Schule handelt, konnten sie mich schlecht abweisen, wenn sie nicht als Heuchler dastehen wollten. Ich weiß nicht viel über Jesus, aber ich glaube, er hätte mich auch nicht abgewiesen.

Paul hat außerdem dafür gesorgt, dass die Lehrer an meiner neuen Schule es unterlassen, über meine Krankheit zu reden. In seiner Rolle als Anwalt hat er ihnen erklärt, dass sie *gesetzlich* dazu verpflichtet sind, über meinen Zustand Stillschweigen zu bewahren. Das weiß ich wirklich sehr zu schätzen.

Es ist schwierig, als Junior in einer neuen Highschool anzufangen. Und es ist noch weitaus schwieriger, dort Freunde zu finden, wenn alle wissen, dass du Dinge siehst, die du eigentlich nicht sehen dürftest.

2

DOSIERUNG: 0,5 mg. Dosis unverändert. Adam weigert sich immer noch zu sprechen.

22. August 2012

Bereits kurz nach meiner Diagnose war ich Experte für meine Krankheit. Ich kann jedem, der es wissen will, alle relevanten Medikamente, die neuesten Studien sowie die positiven und negativen Symptome nennen. »Positiv« und »negativ« bedeuten in diesem Kontext nicht »gut« und »schlecht«. Sie sind alle zum Kotzen.

»Positiv« bezieht sich auf Symptome, die von der Krankheit *verursacht* werden.

Zum Beispiel Wahnvorstellungen.

»Negativ« bezieht sich auf Symptome, die von der Krankheit *reduziert* werden.

Zum Beispiel Initiative und Motivation.

Die Krankheit folgt keinem klar vorgezeichneten Weg. Manche Leute haben Visionen. Manche hören Stimmen. Und andere werden einfach nur paranoid. Meiner Mom wäre es wichtig, dass ich mir jetzt kurz Zeit nehme, um über die enormen Fortschritte in der Medizin zu sprechen, die den Patienten dabei helfen, die Nebenwirkungen besser zu verkraften. Sie ist ein sehr optimistischer Mensch.

Dinge zu sehen und zu hören, die andere Menschen nicht sehen und hören, ist ziemlich genauso wie bei Harry Potter in *Die Kammer des Schreckens*. Da, wo er die Stimme durch die Wände hört. So ein Geheimnis für mich zu behalten gab mir das Gefühl, etwas Besonderes zu sein. Als würde ich auf meinen Brief aus Hogwarts warten. Ich dachte anfangs, es würde etwas Magisches bedeuten.

Aber dann muss Ron diese Möglichkeit ruinieren, als er sagt, Stimmen zu hören, die sonst niemand hört, sei kein gutes Zeichen, nicht einmal in der Welt der Zauberer. Am Ende war mit Harry alles in Ordnung. Niemand schickte ihn zur Therapie oder versuchte, ihm Pillen einzutrichtern. Er durfte in einer Welt leben, in der alles, was er gehört und gesehen zu haben glaubte, vollkommen real war. Der Glückliche.

Über die Pillen kann ich mich allerdings nicht wirklich beschweren. Seit ich dieses neue Medikament nehme, geht es mir besser. Wir werden erst wissen, welchen Einfluss das Zeug auf mich hat, wenn ich eine Zeit lang die volle Dosis bekommen habe. Sie gewöhnen mich schleichend daran, aber das wissen Sie ja schon. Das ist ein Grund dafür, warum ich einmal die Woche in Ihrem Büro sitzen muss. Ihre Aufgabe ist es, eventuelle Probleme zu erkennen und den Ärzten, die die Studie leiten, davon zu berichten.

Sie haben gefragt, was ich über meine Behandlung weiß. Also erzähle ich Ihnen jetzt eben alles, was Sie ohnehin schon wissen. Das Medikament heißt ToZaPrex und laut Packungsbeilage sind unter anderem folgende

Nebenwirkungen möglich: 1. Verringerung der weißen Blutkörperchen (was dazu führt, dass das Immunsystem des Körpers geschwächt wird), 2. Krampfanfälle, 3. extrem niedriger Blutdruck, 4. Schwindel, 5. Atemnot und 6. starke Kopfschmerzen.

Die Ärzte haben meiner Mutter versichert, dass die schlimmsten Nebenwirkungen nur sehr selten auftreten. Sie solle sich keine Sorgen machen. Ha. Sehr witzig. Machen Sie sich mal keine Sorgen.

Ein paar Nebenwirkungen sind bei mir bereits aufgetreten. Hauptsächlich Kopfschmerzen. Und zwar solche, die sich in dein Gehirn bohren und dort eine Weile herumwühlen, bis ihnen langweilig wird und sie dich wieder in Ruhe lassen. Ich verspüre nicht mehr den Drang, alles zu tun, was mir durch den Kopf geht, und das ist ganz nett. Aber meine Visionen sind immer noch da. Ich sehe immer noch Dinge, die ich eigentlich nicht sehen sollte. Der Unterschied ist, ich weiß jetzt, dass sie nicht echt sind.

Was genau ich sehe? Fangen wir lieber damit an, *wen* ich sehe. Ich sehe Rebecca. Mir ist mittlerweile klar, dass sie nicht real ist, weil sie sich nie verändert. Sie ist sehr hübsch und so groß wie eine Amazone, mit riesigen blauen Augen und langem Haar, das ihr bis zur Taille fällt. Sie ist sehr lieb und sagt nie etwas. Was Halluzinationen angeht, ist sie völlig harmlos. Ich habe sie erst ein einziges Mal weinen sehen, und zwar an dem Tag, als meine Mom von meiner Krankheit erfuhr. Als es passierte, dachte ich immer noch, Rebecca würde existieren. Ich begriff nicht, dass sie weinte, weil *ich* weinte.

Und nein, Rebecca ist nicht die Einzige, die ich sehe,

aber über die anderen will ich nicht reden. Je mehr ich an sie denke, desto wahrscheinlicher ist es, dass sie auftauchen, und sie ... sie ruinieren Dinge. Sie scheinen darauf zu warten, dass sich mein Gehirn beruhigt hat. Erst dann tauchen sie auf.

Jedenfalls beginnen die Visionen normalerweise mit etwas Kleinem. Einer Bewegung, die ich aus dem Augenwinkel erhasche, oder einer Stimme, die mir bekannt vorkommt und die ich dann stundenlang höre. Und manchmal ist es nur das Gefühl, dass mich von irgendwoher jemand beobachtet. Das ist natürlich lächerlich, ich weiß. Warum sollte sich jemand die Mühe machen, ausgerechnet mich auszuspionieren? Aber trotzdem lasse ich die Jalousien herunter. Keine Ahnung, warum. Wahrscheinlich habe ich einfach ein großes Bedürfnis nach Privatsphäre. Ich würde mich gern ein einziges Mal richtig allein fühlen.

Noch vor einem Monat – bevor ich begann, ToZaPrex zu nehmen – merkte ich nicht, wann ich die Kontrolle verlor. Ich hatte ständig grundlos Angst. Alles, was ich sah, war für mich wirklich. Wenn die Halluzinationen begannen, konnte ich sie nicht mehr abstellen. Manchmal verlor ich mich stundenlang in ihnen.

Wenn mein Gehirn heute anfängt, sich danebenzubenehmen, kann ich mir seine Projektionen wenigstens wie einen Film ansehen. CGI der Spitzenklasse. Manchmal sind sie sogar richtig schön. Wie das endlose Grasmeer, aus dem sich plötzlich eine riesige Wolke bunter Schmetterlinge erhebt. Hin und wieder singen mich Stimmen in den Schlaf und jetzt, wo ich weiß, dass sie nicht real sind, habe ich auch keine Angst mehr vor ihnen. Das ist ganz nett. Es sind die Überraschungen aus heiterem Himmel, die mich wie einen Vollidioten aussehen lassen.

Nein, ich habe keine Angst vor meiner neuen Schule.

Ich habe meine neue Uniform bekommen. Weißes Polohemd, roter Wollpullunder mit dem Schulwappen und potthässliche marineblaue Bundfaltenshorts, die wie Elefantenhaut an mir herabhängen. Außerdem habe ich alles gelesen, was auf dem Lehrplan steht, also bin ich wahrscheinlich bestens vorbereitet.

Aber wissen Sie was? Ehrlich gesagt kapiere ich überhaupt nicht, wie Sie dasitzen und mein Tagebuch laut vorlesen können, um mir dann eine volle Stunde lang Fragen zu stellen, auf die ich nicht antworte. Das finde ich echt schräg. Und das will was heißen, immerhin bin ich verrückt.

3

DOSIERUNG: 0,5 mg. Dosis unverändert. Adam fängt an einer neuen Schule an. Weigert sich immer noch zu reden. Vielleicht kann die neue Umgebung als Katalysator für den therapeutischen Fortschritt dienen.

29. August 2012

Es ist ziemlich beschissen, vor dem Labor Day mit der Schule anzufangen. Und damit meine ich *wirklich* beschissen. Aber wahrscheinlich ist die erste Schulwoche nach den Sommerferien immer kacke, egal, wann sie losgeht. Und sie ist noch nicht einmal vorbei.

Ich habe keinen Führerschein und auch nicht die Absicht, ihn in absehbarer Zeit zu machen, weil das nur eine zusätzliche Verantwortung wäre, mit der ich klarkommen müsste. Und das ist es mir einfach nicht wert.

Zu meiner alten Schule bin ich meistens zu Fuß gegangen, aber an meinem ersten Tag in St. Agatha bestand meine Mutter darauf, mich zu fahren. Ihre Fahrweise war irgendwie manisch. Sie wollte unbedingt lässig wirken, war jedoch viel zu aufgeregt, um mich zu überzeugen. Als wir endlich bei den Autos angelangt waren, die sich vor der Schule aufreihten, lächelte sie nur und sagte: »Ich wünsch dir einen schönen Tag.« Ich merkte, dass sie mir am liebsten einen Abschiedskuss gegeben hätte, aber als ich acht war, hatte ich einmal mit ihr geschimpft, weil sie mich vor anderen Leuten geküsst hatte. Seitdem hält sie sich immer zurück. Heute wünschte ich, ich hätte das damals nicht gemacht.

Ich glaube, ich bin einfach ausgestiegen und mit meinem Rucksack zur Schule gelatscht. Eigentlich wollte ich ihr noch beruhigend zulächeln, vergaß es allerdings in letzter Minute. Also dachte sie wahrscheinlich, ich sei auch aufgeregt, dabei stimmte das gar nicht.

Sie hatten ein paar Fragen zu meinem ersten Tag. Konzentrieren wir uns auf die, okay?

Sie haben gefragt, inwiefern sich die neue Schule von meiner alten unterscheidet. Eigentlich gar nicht, abgesehen von den Uniformen. Auch hier sahen alle total unglücklich aus. Niemand war schon richtig wach. Und auf allen Gesichtern lag die Frage: *Warum ausgerechnet ich?* Das sorgte für eine gewisse Solidarität, nehme ich mal an.

Nachdem ich mein Schließfach gefunden und mein Zeug darin verstaut hatte, bestand meine erste Mission darin, mich mit meinem Schulbotschafter Ian Stone zu treffen. Offenbar bekommen alle neuen Schüler einen Schulbotschafter zugeteilt, der dafür verantwortlich ist, ihnen die Schule zu zeigen und sie zu ihren Klassenzimmern zu begleiten. Er wartete im Sekretariat auf mich, als ich hereinkam, und ich wusste sofort, dass er ein Arsch ist. Nicht wegen seiner Frisur oder der Art, wie er mich von Kopf bis Fuß musterte, als wir uns die Hand gaben. Auch nicht deshalb, weil er mit offenem Mund Kaugummi kaute. Irgendetwas lag in der Luft, die ihn umgab. Es war, als nähme er mehr Raum ein als nötig. Sein Grinsen reichte nicht bis zu seinen Augen, als er die Umgebung scannte.

Manchmal muss man einen Menschen erst besser kennenlernen, um herauszufinden, wie er ist, aber Ian war sehr leicht zu lesen. Er war ein Sammler von Informationen.

Das sah ich an der Art, wie er mit der alten Frau an der Rezeption plauderte. Während er sich nach ihren Kindern erkundigte, nahm er sich, ohne zu fragen, eine Handvoll Minzbonbons aus dem Glas auf dem Tresen und stopfte sie lässig in die Hosentasche. Sie lächelte ihm zu, und als er sich umdrehte, um zu gehen, sah ich, wie er seinen Kaugummiklumpen aus dem Mund nahm und ihn an die Unterseite der Tresenplatte klebte.

Dann führte er mich auf den Flur hinaus.

»Du musst jetzt deine Sportuniform holen und hast dann Bio, richtig?«, fragte er.

Ich nickte. Er ging mit einstudierter Lässigkeit neben mir her, so als ob ihm trotz seiner schnellen Schritte alles zu egal war, um in Eile zu sein. Auf dem Weg zeigte er mir ein paar Schulgebäude und deutete dann auf eine Tür neben dem Eingang zur Turnhalle.

»Ich warte hier draußen auf dich«, sagte er.

Doch als ich mit meinen Sportklamotten wieder auf den Flur kam, war er verschwunden. Damit hatte ich schon gerechnet. In meiner alten Schule war ich zwar nicht unbeliebt gewesen, aber dieser Typ hatte auf mich gleich den Eindruck gemacht, als habe er vor, sich bei der ersten Gelegenheit zu verdünnisieren. Ich schätze, er war enttäuscht, weil ich nicht aussah wie jemand, der sich leicht manipulieren ließ.

Trotzdem war ich geliefert, denn ich hatte keine Ahnung, wo ich jetzt hinmusste. Die Stunde hatte noch nicht angefangen, also beschloss ich, zurück zum Sekretariat zu gehen und mir einen Plan von der Schule zu holen. In diesem Moment kam ein Mädchen aus dem Klassenzimmer zu meiner Linken. Sie trug ein Klemmbrett mit der Anwesenheitsliste unter dem Arm, die für das Sekretariat bestimmt war. Als sie mich sah, blieb sie stehen und schaute mich fragend an.

»Hast du dich verlaufen?«, fragte sie.

»Glaub schon«, sagte ich und musterte sie einen Augenblick lang. Sie war winzig und dabei sehr hübsch, ein bisschen wie ein wütender Kolibri. Sie machte schnelle, kleine, entschlossene Schritte, aber sie hatte auch etwas Anmutiges an sich.

»Hat man dir keinen Botschafter zugeteilt?«, fragte sie und rückte ihre Brille zurecht.

»Doch, Ian Stone. Aber er …«

»Hat dich stehen lassen«, sagte sie nickend. »Ja, das macht er gern. Was hast du in der ersten Stunde?«

»Bio.«

»Hier entlang«, sagte sie. Ich stopfte meine Sportklamotten in meinen Rucksack und folgte ihr erst durch einen Innenhof, dann eine Treppe hinauf.

»Und warum ist er so drauf?«

Sie schaute mich an, als hätte sie noch nie in ihrem Leben eine so dumme Frage gehört. »Seine Familie spendet riesige Summen an die Schule. All seine Brüder waren hier.«

»Also ist er gewissermaßen Arschloch aus Tradition?«, fragte ich. Ein Lächeln huschte über ihr Gesicht.

»So in etwa. Außerdem brauchen manche Leute keinen Grund, um sich mies zu verhalten. Sie sind von Natur aus so.«

»Nicht alle«, flüsterte ich.

Sie hatte mich gehört. »Die meisten Leute sind mies«, sagte sie. »Hier musst du hin.« Sie nickte in Richtung der Tür vor uns und war dann verschwunden, bevor ich die Chance hatte, mich zu bedanken oder nach ihrem Namen zu fragen.

Ich war nicht der Letzte im Klassenzimmer, also fiel es nicht besonders peinlich auf, als ich mich neben einen geisterhaft blassen Typen mit Kniestrümpfen setzte. Er war gestriegelt und gebügelt. Seine Nägel, seine Klamotten, seine Haut. Alles an ihm war blendend weiß, als hätte er ein Bad in Bleiche genommen. Er stellte sich direkt als Dwight Olberman vor.

Mir wurde sofort klar, dass der Name wie angegossen passte. Auch ein Fremder hätte ihm gleich nach der Geburt im Krankenhaus genau diesen Namen gegeben. Ich weiß, dass »Adam« auch nicht besonders cool klingt, aber Dwight zu heißen und dann noch so auszusehen – das ist Pech. Ich glaube, an seiner Stelle hätte ich mich mit meinem Zweitnamen rufen lassen. Außer natürlich, er heißt Cletus oder so.

Jetzt rief die Nonne an der Tafel uns der Reihe nach auf. Ich musste nicht aufstehen und etwas über mich erzählen, was nett von ihr war. Die anderen Schüler drehten sich nur zu mir um und starrten mich kurz an, als ich aufgerufen wurde. Dann wurden wir in Zweiergruppen eingeteilt und mussten die wichtigsten Punkte aus dem ersten Kapitel des Lehrbuchs zusammenfassen.

Dwight war mein Versuchspartner. Er sah aus wie jemand, der sich zu angestrengt bemüht, einen guten ersten Eindruck zu machen. Ein bisschen erinnerte er mich an einen Golden-Retriever-Welpen. Wie sich herausstellte, haben wir beinahe alle Fächer zusammen. Und er redet. Ununterbrochen. Immer.

Er begleitete mich zu meinen nächsten drei Stunden und meine einsilbigen Grunzlaute und mein knappes Nicken brachten ihn nicht davon ab, pausenlos weiterzuplappern. Nach einer Weile hörte ich nur noch weißes Rauschen.

Um eine Ihrer Fragen zu beantworten, ja, neue Orte sind schwirig für mich, weil ich keinen Bezugsrahmen für sie habe. Die Dame im gelben Kleid, die mit einem Stapel Akten zu ihrem Auto geht, sieht völlig normal aus, bis die Blätter aus ihren Armen fliegen und sie wie ein Schwarm Tauben umkreisen. Das dürfte wahrscheinlich nicht echt sein.

Die Nonnen und Kruzifixe in allen Zimmern sind auf jeden Fall ein großer Unterschied zu meiner alten Schule. Und wenn wir davon absehen, dass meine Schulshorts jede Gelegenheit nutzen, um mir in die Poritze zu kriechen, dann würde ich sagen, dass es ein paar ziemlich normale erste Schultage waren. Ich vermisse es wirklich, in der Schule Jeans zu tragen. Vor allem, weil diese extremen Arsch-frisst-Hose-Situationen nur durch diskrete Rektalarchäologie zu entschärfen sind und es beinahe unmöglich ist, so etwas unbeobachtet durchzuführen.

Zum Glück ignorieren die meisten Schüler meine Bemühungen. Wahrscheinlich deshalb, weil sie gerade ebenfalls unauffällig versuchen, Unterwäsche aus ihrer Poritze zu ziehen.

An die restlichen Stunden an diesem Tag erinnere ich mich nur verschwommen. Wenn in der ersten Woche nichts Wichtiges passiert, warum sind wir dann hier? Am liebsten würde ich den Lehrern sagen, sie sollen mich anrufen, wenn sie bereit sind, nicht länger meine Zeit zu verschwenden. Auch auf diesen ganzen Lerne-die-Bibliothek-kennen-Quatsch hätte ich gut und gern verzichten können.

Der Sportunterricht war wiederum ein Abenteuer. Er fand täglich in der vorletzten Stunde statt. Am ersten Tag ließ uns Coach Russert eine Meile rennen. Ich bin nicht total unfit, aber normalerweise renne ich nirgendwohin. Dwight versuchte während der gesamten Tortur, sich mit mir zu unterhalten, was ein bisschen nervig, aber ehrlich gesagt auch irgendwie beeindruckend war. Ich hatte noch nie jemanden kennengelernt, der mit solchem Einsatz ununterbrochen redete.

»Machst du Sport? Basketball?«, fragte er. Basketball war naheliegend. Ich bin mehr als einen Kopf größer als alle anderen Kids, also fühle ich mich immer wie ein Riese, wenn ich über die Flure gehe.

»Nö«, sagte ich.

»Ist das dein erstes Jahr an einer katholischen Schule?«

»Jepp.«

»Vermisst du deine alte Schule?«

»Nö«, sagte ich.

Ich versuchte nicht, ihn abblitzen zu lassen. Ich wollte mich nur nicht während des Laufs übergeben, deshalb schien es mir am sichersten, einsilbig zu antworten. Ein paar andere Kids hatten schon an den Rand der Laufbahn gekotzt und ein Typ hatte nicht aufgepasst, war ausgerutscht und auf seinem Hintern gelandet. Ein Mädchen nahm das Handy aus der Tasche und machte ein Foto von ihm, bevor das Gerät konfisziert wurde. Es macht sich eben bemerkbar, wenn man den ganzen Sommer lang bewegungslos vor der Glotze gehangen hat.

Dwight war ehrlich gesagt kein schlechter Laufpartner. Er machte die ganze Prozedur erträglicher, weil er mich davon ablenkte, wie sehr ich Laufen hasse. Ich hasse es abgrundtief und würde fast alles andere lieber machen. Das Mädchen, das mich am Morgen gerettet hatte, war schon an uns vorbeigezogen und längst mit seiner Meile fertig. Es hatte Spaß gemacht, ihr zuzusehen. Obwohl ihre Beine so kurz sind, flog sie geradezu über die Bahn. Kurz darauf verschwand sie wieder, aber nicht, bevor Dwight mir ihren Namen gesagt hatte. Maya.

Der Name ist genauso kurz und hübsch wie sie.

Ich lief meine Meile in zehneinhalb Minuten und war dankbar dafür, dass ich weder der Letzte noch völlig außer Atem war. Der Trainer wirkte trotzdem enttäuscht, aber Sie können sich gar nicht vorstellen, wie egal mir das war. Scheiß auf den Typen. Sein Job besteht darin, uns beim Rennen zuzusehen und selbst NICHTS zu tun. Und ich soll mich schlecht fühlen, weil er enttäuscht ist? Nö.

Nein, ich glaube nicht, dass die Kids an dieser Schule anders sind als meine früheren Mitschüler. Sie sind nur ein bisschen reicher. An Designerklamotten erkennt man das hier natürlich nicht. Aber an den Accessoires. Die Jungs tragen Designeruhren und Markenrucksäcke. Sogar ihre Frisuren wirken teurer.

Bei den Mädchen ist der Reichtum ein bisschen schwieriger zu erkennen. Wenn man sich mit teuren Schuhen auskennt, dann merkt man es wahrscheinlich daran. Aber ich rieche den Unterschied. Die Parfüms der Mädchen reichen von fruchtigem Zeugs bis zu den sauber und edel riechenden Essenzen, die man in luxuriösen Hotel-Spas findet. Und sie verwenden sie nicht gerade sparsam. Man fühlt sich wie in einer Giftwolke. Manchmal würde ich am liebsten furzen, um die Luft zu reinigen.

Ich schätze, der größte Unterschied ist, dass sie sich schon alle kennen. Sogar die Eltern kennen einander offenbar. Ich sage Eltern, aber eigentlich meine ich die Mütter. Keine von ihnen scheint zu arbeiten, also haben sie Zeit dafür, sich miteinander zu unterhalten. Sie alle haben drei oder vier Kinder, die seit Jahren gemeinsam zur Schule gehen. Sie waren zusammen in der Fußballmannschaft. Im Schultheater. Hier kennt jeder jeden. Wahrscheinlich finde ich deshalb alles so seltsam. In meiner alten Schule waren die Eltern nicht miteinander befreundet, weil sie keine Zeit dafür hatten, morgens miteinander zu plaudern. Sie mussten ihre Kinder absetzen und dann schleunigst zur Arbeit fahren.

Oh, und wir haben fest zugewiesene Sitzplätze in allen Kursräumen, was ich sehr lustig finde. In meiner alten Schule konnten wir sitzen, wo wir wollten. Man ging davon aus, dass Schüler im Highschoolalter sich benehmen können, aber hier mögen sie nun mal ihre Regeln. Aus gutem Grund wahrscheinlich, denn eine Menge der Kids hier rebelliert gern. Bisher wurden schon zwei Mädchen zur Schulkrankenschwester geschickt, wo sie längere Röcke bekamen und sich das Make-up vom Gesicht wischen mussten. Beide Mädchen hießen Mary. Kein Witz.

Gegen Ende des ersten Tages sah ich Ian noch einmal. Er lief mit ein paar Jungs, die so aussahen wie er, über den Flur. Dafür hätten sie keine Uniformen gebraucht, denn sie hatten genau denselben Gesichtsausdruck. Als es klingelte, löste sich die Gruppe auf und die Jungs machten sich auf den Weg zu ihrer letzten Stunde. Ian blieb ein bisschen zurück und beobachtete einige Mädchen, die sich auf dem Flur unterhielten. Irgendwie wirkte seine Miene ominös. Ein ungefähr zwölfjähriges Mädchen, dessen lange rote Haare zu einem Pferdeschwanz zusammengebunden waren, hatte vergessen, seinen Rucksack zuzumachen, aus dem ein violettes Heft herausragte.

Ich war der Einzige, der sah, wie Ian sich das Heft schnappte und es in den nächsten Mülleimer warf, bevor er mit zufriedenem Gesicht in den nächsten Flur abbog. Er grinste nicht einmal. Er sah nur so aus wie ein Junkie, der seinen Schuss bekommen hat. Das Mädchen ging ahnungslos weiter, also steckte ich die Hand in den Mülleimer, schnappte mir das Heft und rannte zu ihr.

»Das ist dir runtergefallen«, sagte ich.

»Oh, danke!« Sie strahlte mich erleichtert an. »Da ist meine Hausarbeit drin. Das wäre blöd gewesen.«

Der Flur hatte sich inzwischen geleert, und als ich zurück zu meinem Schließfach ging, begegnete ich Ians Blick. Er hatte gesehen, wie ich das Heft aus dem Müll fischte, und er wusste, dass ich beobachtet hatte, wie er es hineinwarf. Es war ein seltsamer Moment. So, wie er mich anstarrte, war er offensichtlich sauer, dass ich ihn erwischt hatte. Aber er verzog keine Miene. Ich fragte mich, welche Informationen er in diesem Moment wohl sammelte. Was dachte er über mich?

Ich beschloss, ihm bei der Meinungsfindung zu helfen, und zeigte ihm den Stinkefinger.

Sein Mund verzog sich zu einem breiten Grinsen und dann war er wieder verschwunden, diesmal endgültig. Warum verhielt sich jemand absichtlich so gemein und asozial? Um zu sehen, ob er damit durchkam, wahrscheinlich.

Außer Ian Arschgesicht Stone ist bislang niemand unfreundlich zu mir gewesen, aber ich ernte durchaus neugierige Blicke, weil die Schule ziemlich klein ist und ich in der Elften neu dazugekommen bin. In solchen Momenten taucht normalerweise Rebecca auf. Sie möchte nicht, dass ich allein bin. Sie bleibt in meinem Blickfeld und versucht mich nur abzulenken, wenn ich beginne, mich unwohl zu fühlen. Wenn sich Zweifel, Angst oder nervöse Unruhe einschleichen. Dann schlägt sie ein Rad, geht auf den Händen oder jongliert mit Obst.

Rebecca hat mir das Jonglieren beigebracht. Ist das überhaupt möglich? Kann man von jemandem Jonglieren lernen, den es gar nicht gibt? Möglicherweise habe ich es unbewusst gelernt, weil ich es mal auf YouTube gesehen habe. Keine Ahnung. Wie ich es von ihr gelernt habe, weiß ich noch genau. Ich beobachtete, wie die Äpfel ihre Hände verließen, und ahmte ihre Bewegungen nach. Sie zeigte mir geduldig wieder und wieder, wie es geht, bis ich es alleine konnte. Aber auf meine Erinnerungen kann man sich wahrscheinlich nicht verlassen. Schließlich bin ich verrückt.

Jedenfalls fangen wir am Freitag mit dem Religions- und Kirchengedöns an.

Ja, man hat mich vorbereitet. Als kleines Kind bin ich oft

zum Gottesdienst gegangen und meine Mom hat mir die wichtigsten Grundzüge des Katholizismus erklärt, also ist mir klar, welche Rolle ich spielen muss. Inzwischen habe ich mir so gut beigebracht, mein Verhalten von meinem Gefühlszustand zu trennen, dass das Schauspielen mir zur zweiten Natur geworden ist.

Die Kirche ist ein Ort für Menschen, die an Dinge glauben, die sie nicht sehen können.

Und mein Leben besteht daraus, dass ich Dinge sehe, an die ich wahrscheinlich nicht glauben sollte. Das hat eine gewisse Symmetrie.

Wie auch immer, auf jeden Fall ist das Medikament ziemlich unglaublich. Diese Distanz zu den Visionen habe ich wirklich gebraucht. Nur ein bisschen mehr Abstand, aus dem ich sie beobachten kann. Es ist nicht alles schlecht, ehrlich gesagt. Manchmal ist es okay. Wirklich. Ich will mich gar nicht über alles beschweren.

Im Moment habe ich keine weiteren Halluzinationen zu melden. Sie werden kommen, wenn ihnen danach ist. Das tun sie immer.

4

DOSIERUNG: 1 mg. Reaktion auf erhöhte Dosis bisher schwach. Adam ist sich seiner Umgebung bewusst. Im Moment scheinen die Halluzinationen nicht überwältigend zu sein. Werde seine Verbundenheit mit ihnen weiter beobachten.

5. September 2012

Es ist wahrscheinlich egal, dass ich nicht an Gott glaube. Katholiken geht es sowieso mehr um Anwesenheit. Jeden Tag um elf Uhr läuten die Kirchturmglocken und alle müssen aufstehen, um das Gebet des heiligen Augustinus zu rezitieren. Im dröhnenden, gefühllosen Chor. Gemeinsam.

Daran werde ich mich wohl nie gewöhnen.

In der Broschüre an unserem Kühlschrank steht, dass St. Agatha die älteste Privatschule des Bundesstaates ist und nach einer Frau benannt wurde, die angeblich »das amouröse Drängen eines Mannes abwies, worauf ihr zur Strafe beide Brüste abgeschnitten wurden«. Oder so ähnlich. Katholiken feiern ziemlich krassen Scheiß.

Die Kirche selbst taucht wegen ihrer eindrucksvollen Backsteinfassade und dem ursprünglichen vierstöckigen

Glockenturm häufig im *Architectural Digest* auf. Außerdem wurden – warum mich das davon überzeugen sollte, diese Schule zu wählen, ist mir schleierhaft – die Bleiglasfenster Anfang des zwanzigsten Jahrhunderts aus Italien eingeflogen und von Papst Leo XIII. höchstpersönlich kurz vor dessen Tod gesegnet.

Mom und Paul hatten die Wahl zwischen mehreren Privatschulen in der Gegend. Die andere Option war eine reine Jungenschule etwa zwanzig Autominuten entfernt, aber die fand meine Mom zu »testosteronlastig«. Ihre Worte. Als wir von der Besichtigungstour zurückkamen, sagte sie nur, wie schrecklich sie die militaristisch gestalteten Uniformen fand. Paul schwieg achselzuckend. Er hatte von Anfang an gesagt, dass die Entscheidung bei ihr liegen würde.

Wirklich komisch finde ich, dass St. Agatha Pauls Alma Mater ist. Und obwohl ich keinerlei Interesse an Religion habe und meine Mom lieber Heilkristalle kauft, als den Fuß in eine Kirche zu setzen, fühlte sie sich wohler bei dem Gedanken, mich in eine Schule mit schönen, alten Backsteingebäuden zu schicken. Ich wehre mich nicht dagegen, weil es mir völlig egal ist, wo ich zur Schule gehe. Es ist einfach nur ein Ort.

Aber die Kirche hier sieht im Grunde so aus wie alle anderen alten Kirchen, die man je gesehen hat. Halb nackte Engel. Unbequeme Holzbänke. Und brennender Weihrauch, der riecht wie kochende Schmutzwäsche. Oh, und Scham. Es stinkt nach Scham.

Wo wir gerade von Scham sprechen: Mir ist klar, dass das Bild vom reizvollen katholischen Schulmädchen ein schlimmes Klischee ist, aber Faltenröcke und Pullunder können doch sehr ablenkend wirken. Als ich am Freitag den Flur entlangging, sah ich schon nach wenigen Minuten, wie zwei Nonnen mit Linealen Mädchen zur Seite zogen und maßen, wie viel Bein zwischen Knie und Rocksaum entblößt wurde. Bevor ich hier angefangen hatte, war mir nicht klar gewesen, dass Nonnen so etwas immer noch machen. Es dauerte einen Moment, bis ich merkte, dass ich die Mädchen anstarrte, und noch einen Moment länger, bis ich merkte, dass wir gerade alle zur Messe in die Kirche getrieben wurden. Rebecca folgte mir. Ihr lavendelblaues Kleid leuchtete vor dem Meer aus Marineblau und Rot, das sie umgab.

Sie ist nicht mehr wütend auf mich, weil ich aufgehört habe, mit ihr zu reden. Ich bin mir ziemlich sicher, dass sie echt sauer war, als ich mit dem Medikament anfing, aber inzwischen scheint sie sich damit abgefunden zu haben. Wenn sie echt wäre, würde ich sie darauf hinweisen, dass sie ja schließlich auch nie mit mir spricht, aber das ist ein Streit, den ich nicht wirklich gewinnen kann, wissen Sie? Gelegentlich nicke ich ihr immer noch zu oder verdrehe die Augen, wenn sie etwas macht. Ich will ja schließlich nicht fies zu ihr sein.

Auf meinem Weg in die Kirche spürte ich, wie mir etwas Nasses in den Nacken klatschte. Ein Papierkügelchen mit Spucke. Als ich zusammenzuckte und mich umdrehte, warf mir eine strenge Nonne einen Blick zu, der mir ganz eindeutig einen schmerzhaften Tod an den Hals wünschte. Hinter mir lachte Ian mit ein paar anderen Jungs. Ich drehte mich wieder um und ging weiter, obwohl ich stinksauer war. Spuckekugeln? Ernsthaft? In diesem Augenblick fiel mir ein, dass ich noch nie in meinem Leben jemanden geschlagen habe. Ich glaube, ich würde gern mal jemanden schlagen, der es verdient.

Natürlich nicht willkürlich. Aber einem Arschloch würde ich zu gern mal eine reinhauen. Ausgleichende Gerechtigkeit, wissen Sie?

Zwar war das hier nicht meine erste Kirche und ich habe auch all die Sakramente erhalten, die in meinem Alter Pflicht sind. Auf meiner Katholikenliste sind alle wichtigen Punkte angekreuzt, die ich brauche, um in den Himmel zu kommen. Und zwar deshalb, weil meine Mutter meine Großmutter glücklich machen wollte.

Aber hier war ich noch nie gewesen und in meinem Kopf klingelten leise ein paar Alarmglöckchen. Wir hatten gerade erst meine Dosis erhöht. Erinnern Sie sich? Das steht sicherlich irgendwo in Ihren Notizen. Obwohl Sie so etwas eigentlich auch aus dem Kopf wissen müssten.

Ich sagte niemandem, dass mir schwindelig war. Wem hätte ich es auch erzählen sollen? Der einzige Mensch, mit dem ich in der Schule wirklich redete, war im Moment als Messdiener eingespannt. Ich glaube, die Kirche ist der eine Ort, an dem Dwight mal den Mund hält. Es war komisch, ihn still dasitzen und nicht mit den Leuten neben ihm reden zu sehen. Aber seine Messdienerrobe sah ziemlich dämlich aus, daher konnte ich es ihm nicht wirklich verübeln, wenn er nur stumm darauf wartete, dass der ganze Zirkus vorbei war.

Jedenfalls war gerade mal die erste Schriftlesung vorüber, was laut meiner Kindheitserinnerung an die übliche Dauer katholischer Messen bedeutete, dass der Priester noch dreißig Minuten lang über unsere ungeteilte Aufmerksamkeit verfügte. Oder länger, falls die Predigt so wortreich war, wie das bei einer Messe üblich ist. Also faltete ich die Hände und wartete darauf, dass der Raum aufhörte, sich zu drehen.

Ich versuchte, den Blick auf etwas Unbewegliches zu richten, aber die Kirche war voller unruhiger Kids, die an ihren Uniformen herumzupften. Ich schaute zu den Bleiglasfenstern hinter dem Altar hoch. Sie zeigten die Stationen des Kreuzwegs Jesu.

Als wir die Schule besichtigt hatten, war uns erzählt worden, dass vor Ostern alle oberen Klassen ihre eigene Version des Kreuzwegs darbieten müssten. Ein Schüler würde als Darsteller Jesu Christi ausgewählt und er müsste mit Theaterblut beschmiert ein schweres Sperrholzkreuz durch die Kirche ziehen und alle Stationen seiner Kreuzigung nachspielen.

Das fand offenbar nur ich verstörend.

Das Bleiglas ist allerdings wirklich cool. Feierlich und gleichzeitig gruselig. Es wirkt irgendwie beruhigend, wenn die satten Gold- und Rottöne im Licht funkeln. Sogar das Blut auf Jesu Gesicht kommt mir weniger bedrohlich vor, wenn es aus Glas besteht. Aber nach ein paar Minuten merkte ich, dass etwas nicht stimmte.

Jesu Brust hob und senkte sich. Ich wendete den Blick von ihm ab und zwang mich, die sechste Station zu betrachten. Das ist diejenige, an der eine Frau namens Veronika aus der Menge tritt und Jesus auf seinem Weg in den Tod das Blut und den Schweiß aus dem Gesicht wischt. Es ist meine liebste Station, die einzige, in der es um Güte geht. Aber nach ein paar Sekunden begann auch Veronika zu atmen und ihre bunten Kleider wurden schwarz, als sie mir ihr Gesicht zuwandte. Langsam drehten nun alle

Figuren in den Bleiglasfenstern ihre Köpfe und schauten mich an.

Sogar die Engel, in deren glasigen Gesichtern sich das Morgenlicht spiegelte, blickten auf mich herab. Ein seltsamer Wind bewegte ihre Flügel und ich schloss die Augen und senkte den Kopf. Hoffentlich dachten die Kids neben mir, ich würde beten. Alle Engel beobachteten mich aus dem Glas heraus und ich wusste, wenn ich ihren Blick erwiderte, würde ich nie mehr wegsehen können.

In diesem Moment spürte ich Rebeccas Augen auf mir. Ich drehte mich zu ihr um und sie lächelte mir zu. Es war das besorgte Lächeln, das sie immer aufsetzt, wenn sie weiß, dass etwas nicht stimmt, und sie dennoch keine große Sache daraus machen will. Ich wusste, dass all das nicht real war. Verdammt, ich wusste auch, dass *sie* nicht real war, aber im Moment hatte ich Schwierigkeiten, mich davon zu überzeugen. Ich versuchte einfach, mich von der Kommunionsprozession ablenken zu lassen.

Ich blieb sitzen, als die Kommunion begann. Sie wissen schon, die Show, wo Stücke von Jesu Leib verteilt werden, die aus faden Waffeln bestehen.

Komisch, dass auch heutzutage immer noch Leute überrascht sind, wenn man nicht an der Kommunion teilnimmt. Als ich klein war, erklärte mir meine Mom, das würde normalerweise bedeuten, dass jemand sich für zu sündhaft halte, um Jesus zu empfangen. Aber ehrlich gesagt, selbst wenn mir nicht so komisch gewesen wäre – ich mag die Vorstellung einfach nicht, dass mir ein fremder alter Mann irgendwelches Essen in den Mund stopft. Und mir ein Weinglas mit hundert anderen zu teilen finde ich auch nicht so toll. Gelinde gesagt. Das ist das

Ekelhafteste, was ich je gesehen habe. Sie nehmen nach jedem Schluck das Glas in Empfang, wischen es ab, drehen es ein Stück und geben es dann der nächsten Person. Als würde es wie von Zauberhand sauber, wenn man nur wieder und wieder mit demselben weißen Tuch drüberwischt. *Das Blut Christi ... und der Speichel des Mädchens mit Lippenherpes.*

Bald saß Rebecca am Ende des Ganges zwei Reihen vor mir und fuhr sich besorgt mit den Fingern durchs Haar. Ich hätte sie gerne beruhigt, aber dann hätten alle gesehen, dass ich mit der leeren Luft redete.

Trotzdem. Es ist schließlich nicht ihre Schuld, dass sie nicht echt ist.

Stattdessen zog ich die Schultern hoch, holte ein paarmal tief Luft und versuchte, mein Schwindelgefühl zu bezwingen.

»Geht's dir nicht gut?«, flüsterte das Mädchen neben mir. Es dauerte einen Moment, bis ich registrierte, dass es Maya war, und noch etwas länger, bis ich ihr gesagt hatte, ich hätte nur Kopfschmerzen, was nicht komplett gelogen war. Ich sage das oft zu Leuten.

Und es störte mich, dass ich mich nicht daran erinnern konnte, ob sie die ganze Zeit neben mir gesessen hatte oder gerade erst zu mir gekommen war.

Ohne ein weiteres Wort stand sie auf, ging zum Ende der Reihe und verschwand in Richtung Ausgang. Eine Minute später war sie zurück, eine Flasche Wasser in der Hand. Sie reichte sie mir.

Ich war froh, dass sie mir kein Aspirin gebracht hatte. Wie hätte ich ihr erklären sollen, dass Aspirin sich nicht mit den Pillen verträgt, die ich schon genommen hatte?

Weil ich Halluzinationen habe und Stimmen höre.

»Trink«, sagte sie. »Manchmal hilft das.«

»Danke«, flüsterte ich zurück. »Ich bin Adam.«

»Maya«, erwiderte sie und richtete ihre Aufmerksamkeit wieder auf den Altar. Dwight hatte mir das natürlich schon gesagt, aber ich akzeptierte ihren Namen als neue Information und versuchte, sie aus dem Augenwinkel anzustarren. Dwight hatte mir auch gesagt, dass ihr Nachname Salvador lautete, und ich bin ziemlich sicher, dass sie eine Filipina ist. Ihr kurzes braunes Haar berührte leicht die Schultern und war mit perfekten Strichen aus ihrem Gesicht gebürstet. Ich war schwer beeindruckt davon, dass sie es geschafft hatte, unsere Reihe zu verlassen und wieder zurückzukommen, ohne den Zorn der Nonne zu erregen, die am Gang saß. Nonnen bestrafen normalerweise jede Störung während der Messe, aber Maya hatte sich so schnell und entschlossen bewegt, dass sie offenbar keine Einwände erheben konnten. Schwester Catherine nickte ihr sogar zu.

Damit wäre ich niemals durchgekommen.

Maya lauschte aufmerksam den Worten des Priesters. Ich sah die Konzentration in ihrem Blick, aber gelegentlich spürte ich auch, dass ihre Augen zu mir wanderten.

Es dauerte eine Weile, bis ich begriff, dass sie sich vergewissern wollte, ob mit mir alles in Ordnung war.

Ich tat so, als wäre mir das nicht wichtig.

In meiner alten Schule hatte ich Freunde gehabt. Wir waren gemeinsam aufgewachsen. Mit dem Fahrrad gefahren. Heimlich abends aus dem Haus geschlichen. Aber als sie die Wahrheit über mich herausfanden, bekamen sie Angst vor mir, genau wie Paul. Nach dem Zwischenfall in der Schule und meinem seltsamen Verhalten riefen sie nie wieder bei mir an.

Kevin, Michael und ich kannten uns, seit wir fünf waren. Wir waren in derselben T-Ball-Mannschaft gewesen. Als ich die Schule verlassen musste, hatten sie mir Gute-Besserung-Postkarten geschickt. Wenigstens etwas, auch wenn ihre Mütter sie wahrscheinlich dazu gezwungen hatten. Aber besucht haben sie mich danach nie. Mein bester Freund Todd verschwand einfach aus meinem Leben.

Gute Besserung.

Als könnte man den Wahnsinn einfach wegschlafen.

Aber ich wusste, dass sie Angst hatten, und das verstehe ich auch. Ich bin also nicht wütend auf sie oder so.

Ich spürte einen Stupser an meinem Arm und schaute nach unten. Maya starrte mich an.

»Mir geht's gut«, sagte ich leise. Sie betrachtete mich prüfend und drehte sich dann wieder weg. Offensichtlich glaubte sie mir nicht.

Die Engel in den Bleiglasfenstern beobachteten mich immer noch, aber ich achtete nicht mehr auf sie.

Rebecca hüpfte auf dem Weg aus der Kirche vor mir her und warf Maya ein Lächeln zu.

Nach der Messe gingen alle dreihundert Schüler über den Rasen zurück in den Unterricht. Ich hatte Religionstheorie bei Schwester Catherine, das einzige Fach, das ich nicht mit Dwight habe. Aber mit Maya. Schwester Catherine ist die jüngste Lehrerin der Schule und definitiv die strengste Braut Christi, die mir je begegnet ist. Sie würde wahrscheinlich gern mit dem Lineal auf uns eindreschen, wenn sie nur dürfte. Wenn sie wütend ist, runzelt sie so heftig die Stirn, dass ihre weißblonden Augenbrauen beinahe verschwinden.

»Heute will ich herausfinden, wie aufmerksam ihr eure Hausaufgaben gemacht habt«, sagte sie. Sie hielt ein rotes Gebetsbuch hoch, das wir einen Monat vor Schulbeginn mit der Post bekommen hatten. Alle Gebete darin zu lesen war ein Teil unserer Ferienhausaufgaben gewesen, und Schwester Catherine hatte ein beinahe diabolisches Grinsen aufgesetzt. »Ich möchte, dass ihr den Rosenkranz, das Eucharistiegebet des heiligen Augustinus und das Salve Regina aus dem Gedächtnis aufschreibt.«

Alle stöhnten laut. Es war nicht Teil der Aufgabe gewesen, die Gebete auswendig zu lernen, weshalb Maya wahrscheinlich so verärgert wirkte. Sie presste die Lippen zusammen und rümpfte angewidert ihre Nase. Selbst ein extrem frommer Katholik hatte vermutlich nicht den gesamten Rosenkranz im Kopf, aber hätte sie vorher gewusst, dass diese Aufgabe auf sie wartete, hätte sie das ganze Buch auswendig gelernt. Ich wusste einfach, dass sie so ein Mensch war.

»Ich gebe keine Note dafür«, fügte Schwester Catherine hinzu. »Aber wenn ihr alle Gebete korrekt aufschreibt, müsst ihr das ganze restliche Schuljahr lang keine Religionshausaufgaben mehr machen. Ihr habt eine Stunde.« Ihr Lächeln war gleichzeitig triumphierend und widerwärtig.

Ich bin ehrlich gesagt ziemlich gut darin, mir Sachen zu merken. Dies ist eine der Fähigkeiten, die mir mein kleines Problem nicht genommen hat.

Manchmal haben Menschen mit meiner Krankheit

Schwierigkeiten, ihre Gedanken zu ordnen, aber Informationen abzuspeichern war noch nie besonders hart für mich. In den Ferien hatte ich ungefähr eine Stunde gebraucht, um den Inhalt des ganzen Buchs in meine Gehirnwindungen einzugravieren, also dauerte es nicht einmal eine Viertelstunde, den ganzen Kladderadatsch hochzuwürgen und zu Papier zu bringen. Maya schaute mich mit hochgezogener Augenbraue an, als ich die Aufgabe vor allen anderen beendete, doch dann wendete sie sich schnell wieder ihrem eigenen Blatt zu. Wie es aussah, versuchte sie gerade, ein Gebet zu erfinden, das in dem Buch gestanden haben könnte.

Ich stehe eigentlich nicht auf Gebete, aber eine Zeile im Salve Regina hat mir gut gefallen.

Zu dir rufen wir, verbannte Kinder Evas.

Es soll verzweifelt klingen. *Verbannte Kinder Evas.*

Doch eigentlich klingt es nur jämmerlich. Hast du Ärger mit Dad, rennst du zu deiner Mom.

Zu dir rufen wir.

Am Ende der Stunde gab ich meine Arbeit ab und ging auf den Flur hinaus. Wenigstens musste ich mir den Rest des Jahres keine Sorgen mehr über die Religionshausaufgaben machen. Eine echte Erleichterung. Ich beobachtete, wie Maya sich ihren Weg durch die Menge bahnte. Wie sie es schaffte, dabei niemanden zu berühren, entlockte mir ein Lächeln. Ihr glänzendes braunes Haar erinnerte mich an heiße Schokolade, es schien ihr über die Schultern zu fließen. Ich schaute ihr viel länger nach, als ich eigentlich wollte.

Rebecca saß auf einer Reihe Schließfächer, hatte die Arme um die Knie geschlungen und lächelte vor sich hin.

Auf ihrem Gesicht lag eine selbstvergessene Sehnsucht, die mich aus irgendwelchen Gründen ärgerte.

Dwight und ich essen jeden Tag gemeinsam zu Mittag. Keine Ahnung, ob ich das bewusst so entschieden habe, aber ich scheue mich nicht, zuzugeben, dass mir das an ihm am besten gefällt – jemanden zum Mittagessen zu haben. Es ist wirklich unangenehm, allein zu essen oder zu versuchen, im Speisesaal einen Platz zu finden, wenn alle Tische voll sind. Das ist einer der Momente, wo man es nicht persönlich nehmen darf, wenn niemand zur Seite rutscht, um Platz zu machen. Aber das klappt natürlich nicht.

Maya isst immer mit ein paar Mädchen, sie sitzen am hinteren Rand des Saals. Weit weg von den superreichen Kids, die sich in der Mitte breitgemacht haben. Heute schaute sie zu mir rüber und ich wich ihrem Blick schnell aus und tat so, als hätte ich sie nicht ebenfalls angestarrt. Es war wohl nicht sehr überzeugend.

Auf jeden Fall sitzen Dwight und ich nebeneinander. Manchmal rede ich, aber meistens übernimmt er das. Ich weiß jetzt schon mehr über ihn, als ich jemals erwartet hätte. Zum Beispiel, dass er seit der sechsten Klasse Messdiener ist. Und sich seit seinem neunten Lebensjahr vegan ernährt, weil er auf dem Bauernhof seiner Großtante mit ansehen musste, wie ein Huhn geköpft wurde. Er ist ein Kolumbusknappe, seit seine Mutter das Anmeldeformular ausgefüllt und ihn gezwungen hat, mit seinem Opa zu den Treffen zu gehen. Falls Sie es nicht wissen, die Kolumbusritter sind eine katholische Organisation, die aus zerknitterten alten Männern und ihren Söhnen besteht.

Sie sammeln Spenden für Wohltätigkeitsorganisationen und manchmal auch politische Kampagnen, die katholische Werte vertreten, zum Beispiel, so viele Kinder zu bekommen wie nur möglich und freitags in der Fastenzeit kein Fleisch zu essen. Ian und viele der anderen Jungs in meinem Jahrgang sind Knappen. Dwight wurde schon sehr jung in die Sache hineingezogen, aber es scheint ihm nichts auszumachen.

Es stört ihn nicht, dass ich schweigsam bin, und das ist schön. Vor allem, wenn ich etwas Schräges sehe und versuche, mich nicht darauf zu konzentrieren.

Wie zum Beispiel heute, als die Mafiosi in Nadelstreifenanzügen auf einmal in der Cafeteria auftauchten. Ich zuckte zusammen, als die Schießerei begann, aber das Medikament hat sich gut bewährt.

»Alles okay?«, fragte Dwight.

»Ja, kein Ding«, sagte ich. »Kopfschmerzen.«

Ich schaute zu, wie der letzte Mafioso tot zu Boden fiel und sich auf dem sauberen Linoleumboden eine dunkelrote Blutlache ausbreitete. Die Gangster hatten sogar Todeszuckungen, um den dramatischen Effekt zu steigern. Ich betrachtete einen Moment lang ihre erstarrten, bleichen Gesichter. Sie sahen aus wie Statisten aus *Der Pate.* Der Gangsterboss stierte mich durchdringend an, glitt dann aus der Tür und verschwand in einem Meer aus Uniformen.

Ich kenne das gesamte Ensemble meiner Halluzinationsdarsteller gut.

Die Gangster habe ich schon oft gesehen, aber heute bin ich zum ersten Mal ruhig sitzen geblieben, als der Schusswechsel begann.

Fortschritt.

5

DOSIERUNG: 1 mg. Dosis unverändert. Wirkt antagonistischer als bei den letzten Sitzungen.

12. September 2012

»Erzähl mir von deinem Vater.«

Ach, Scheiße. Das ging schnell. Nur vier Wochen und wir haben bereits die Ursache all meiner Probleme identifiziert. Das Epizentrum meines Deliriums. Den wirklichen Grund dafür, dass ich so bin, wie ich bin.

Mein Daddy hat mich verlassen.

Das wollen Sie doch hören, richtig? Dass ich emotional gestört bin, weil mein Dad keine Lust mehr darauf hatte, mein Dad zu sein? Oder dass ich ihm die Schuld an meiner Krankheit gebe? Aber das wäre zu einfach.

An einer Krankheit ist niemand schuld. Selbst wenn ich wollte, könnte ich ihm nicht die Schuld daran in die Schuhe schieben. Das ist das Dümmste, was ich je gehört habe. Glauben Sie wirklich, ich bin ein derartiger Loser, dass ich einen Sündenbock brauche? Abgesehen davon stammt die Krankheit aus der Familie meiner Mutter.

Mein Dad ist einfach ein Arschloch und das ist die reine Wahrheit.

Er ist abgehauen, als ich acht war.

Als er eines Tages nicht zum Abendessen erschien, sagte meine Mom, dass er nicht wiederkommen würde. Ich weiß noch genau, wie sie aussah, als sie mir das sagen musste. Als hätte sie keinen Tropfen Blut mehr im Gesicht. Sie weinte nicht. Sie wirkte nur völlig erschöpft.

Und deshalb ist mein Dad ein Arschloch.

Meine Mom war *immer* müde. Jeden Abend, wenn sie von der Arbeit nach Hause kam, war sie völlig fertig. Und er hat nie versucht, es ihr irgendwie leichter zu machen. Es ist besser, dass er abgehauen ist, weil er nie der Mensch sein konnte, den wir brauchten. Nein, das ist falsch.

Er *wollte* es nicht sein.

Ich weiß nicht genau, wo er hinging, nachdem er uns verlassen hat. Falls Mom es wusste, sagte sie es mir nie. Und ich habe sie auch nicht gefragt.

Ein paar Jahre später bekam ich einen Brief von ihm. Ich war elf und ging immer zum Briefkasten, bevor meine Mom nach Hause kam. Der Brief war in Barstow, Kalifornien abgestempelt. Ich habe ihn nach dem Lesen zerrissen, aber ich weiß noch genau, was drinstand.

Lieber Adam,
ich habe diesen Brief an dich schon so oft begonnen
und doch nie die Kraft gehabt, ihn abzuschicken.
Deine Mom war immer die Gute. Sie wusste in
jeder Situation genau, was zu tun war. Sie schafft es,
Probleme wie durch Zauberei verschwinden zu lassen.
So ist sie schon immer gewesen und deshalb habe ich
mich auch in sie verliebt.
Aber in unserer Ehe war ich das Problem und ich

konnte ihr nicht mehr länger das Herz brechen und sie darauf warten lassen, dass ich der Mann wurde, den sie brauchte.
Auch du bist ohne mich besser dran, daran glaube ich fest.
Ich will, dass du die Chance bekommst, im Leben erfolgreich zu sein.
Zumindest so viel schulde ich dir.
Dad.

Nicht einmal »Dein Dad«.

Ich schrieb nicht zurück und ich erzählte meiner Mom auch nichts von dem Brief, für den er drei Jahre lang nicht »die Kraft« gehabt hatte. Wie viel *Kraft* soll es denn kosten, einen gottverdammten Brief zu schreiben? Es waren 122 Wörter, ich habe sie gezählt. Puh, das war sicher ziemlich anstrengend, was, Dad?

Wenigstens war er ehrlich. Er wusste, dass er ein Feigling war und dass meine Mom etwas Besseres verdiente als ihn.

Aber die ganze Wahrheit lautet: Er hat uns einfach nicht geliebt. Wenn man jemanden liebt, dann versucht man nämlich, für ihn ein besserer Mensch zu werden.

Also kann er mir gestohlen bleiben.

6

DOSIERUNG: 1,5 mg. Erhöhte Dosis scheint positive Resultate zu zeigen. Patient beschreibt eine Zunahme der Halluzinationen, die darauf bezogenen Reaktionen bleiben aber minimal. Hervorragender Fortschritt.

19. September 2012

Wir beide haben ein komisches Verhältnis. Sie wissen bereits, dass meine Ärzte die ToZaPrex-Dosis erhöht haben. Sie wissen, dass es Nebenwirkungen gibt, und weil Sie in Harvard Psychologie studiert haben, wissen Sie auch genau, um welche es sich dabei handelt.

Aber ich bin gut drauf und das Medikament wirkt, also werde ich Ihnen von meinen »Erfahrungen« mit der höheren Dosis berichten.

Die Kopfschmerzen kommen und gehen. Ich kriege sie meistens an Orten voller Menschen, die sich viel bewegen. Ich bin ein bisschen lichtempfindlich. Und meine Halluzinationen haben zugenommen.

Ich weiß aber ganz genau, was real ist und was nicht, da kann ich Sie beruhigen. Ich habe nicht mehr diese panischen Momente, in denen ich mir nicht sicher bin, ob mein Bett nun wirklich brennt oder nicht. Aber ich sehe überall Dinge, die ich eigentlich nicht sehen sollte. Zum Beispiel den Mann im Anzug, dessen großer Metallaktenkoffer ständig aufgeht und überall Geldscheine verteilt. Und die Frau mit dem riesigen Hund, der sie über den Rasen schleift. Dann gibt es da noch den komischen Schattentyp, den ich nur aus dem Augenwinkel in enge Gassen huschen sehe. Die Mafiosi. Rebecca. Und ein paar andere, die ich nur gelegentlich sehe.

Da mein Nachname Petrazelli ist, finden Sie es wahrscheinlich naheliegend, dass ich Mafiosi sehe. Die gehören wahrscheinlich zum Pflichtprogramm für italienischstämmige männliche Schizophrene, richtig? Ich glaube aber nicht, dass meine Mafiosi-Halluzinationen meiner italienischen Abstammung geschuldet sind, sondern eher der Tatsache, dass meine Mom früher ein Riesenfan von den *Der-Pate*-Filmen war.

Sagen Sie ihr das bitte nicht. Ich will nicht, dass sie sich eine Mitschuld an meinem Irrsinn gibt.

Aber sicherlich sind die Halluzinationen trotzdem irgendwie symbolisch. Mit den Mafiatypen kann man nicht vernünftig reden. Es sind Schergen, die nur die Befehle eines namenlosen Don ausführen, der sich selbst nie die Hände schmutzig machen muss. Mein Viertel ist von der italienischen Mafia genauso weit entfernt wie vom Mond, aber wenn ich sie sehe, kommen sie mir dennoch nicht fremd vor. Sie scheinen irgendwie in mein Leben zu passen. Sie erinnern mich an die Wiesel in *Roger Rabbit*, nervige kleine Handlanger, die ständig laut »Jawohl, Boss« näseln.

Hin und wieder habe ich auch ungewöhnliche Halluzinationen, irgendwelche Dinge, die ich noch nie zuvor gesehen habe, und dann muss ich besonders vorsichtig sein. Es ist nämlich durchaus möglich, dass es sich gar nicht um Halluzinationen handelt – sondern nur um eine Person, die ich nicht kenne. Also warte ich auf die Zeichen. Die seltsame Augenfarbe. Die merkwürdige Stimme. Die Tatsache, dass es niemand außer mir bemerkt, wenn sie sich abnormal benehmen. Nur so habe ich begriffen, dass die alte Dame, die im Jogginganzug unsere Straße entlanggerannt ist, eine Halluzination war. Sie hat in unserer Einfahrt Rückwärtssaltos geschlagen. Das Pärchen mit dem Kinderwagen, das auf der anderen Straßenseite vorbeiging, hat überhaupt nicht darauf reagiert und ich bin mir beinahe hundertprozentig sicher, dass die beiden echt waren.

Bei einer Sache weiß ich nicht genau, ob es sich um eine Nebenwirkung des Medikaments handelt oder nicht. Ich erzähle Ihnen einfach, was passiert ist, und dann sagen Sie es mir.

In St. Agatha gibt es einen Pool. Jungs und Mädchen dürfen ihn nur getrennt benutzen, weil Badeanzüge provokant sind und hormongesteuerte Teenager zu unreinen Gedanken verführen. Ich würde der Schulleitung gerne sagen, dass diese Gedanken auch ohne Badeanzüge existieren, aber egal. Letzte Woche wurden wir in Gruppen eingeteilt und mussten Bahnen schwimmen.

Ich hätte nicht geglaubt, dass ich irgendetwas noch mehr hassen könnte als Dauerlauf, aber eins muss ich zugeben: Ich bin tatsächlich wesentlich motivierter, weiterzuschwimmen, wenn die Alternative lautet, in einem Pool zu ertrinken, in den wahrscheinlich die Hälfte der Schüler reinpinkelt. Ich hob den Kopf kurz aus dem Wasser und beobachtete Ian, der ein paar Bahnen weiter neben mir schwamm. Ich gebe es nur sehr ungern zu, aber er ist ein ausgezeichneter Schwimmer. Er war als Erster mit seinen Bahnen fertig und verbrachte den Rest der Stunde damit, am Beckenrand zu sitzen und die anderen mit arroganter Miene zu beobachten. Er rümpfte die Nase in Richtung Dwight und seine Herablassung wurde noch größer. Na gut, Dwight schwamm wirklich so ungelenk wie menschenmöglich und war der Einzige im Wasser, der eine Nasenklemme und eine knallblaue Schwimmbrille trug. Aber ich wette, Ian hätte ihn auch ohne jeden Grund so angeschaut.

Und jetzt kommt der Teil, bei dem ich Ihre Hilfe brauche. Mir ist klar, dass meine Halluzinationen nicht besonders vertrauenswürdig sind, aber manchmal habe ich das Gefühl, dass sie mir etwas mitteilen wollen, das ich alleine nicht erkennen kann. Ergibt das irgendeinen Sinn?

Ich war der Letzte in der Umkleide und ich hatte mich gerade fertig angezogen, als ich ein Platschen hörte. Rebecca, die mit überkreuzten Beinen auf einer Bank gesessen und auf mich gewartet hatte, sprintete aus dem Raum. Sie rannte weder kopflos herum noch flitzte sie zwischen den Spinden zum Ausgang. Das meine ich nicht. Sie raste mit Höchstgeschwindigkeit in Richtung Schwimmbecken, und weil so etwas noch nie vorgekommen war, folgte ich ihr.

Das Becken war leer bis auf eine wild zappelnde Person, die sich in den Bahnentrennern verheddert hatte. Ich hatte meine Gläser nicht auf, aber diese Person konnte ganz offensichtlich nicht schwimmen.

Also sprang ich ins Becken. Ich dachte mir, falls die

Szene nicht echt war, würde ich halt schlimmstenfalls umsonst nass werden.

Jemanden vor dem Ertrinken zu retten ist nicht so glamourös, wie es sich anhört. Als ich nahe genug dran war, um helfen zu können, wurde ich von der verzweifelt um Auftrieb kämpfenden Person mit einem heftigen Tritt ins Gesicht belohnt.

»Hör auf, dich zu bewegen!«, brüllte ich.

»Warum? Damit ich noch schneller ertrinke?« Es war Maya.

»Nein«, keuchte ich. Das Blut, das inzwischen aus meiner Nase tropfte, lief mir in den Mund. »Damit ich dich packen und zum Rand ziehen kann.«

Erst wollte sie die Bahnentrenner nicht loslassen, aber schließlich schaffte ich es, sie wegzuzerren und uns beide zur Leiter am Beckenrand zu bewegen. Maya kletterte heraus und übergab sich prompt in die Abflussrinne.

»Du kannst nicht schwimmen?«, fragte ich nach Atem ringend. Die dumme Frage brachte mir einen wütenden Blick ein. »Okay, okay«, sagte ich. »Gibt es denn einen Grund dafür, dass du da drin warst?«

Sie zeigte auf einen Stapel Klemmbretter bei der Tür.

»Coach Russert hat mich gebeten, die Dinger mitzunehmen, weil ich auf meinem Weg zum Englischunterricht am Sportsekretariat vorbeikomme«, sagte sie.

»Und da hast du beschlossen, eine Runde zu schwimmen?«, fragte ich. Meine Nase blutete inzwischen ziemlich heftig, aber sie schaute mich immer noch wütend an.

Dann zeigte sie auf einen umgestürzten Stapel Rettungswesten. »Ich bin gestolpert«, sagte sie tonlos.

Die Situation wurde sehr schnell ziemlich peinlich.

Uns wurde nämlich gleichzeitig bewusst, dass wir beide klatschnass auf dem Boden der Schwimmhalle neben einer Pfütze aus Mayas Erbrochenem lagen, während Blut aus meiner Nase strömte. Wirklich unangenehm. Aber das Gute daran war, dass die ganze Peinlichkeit sie milder zu stimmen schien.

»Tut mir echt leid«, sagte sie und zeigte auf mein Gesicht.

»Ist schon okay«, antwortete ich. Ehrlich gesagt war es überhaupt nicht okay. Meine Nase tat höllisch weh, aber ich hatte nicht vor, ihr das mitzuteilen.

Wir standen auf und blieben erst mal verlegen an Ort und Stelle stehen. Wenn sich so etwas in Filmen abspielt, folgt danach entweder eine dramatische Liebesszene oder zumindest ein Schwur der ewigen Freundschaft. Aber wir beide starrten uns nur stumm an. Irgendwann sagte sie schließlich: »Danke, dass du mir das Leben gerettet hast«, was wesentlich weniger dramatisch ist, als Disney einem weismachen will.

»Gern geschehen«, erwiderte ich. Für einen Sekundenbruchteil huschte ein Lächeln über ihr Gesicht und der Effekt war atemberaubend. Aber ich durfte ihn nicht lange genießen. Sie rannte los und verschwand in der Mädchenumkleide. Ich blieb am Beckenrand stehen und fragte mich, was zum Henker gerade passiert war.

War ich dem Platschgeräusch nachgerannt? Oder war ich nur Rebecca gefolgt?

Ist das überhaupt wichtig?

Am vergangenen Freitag habe ich in St. Agatha meine erste Beichte abgelegt. Alle Jahrgangsstufen wechseln sich dabei ab, was ich erstaunlich finde, weil das Ganze so ewig dauert. Erst mal wartet man eine Stunde und fünfundvierzig Minuten, bis man an der Reihe ist. Es folgen fünf Minuten mit dem Priester und danach noch mal fünf Minuten auf den Knien. Das ist eine Menge Zeit, in der man eigentlich was lernen könnte.

Ich bin zwar Katholik, aber ich war vorher erst ein einziges Mal bei der Beichte gewesen, und zwar mit ungefähr acht Jahren. Das ist das normale Alter für die erste Beichte. Es versteht sich von selbst, dass ich nichts zu beichten hatte. Achtjährige sündigen nicht besonders viel. Aber ich hatte trotzdem Schuldgefühle, also erzählte ich dem Priester ein paar Sachen, wegen denen ich ein schlechtes Gewissen hatte, und das schien ihm zu reichen.

Ich verstehe nicht, warum irgendjemand den Drang verspürt, einem vollkommen Fremden all seine Sünden zu beichten (sage ich, während ich Ihnen hier meine Probleme aufschreibe). Aber was noch wichtiger ist: Ich glaube keine Sekunde lang, dass es wirklich jemand macht.

Die Leute erfinden einfach ein paar Sünden, während sie vor dem Beichtstuhl anstehen.

Manchmal frage ich mich, wie andere Menschen Schuld empfinden. Ich glaube nämlich, ich mache es falsch. Normalerweise fühle ich mich nicht wegen der Dinge schuldig, die ich tue – sondern deshalb, weil ich mich dafür eben NICHT schuldig fühle. Gestern zum Beispiel habe ich einen langen inneren Monolog darüber gehalten, wie gerne ich meine Schizophrenie weitergeben würde, wenn ich könnte. Ich würde mir jemanden aussuchen, der sie verdient hat, und mich danach großartig fühlen, weil ich nichts mehr mit ihr zu tun haben müsste.

Ich wäre ungeheuer erleichtert, und einen Moment lang machte mich der Gedanke, meine Probleme auf jemand anderen abzuwälzen, richtig glücklich. Aber dann bekam ich ein schlechtes Gewissen, weil ich deshalb überhaupt keine Schuldgefühle hatte. Denn das macht mich zu einem schlechten Menschen, stimmt's?

Ich schaute in die Gesichter meiner Mitschüler, die alle auf die Beichte warteten. Sie wirkten gelangweilt.

Maya saß in der Bankreihe auf der anderen Seite des Mittelgangs. Sie lächelte mir zu und verdrehte dann die Augen, als wolle sie mir sagen: *So ein Blödsinn, was?* Ich tat es ihr nach. *Wem sagst du das?*, sollte meine Miene bedeuten. Aber ich weiß natürlich nicht, wie mein Gesicht in diesem Moment tatsächlich ausgesehen hat. Vielleicht las sie etwas ganz anderes darin. Oder gar nichts. Es war unsere erste Begegnung, seit ich sie aus dem Pool gezogen hatte, aber aus unerfindlichen Gründen fühlte es sich überhaupt nicht peinlich an.

Der Chor probte gerade für die Sonntagsmesse und ich verzog das Gesicht, als sie zu singen begannen. Ich habe herausgefunden, dass es ziemlich einfach ist, Informationen an mir vorbeigleiten zu lassen, wenn ich es will oder wenn sie einfach langweilig sind. Außer, sie sind in ein Kirchenlied verpackt. Dann brennt sich der Scheiß für alle Ewigkeit in mein Hirn ein.

Als ich an die Reihe kam, ging ich in den Beichtstuhl und kniete mich hinter das Trenngitter. Ich sagte die vorgeschriebenen Worte: »Vergib mir, Vater, denn ich habe gesündigt. Meine letzte Beichte war vor acht Jahren.«

»Warum hast du so lange gewartet, mein Sohn?« Es war der Priester mit dem irischen Akzent, der manchmal statt

Father Benjamin die Messe liest. Ich hasse es, wenn Leute »mein Sohn« zu jemandem sagen, der nicht ihr Sohn ist. Das finde ich gruselig. Aber er ist ein waschechter Ire, was ihn zumindest ein bisschen interessanter macht als den amerikanischen Durchschnittspriester. Eine Art irischer Kobold, der Wünsche erfüllt. Ich stellte mir vor, wie er am Ende des Regenbogens auf einem Topf voll Gold hockte, und ich versuchte, mich deshalb schuldig zu fühlen. Aber das klappte nicht. Die Vorstellung war einfach zu witzig.

»Meiner Meinung nach ist es Zeitverschwendung, jemandem seine Sünden zu beichten.«

Ich hörte, wie er auf seinem Stuhl nach vorne rutschte. Wahrscheinlich war es ziemlich unhöflich, so etwas zu sagen, aber in der Beichte zu lügen wäre sicher noch schlimmer gewesen.

»Zeitverschwendung?«, fragte er.

»Genau«, sagte ich. »Tut mir leid.«

Ich wartete darauf, dass Father Patrick die Hände durch das Gitter streckte, um mich zu erwürgen, aber nichts passierte. Das Schweigen dauerte so lange, dass ich mich irgendwann genötigt fühlte, es zu brechen.

»Haben Sie wegen mir einen Herzinfarkt bekommen?«

Als er lachend mit »Nein« antwortete, war ich erleichtert.

»Kommen alle anderen hier rein, beichten Ihnen ihre Sünden und gehen dann wieder?«

»Meistens schon«, sagte er. Ich konnte hören, dass er immer noch lächelte.

»Aber manchmal kriege ich auch Kids wie dich, die wissen wollen, was das Ganze soll.«

»Und was sagen Sie denen?«, fragte ich.

»Dass jemand, der seine Sünden beichtet – sie *aufrichtig* beichtet –, sich damit seiner Unvollkommenheit bewusst wird.«

»Glauben Sie im Ernst, dass wir uns für makellos halten? Und dass wir uns deshalb ständig unsere Fehler vorhalten müssen?«

Er schwieg eine Zeit lang. Dann sagte er: »Würdest du es akzeptieren, wenn ich dir sage, dass dies nur eine weitere Möglichkeit ist, mit Gott zu kommunizieren?«

»Und wenn ich nicht an Gott glaube?«

Er rutschte wieder auf seinem Stuhl herum. Wahrscheinlich, weil Leute wie ich seine Jobsicherheit bedrohen.

»Dann nutze die Zeit doch, um darüber nachzudenken, welche Art von Mensch du sein möchtest. Und glaube wenigstens an dich selbst«, sagte er dann leise.

Das hatte ich nun wirklich nicht von ihm erwartet, aber ich machte trotzdem, dass ich aus dem Beichtstuhl kam, bevor er mir irgendwelche Gebete aufdrücken konnte. Nach seiner erstaunlich schlüssigen Abwägung hätte ich sonst den Drang verspürt, sie tatsächlich zu sprechen.

Als ich aus dem Beichtstuhl kam, zeigte Schwester Catherine auf die Bankreihe zu ihrer Linken und legte den Zeigefinger ihrer anderen Hand an die Lippen, als sei ich ein Fünfjähriger, der nicht weiß, dass man in der Kirche nicht pfeift oder laut herumgrölt. Maya saß jetzt direkt vor mir. Sie betete. Vermutlich.

Als ich mich in meiner eigenen Reihe hinkniete, senkte ich wie vorgeschrieben den Kopf und schloss die Augen. Einen Moment später spürte ich, wie sich jemand neben mich setzte.

»Hey«, flüsterte Maya.

»Hey«, flüsterte ich zurück. »Kriegen wir keinen Ärger, wenn wir in der Kirche reden?«

»Nicht, wenn du stur nach vorne starrst und leise sprichst«, sagte sie ruhig. »Manchmal befiehlt dir der Heilige Geist eben, laut zu beten.« Sie verdrehte die Augen. Dann lächelte sie. »Wie geht's deiner Nase?«

»Ganz gut«, log ich. Sie sah so schuldbewusst aus, dass ich ihr nicht sagen wollte, wie weh es immer noch tat. Zum Glück war sie nicht gebrochen, sondern nur geprellt.

»Hör zu. Schwester Catherine wird dich fragen, ob du dem akademischen Team beitreten willst. Ich habe gehört, wie sie einer Kollegin erzählt hat, dass du all diese Gebete auswendig gelernt hast.«

»Meinst du die Loser, die bei diesen Zehnkampfturnieren des Wissens antreten?«

»Das sind wir«, sagte sie und zog eine Augenbraue hoch. Ich versuchte, mich dafür zu entschuldigen, dass ich sie Loser genannt hatte, aber sie winkte ab.

»Vergiss es«, sagte sie. »Wir sind stolz darauf. Außerdem musst du hier eine AG besuchen. Wenn du weder ein Instrument spielst noch besonders sportlich bist, bleibt nur noch das akademische Team.«

»Mit anderen Worten, mir bleibt keine Wahl.«

»Na ja, du bist groß. Spielst du Basketball?«

Ich lachte auf und täuschte einen Hustenanfall vor, als Schwester Catherine in meine Richtung blickte. Ich war in meiner alten Schule für die Mannschaft angeworben worden, aber ich habe Koordinationsschwierigkeiten. Ich kann kaum meine Gläser aufsetzen, ohne mir dabei ein Auge auszustechen. Es dauerte keine zehn Minuten, bis die Mannschaft realisierte, dass ich völlig nutzlos war. Außer, sie brauchten jemanden, um den Korb festzuhalten.

»Gib mir nachher deine Nummer, dann kann ich dir texten, wo wir uns zum Training treffen.«

»Gib mir einfach deine«, flüsterte ich.

»Ich habe aber keinen Stift dabei«, sagte sie.

»Ich kann sie mir merken.«

»Natürlich«, grinste sie. Ich versuchte, nicht allzu selbstzufrieden zu wirken, als sie mir ihre Nummer sagte und ich sie mir augenblicklich einprägte.

Später am selben Tag forderte Schwester Catherine mich tatsächlich auf, in das Team einzutreten. Sie sagte, da ich keine Religionshausaufgaben machen müsste, könnte ich die Zeit dazu nutzen, mir Fakten einzuprägen. *Na super.*

Während unseres Gesprächs drehte Rebecca vor der Tafel Pirouetten. Ihr blondes Haar flog durch die Luft wie gesponnenes Gold und ein unsichtbarer Chor sang dazu »Amazing Grace«. Ich war einen Moment lang abgelenkt, bis ich merkte, dass Schwester Catherine mich vielsagend ansah. Ich dachte, ich hätte mir keine Blöße gegeben, aber sie hatte begriffen, was gerade passiert war. Ich sah Verständnis in ihrem Blick, aber auch eine Warnung. Es war zu offensichtlich gewesen. Ich holte tief Luft und konzentrierte mich bis zum Ende der Stunde voll und ganz auf den Unterricht.

Am Nachmittag schickte ich Maya eine Nachricht. Ich brauchte zehn Minuten, um sie zu schreiben, und am Ende stand nur darin: »Hi, hier ist Adam.«

Eine Sekunde später kam ihre Antwort: »Thx.«

Als Paul mich von der Schule abholte, sprach er nicht

viel, aber er fuhr mit mir zum McDrive und kaufte uns Milchshakes. Er hat immer noch Angst vor mir. Aber ich habe das Gefühl, dass er dagegen ankämpft.

Mein Handy vibrierte in meiner Tasche, als wir in unsere Einfahrt fuhren, und ich sah, dass Maya mir noch eine Nachricht geschickt hatte.

»Übrigens: Willkommen bei den Losern!«

Ich glaube, sie mag mich.

7

DOSIERUNG: 1,5 mg. Unverändert. Adam wirkt offener, was seine Krankheit angeht. Feindselige Haltung gegenüber der Therapie. Weigert sich weiterhin, verbal zu kommunizieren.

26. September 2012

Ihre Bemerkung, mein Tagebuch sei »zu ichbewusst«, um authentisch zu sein, ist kompletter Bullshit. Genau so bin ich. Sie sind nur sauer, weil ich nicht mit Ihnen rede.

Es ist ehrlich gesagt ziemlich ätzend, vom eigenen Therapeuten ausgefragt zu werden. Wenn Sie mich fragen, was ich über Schizophrenie weiß, dann ist das genauso, als würde ich Sie fragen, was Sie darüber wissen, sich wie ein arroganter Snob anzuziehen. Ich weiß etwas darüber, weil ich es lebe.

Hier sind die Fakten, die Sie natürlich längst kennen. Ich sage sie Ihnen aber trotzdem, weil ich clever wirken will und mich verzweifelt nach Ihrer Anerkennung sehne. *Ganz offensichtlich.*

»Schizophrenie« ist ein griechisches Wort, das sich wörtlich übersetzt aus *schizein* (spalten) und *phren* (Seele) zusammensetzt. Aber es bedeutet nicht gespaltene Persönlichkeit. Und auch nicht multiple Persönlichkeit. »Gespalten« bezieht sich auf eine Kluft zwischen bestimmten kognitiven Funktionen.

Kurz gesagt, ein Füllhorn voller Scheiße. Aber das wissen Sie ja schon.

Unheilbar. Wird nie wieder normal. Erfordert ständige Wachsamkeit.

Anmerkung: Ihre Jacke ist saublöd. Sie sollten keine Karos tragen. Außerdem finde ich Ihre Frisur beschissen. Benutzen Sie Schaumfestiger für Ihre Fönwelle? Lassen Sie es lieber. Und in unserer letzten Sitzung war der Reißverschluss Ihrer Hose die ganze Zeit offen. Ich habe nichts gesagt, weil ich 1. nicht wollte, dass Sie denken, ich starre auf Ihren Schritt, und 2. nicht mit Ihnen rede und es sehr schwierig gewesen wäre, diese Situation pantomimisch darzustellen.

Hier ist etwas, das Sie noch nicht wussten. Mein Großonkel Greg hatte dasselbe wie ich. Er war der Bruder meiner Großmutter und ich erinnere mich noch sehr gut daran, dass meine Oma immer so tat, als wäre er ganz normal. Wenn sie über ihn sprach, dann klang es, als sei er ein ganz normaler Mann mit ein paar Problemen. Ich habe kein einziges Mal gehört, dass jemand das Wort »Schizophrenie« im Zusammenhang mit ihm erwähnt hat. Ich glaube nicht unbedingt, dass das hilfreich war, aber es herrschten andere Zeiten und damals hatten die Leute weniger Verständnis für Krankheiten, die einen nicht umbrachten. Außerdem hat meine Mom gesagt, dass bei Onkel Greg nie etwas diagnostiziert wurde. Hätte er keine Familie gehabt, wäre er vermutlich unter irgendeiner Brücke gestorben.

Ich mochte ihn. Er sprach sehr leise und sanft, beschwerte sich nie und war ein durch und durch gutartiger Mensch. Einer, der Geldscheine in Bücher aus der Bibliothek steckt, wenn er sie zurückgibt, und im Supermarkt alle anderen vorlässt. Außerdem war er der beste Pianist, den ich je getroffen habe. Er hatte sich das Instrument selbst beigebracht und konnte fast alles nach Gehör spielen.

Da er die meiste Zeit seines Lebens bei meiner Großmutter wohnte und kaum regelmäßige Ausgaben hatte, brachte er Kindern, die sich keinen Musikunterricht leisten konnten, Klavierspielen bei. Manchmal bezahlten sie ihn mit Gemüse aus ihrem Garten. Manchmal backten ihre Mütter ihm Kekse. Einmal kam er mit einem Schal nach Hause, den ihm eine Schülerin gestrickt hatte. Er trug ihn einen Monat lang jeden Tag. Im Juli.

Was ich damit sagen will: Wenn sie lernen wollten, wie man Klavier spielt, dann brachte er es ihnen bei.

Ich wünschte, ich hätte damals auch gewollt.

Er starb ungefähr zu der Zeit, als mein Dad uns verließ, aber ich werde nie vergessen, was er zu mir sagte, als er versuchte, mir das Spielen beizubringen. Er hatte zufällig gehört, wie meine Mom meiner Oma erzählte, dass ich in der Schule wegen irgendeiner Kleinigkeit gehänselt worden war. Das war lange bevor irgendjemand wusste, dass mit mir etwas nicht stimmte.

»Die meisten Leute haben Angst vor sich selbst, Adam. Diese Angst nehmen sie überall mit hin und hoffen, dass es niemandem auffällt.«

Bevor ich ihn fragen konnte, was das bitte schön mit meiner Situation zu tun haben sollte, lachte er los. Er hatte ein dröhnendes Lachen, das zu unpassenden Momenten wie eine explodierende Fanfare ertönte. Meine Mom sagte, als Baby sei ich davon begeistert gewesen.

Obwohl man seine Krankheit nie diagnostiziert hat, weiß ich, dass er genauso war wie ich. Der einzige Unterschied ist, dass er ein wirklich gütiger Mensch war. Es ist egal, wie verrückt jemand ist, einem aufrichtig netten Menschen verzeihen die Leute alles.

Sie haben mich mal gefragt, wovor ich Angst habe. Damals antwortete ich nicht, weil ich keine Lust dazu hatte. Wenn ich es ausspreche, höre ich mich an wie ein Weichei. Aber es ist spät und ich kann nicht schlafen. Und das Gefühl, das sich in meine Gedanken schleicht, wenn ich nicht schlafen kann, ist wieder hier.

Ihnen ist inzwischen wahrscheinlich aufgefallen, dass ich mich so ziemlich gegen alles verteidigen kann, was nachts in mein Zimmer torkeln könnte. Trotzdem habe ich die Hände zu Fäusten geballt und scanne hektisch den Boden, weil ich unbedingt wissen will, woher das Kratzgeräusch unter den Dielenbrettern kommt. Ein Teil von mir glaubt nämlich immer noch, dass die Dinge, die ich sehe und höre, real sind. Dass etwas hinter mir her ist.

Ich erinnere mich an eine Geschichte, die ich mal gelesen habe. Es ging um einen Mann in einem Zug, der davon überzeugt war, dass seine Mitreisenden ihn umbringen wollten. Er hatte sich eingeredet, sie könnten seine Gedanken lesen, wollten ihn am nächsten Bahnhof aus dem Zug zerren und zu Tode prügeln.

Er schloss sich mehr als eine Stunde lang im Klo ein.

Als der Zug endlich am nächsten Bahnhof ankam,

rannte er schreiend aus seinem Abteil, hechtete in Richtung Bahnsteig, rutschte ab und schlug sich an der vereisten Kante den Schädel ein.

Er war siebenunddreißig. Ziemlich jung, um zu sterben.

Die meisten Geschichten, zumindest diejenigen, die ich in der Schule gelesen habe, ähneln sich darin, dass Züge beinahe immer etwas bedeuten. Entweder Abenteuer oder Tod.

In einer Ecke meines Zimmers sehe ich einen schattenhaften Mann stehen. Er trägt eine schwarze Melone und hat einen Gehstock mit gekrümmtem Griff bei sich. Alle paar Minuten blickt er auf seine Uhr und schaut mich dann an.

»Es ist beinahe an der Zeit«, sagt er immer wieder halblaut. »Du musst rennen. Der Zug kommt.«

»Was ist an der Zeit?«, will ich ihn fragen.

Doch er lächelt und sagt nichts. Das muss er auch nicht.

Aber obwohl er gruselig ist und ich will, dass er verschwindet, ist nicht *er* es, vor dem ich Angst habe.

Ich fürchte mich vor dem Zustand von damals, als ich ihn noch für real gehalten habe.

Ich habe Angst, dass ich eines Tages die Halluzinationsparade nicht mehr anschauen kann, ohne zu tun, was sie mir befiehlt. Weil das Medikament nicht mehr wirkt. Davor habe ich Angst. Und davor, dass meine Mitmenschen dann auch aus gutem Grund Angst vor mir haben könnten.

DOSIERUNG: 1,5 mg. Unverändert. Keine Veränderung im Verhalten.

3. Oktober 2012

Der nackte Mann besucht mich gelegentlich. Er ist wahrscheinlich meine schrägste Wahnvorstellung. Größer als ich. Und splitterfasernackt. Freilufttheater. Ich habe ihn Jason getauft. Ohne besonderen Anlass, er sieht einfach aus wie ein Jason.

Eigentlich ist er ziemlich nett. Er erinnert mich daran, anderen die Tür aufzuhalten. Mich zu bedanken. So was eben. Aber eine tiefere Beziehung haben wir nicht. Jason ist einfach eine riesige, nackte Gestalt, die durch die Flure meiner Schule spaziert. Sogar für eine Halluzination ist das ziemlich verrückt.

Ich darf mich eigentlich nicht mehr verrückt nennen. Das stand in einem der Bücher, die meine Mom nach meiner Diagnose gekauft hat. Bücher, in denen steht, dass man sein Freak-Kind lieben soll, egal, wie viele unsichtbare Freunde es hat.

Der nackte Jason und ich saßen also vor meinem Kursraum, als Ian und ein anderer Typ an uns vorbeiliefen. Sie trugen einen Eimer mit der Aufschrift ABFALL aus dem Biolabor. Offensichtlich waren sie gerade dabei, die klumpigen Überreste zu entsorgen, die sie nicht in den Ausguss gießen konnten, und ich schaute erst auf, als sie schon fast an mir vorbei waren. Bevor ich registrierte, was sie vorhatten, kippten sie mir schon ein Drittel des Schlonzes auf den Schoß und rannten wie Vollidioten davon. Was in dem Eimer geblieben war, schwappte größtenteils auf den Boden. Ihr Lachen dröhnte noch immer in meinen Ohren. Sie hatten mir diesen Scheiß absichtlich auf die Hose gekippt. Sogar Jason, der netteste Typ, den ich kenne, der für jeden ein gutes Wort übrighat, sagte nur: »Das war echt mies, Alter«, bevor er verschwand.

Ich schaffte es nicht, mich im Waschraum zu säubern, also ging ich zur Krankenstation. Die Schulschwester schaute mich an, als hätte ich mit Absicht in Formaldehyd und Froschgedärm gebadet. Dann gab sie mir ein paar Reserveshorts, die mir zwar an der Taille passten, aber fast zehn Zentimeter zu kurz waren. Eine Frau mit langen schwarzen Locken verbiss sich das Lachen, als ich aus dem Waschraum kam.

»Sorry«, sagte sie, immer noch feixend. »Längere haben wir nicht.«

»Super.«

»Sind ja nur noch zwei Stunden. Mach dir keine Sorgen.«

Wie schön, dass Leute einem immer nur sagen, man soll sich keine Sorgen machen, wenn es um etwas geht, das ihnen egal ist. Die Ersatzshorts hatten es nicht ganz geschafft, den immer noch aus meinen Boxershorts aufsteigenden Laborduft zu überdecken, und da meine

Unterhose ohnehin klatschnass geworden war, nutzte ich beim Umziehen die Gelegenheit, sie in den Müll zu werfen.

Ich musste vor dem Sportunterricht noch eine Stunde Englisch absitzen. Dwight hatte mich zur Krankenstation gehen sehen, also erzählte ich ihm, was passiert war. Er referierte während der ganzen Stunde fortlaufend darüber, was für ein Arsch Ian sei, und das wusste ich sehr zu schätzen. Trotz der Tatsache, dass ich jedes Mal, wenn ich eine falsche Bewegung machte, ein feuchtes Schmatzen zwischen meinen Pobacken hörte.

Unten ohne im Unterricht zu sitzen ist schräg.

Unten ohne am Sportunterricht teilzunehmen ist extrem unangenehm.

Der Netzeinsatz meiner Laufshorts half nicht viel und ich spürte, wie der Gummizug meine Eier wund scheuerte. Ian und der andere Typ von vorher (ich glaube, er heißt Zane? Oder Blane? Irgendein ätzender Name) drehten sich ein paarmal während der Stunde zu mir um und machten Gesichter, die geradezu darum bettelten, in den Boden gestampft zu werden. Von der Tribüne aus schüttelte Rebecca warnend den Kopf.

Nach dem Sport ging ich mit Maya zurück zu den Umkleideräumen. Dwight war zur Kirche gerannt, weil er ein Messdienertreffen hatte, also waren wir tatsächlich allein, was, seit ich ihr das Leben gerettet hatte, nur sehr selten vorgekommen war. Sie schnüffelte ein paar Sekunden lang neugierig, sagte aber nichts. Der ursprünglich schwache Chemiegeruch war inzwischen zu einem schwachen Chemiegeruch mit einem Hauch Hodenschweiß geworden.

»Ich glaube, Ian ist neidisch, weil du größer bist als er.«

»Was?«, fragte ich. Ihre Bemerkung war völlig aus dem Nichts gekommen.

»Du bist groß. Er ist Durchschnitt und seine Brüder sind alle richtig groß. Ich glaube, er hat es auf dich abgesehen, weil er neidisch ist.«

»Was ist das denn für ein Grund? Nur, weil ich groß bin?«

»Na ja, außerdem siehst du besser aus als er.«

»Oh«, machte ich.

»Bis später.«

Sie bog um eine Ecke, bevor mir eine clevere Erwiderung einfiel, und deshalb kam ich mir den Rest des Tages vor wie ein Trottel. *Oh.*

Ich hatte »Oh« gesagt?!

Beinahe alles andere wäre besser gewesen. Zum Beispiel *Danke.*

Oh.

Meine Dummheit hat geradezu epische Ausmaße angenommen.

Ich weiß immer noch nicht, was ich hätte sagen sollen.

Ich soll meine Krankheit nicht als eine Last begreifen. Man hat mir gesagt, es sei besser, wenn ich sie als einen Teil von mir betrachte, der Kommunikationsschwierigkeiten mit dem Rest von mir hat. Aber das ist Bullshit.

Das Wichtigste am Verrücktsein ist, zu wissen, dass man verrückt ist. Dieses *Wissen* macht einen nämlich weniger verrückt.

Ich frage mich, ob Sie schon mal einen Patienten hatten, der sich geweigert hat, mit Ihnen zu reden. So leicht haben Sie Ihr Geld bestimmt noch nie verdient. Sie müssen nur meine Aufzeichnungen lesen, eine Zeit lang süffisant nicken und versuchen, mich in ein Gespräch zu verwickeln.

Haben Sie Schuldgefühle, weil Sie psychisch Kranken Geld abknöpfen? Oder genauer gesagt, ihren Familien. Den Leuten, die darauf vertrauen, dass Sie ihren Lieben helfen können. Kein großer Unterschied zu Leuten, die ihr ganzes Geld an Wahrsager verschwenden, die ihnen nur das sagen, was sie hören wollen.

Trotzdem kann ich Ihnen nicht vorwerfen, dass Sie sich für diesen Beruf entschieden haben. Geistig kranke Menschen sind faszinierend. Als ich zehn war, nahmen Paul und meine Mom mich mit nach San Francisco, eine Stadt voller Obdachloser, wie ich bald herausfand. Also eine ganze Menge Irre.

Es ist schwierig, wegzusehen, wenn einer seine fünf Minuten hat. Ein Typ im Park hatte es geschafft, Seifenblasen aus seinem Speichel und ein bisschen Seife zu fabrizieren. Er saß auf dem Deckel einer Mülltonne, blies allen Passanten Spuckeblasen ins Gesicht und unterhielt sich angeregt mit jemandem, den außer ihm niemand sehen konnte.

Ich weiß noch, dass ich damals gelacht habe und meine Mom mich so böse anschaute wie noch nie zuvor. Ich glaube nicht, dass ich heute auch noch lachen würde. Obwohl, vielleicht doch. Dieser Scheiß ist immer noch ziemlich lustig.

Ich verschwende keine Zeit darauf, Mitleid mit geisteskranken Menschen zu haben, weil ich auch nicht will, dass jemand seine Zeit darauf verschwendet, mich zu bemitleiden. Ich brauche kein Mitleid – es nützt nämlich niemandem etwas. Wir sehen die Welt anders als die anderen und leben nach unseren eigenen Regeln. Und das ist es, wovor alle Angst haben. Vielleicht sind sie ja neidisch. Aber wahrscheinlich nicht.

Deshalb lese ich gerne Geschichten über Heilige. In St. Agatha sind eine Menge Bücher verboten (zum Beispiel die Harry-Potter-Bände, weil die angeblich Kinder dazu verführen, an das Okkulte zu glauben), aber Heiligenbiografien gibt es reihenweise. Und die sind ehrlich gesagt viel schockierender. Es ist schön, über Leute zu lesen, die vollkommen durchgeknallt waren und damit durchgekommen sind.

Wissen Sie, wer wirklich verrückt war? Aber dabei extrem cool?

Jeanne d'Arc, die Jungfrau von Orléans.

Sie hatte Visionen, in denen der Erzengel Michael, die heilige Katharina und die heilige Margareta ihr befahlen, Karl VII. zu unterstützen und während des Hundertjährigen Krieges Frankreich von der Herrschaft der Briten zu befreien. Sie hörte Stimmen und führte in der Belagerung von Orléans tatsächlich eine Armee an. Damals waren die Leute so empfänglich für religiöse Wunder, dass sie ein Mädchen im Teenageralter an die Spitze einer politischen Bewegung setzten, weil sie von Gottes Geist durchdrungen war. Sie war eine strahlende Vision, kraftvoll und trotzig.

Und deshalb landete sie natürlich auf dem Scheiterhaufen.

Gestern bekam ich eine Nachricht von Maya mit Informationen über das erste Treffen des akademischen Teams. Ich antwortete ihr natürlich.

ICH: Danke. Muss ich vor dem ersten Training irgendetwas wissen?

    MAYA: Alles. Allgemeinbildung. Alte Filme. Hauptstädte. Literaturklassiker.

ICH: Was für Filme?

    MAYA: Zum Beispiel *Vom Winde verweht. Der Zauberer von Oz. Casablanca.* Sie stehen auf Schwarz-Weiß-Schinken.

ICH: Cool. *Casablanca* habe ich gesehen.

    MAYA: Gratuliere.

ICH: ☺*

*Anmerkung: Ein Smiley ist immer dann die richtige Antwort, wenn einem sonst nichts einfällt. Fast immer.

9

DOSIERUNG: 1,5 mg. Dosierung unverändert, deutliche Verbesserung. Sichtbar entspannter während der Sitzung.

10. Oktober 2012

Vor ein paar Tagen habe ich Pad Thai mit Hühnchen gemacht, und zwar ganz ohne Fertigzutaten. Ich glaube, etwas so Gutes habe ich bisher noch nie gekocht, und deshalb bin ich auch ziemlich stolz darauf. Ich bereite gern Essen für andere zu. Es macht sie glücklich und das hat etwas sehr Befriedigendes für mich.

Eigentlich backe ich lieber, aber früher hat es meine Mom sehr glücklich gemacht, das Essen auf dem Tisch zu sehen, wenn sie von der Arbeit nach Hause kam. Paul kriegt alleine kaum einen Toast hin, also fiel diese Aufgabe mir zu. Es ist ganz erfrischend, dass es eine Sache gibt, die er nicht kann.

Nein, ich geniere mich nicht dafür, dass ich gerne backe. Klar wurde ich deswegen schon oft gehänselt, aber die können mich mal. Im Gegensatz zu ihnen kann ich mich selbst ernähren. Und das ist stark. Ehrlich gesagt ist das meine einzige wirkliche Stärke. Ich habe mein Leben zwar nicht immer im Griff, aber wenn ich Hunger habe, muss ich mich nicht nur auf Käsetoast und Müsli beschränken. Und wenn ich mal für jemand anderen kochen muss, kann ich auch das. Essen machen zu können ist irgendwie befreiend. Für mich wird niemals jemand in der Küche schuften müssen. Zumindest das spricht für mich.

Außerdem treten nicht so viele meiner Symptome auf, wenn ich koche. Weil ich mich dabei viel zu sehr konzentrieren muss, schließlich handelt es sich um präzise Handwerkskunst. Na gut, man kann sich mit Kräutern und Gewürzen schon ein paar Freiheiten erlauben, aber mit der richtigen Übung lassen sich alle Details genau reproduzieren.

Als ich vor ein paar Tagen abends Hähnchenbrust panieren wollte, fiel mir auf, dass irgendjemand alle Küchenmesser versteckt hatte. Und als ich meine Mom darauf ansprach, gestand sie mir nach kurzem Zögern, dass Paul es für eine gute Idee hielt, wenn jemand zu Hause ist, während ich koche. Sie konnte mir dabei nicht in die Augen sehen. Ich würde zu gerne wissen, wie ihr Gespräch abgelaufen ist, in dem es darum ging, alle gefährlichen Dinge aus dem Haus zu entfernen. Irgendwie war das untypisch für Paul, denn er hat eigentlich immer einen Grund für alles, was er tut. Ich habe keine Ahnung, was ihn so beunruhigt hat.

Auf jeden Fall war es ziemlich mies von ihnen. Sie hätten es mir einfach sagen können. Klar hätte ich sie verstanden, ich will nicht, dass sie Angst vor mir haben. Aber sie hätten nicht alles verstecken müssen, dann würde ich mir jetzt nicht vorkommen wie ein instabiler Psychopath. Ich werde ja wohl kaum aufhören, mein Hähnchen zu schneiden, und stattdessen auf Leute losgehen, nur weil ich gerade »in Abstechlaune« bin.

Das ist zumindest sehr unwahrscheinlich.

Richtig?

Maya hat das Notizbuch gesehen, in dem ich meine Rezepte aufschreibe. Sie hat mich danach gefragt und ich habe mit den Schultern gezuckt und gesagt, dass ich gerne koche.

»Was denn?«, fragte sie.

»Alles.« Ich habe ihr davon erzählt, dass meine Mom früher oft Spätschicht hatte, mich aber jeden Abend an den Esstisch bugsiert hat, um beim Abendessen mit mir über meinen Tag zu sprechen. Egal, wie müde sie war. Und wenn es nur Cornflakes gab. Sie fand gemeinsame Mahlzeiten sehr wichtig. Und seitdem bin auch ich der Meinung, dass Essen im Leben eine große Rolle spielen sollte. Eine Mahlzeit muss etwas bedeuten.

Das ist deshalb lustig, weil Mom eine ziemlich durchschnittliche Köchin ist. Damit will ich nicht sagen, dass sie nicht kochen kann, im Gegenteil. Das meiste, was sie macht, ist lecker. Aber sie kocht einfach nicht gern und das schmeckt man immer heraus.

Apfelkuchen ist das Einzige, was sie wirklich mit Liebe macht. Saftiger, säuerlich-süßer, köstlicher Apfelkuchen. Das war das Erste, was ich zu backen lernte, und es ist bis heute das Einzige geblieben, was meine Mom immer noch besser macht als ich.

Ich muss ziemlich lange geredet haben, denn als ich wieder hochschaute, hatte Maya ihre Brille abgenommen. Ohne sah sie ganz anders aus. Die grünen Sprenkel in ihren Augen hatte ich vorher noch nie bemerkt. Mir wurde bewusst, dass ich sie anstarrte.

»Okay, das waren jetzt wahrscheinlich ein paar persönliche Informationen mehr, als du wolltest«, sagte ich verlegen. Sie gab mir lächelnd mein Notizbuch zurück.

»Meine Mom kocht extrem ungern«, sagte sie. »Sie hat es schon immer gehasst. Wir sind drei Kinder, meine zwei kleinen Brüder und ich. Dazu noch mein Dad. Wenn sie vom Krankenhaus nach Hause kommt, dann will sie die Küche nicht mal sehen. Also besteht das Abendessen bei uns aus dem, was mir gerade einfällt. Es gibt ziemlich oft Rührei.« Einen Moment lang wirkte sie sehr müde.

»Mein Dad hat kein regelmäßiges Einkommen«, sagte sie dann sachlich. »Er ist freiberuflicher Klempner. Wenn die Auftragslage gut ist, verdient er sehr ordentlich, aber wenn nicht, dann übernimmt meine Mom zusätzliche Schichten im Krankenhaus und er bleibt mit den Jungs zu Hause.« Sie schaute mich wieder an. »Auf Zwillinge waren sie nicht vorbereitet.«

»Ich glaube, darauf ist niemand vorbereitet. Das ist doppelt so viel Baby wie sonst«, sagte ich.

»Und so viel Babykacke. Die Windeln waren der Horror.« Sie schüttelte sich und ich lachte.

Mehr sagte sie nicht zu dem Thema, also musste ich mir den Rest selbst zusammenreimen. Zwei Kinder bedeuten viel mehr Arbeit und kosten viel mehr Geld als das eine, mit dem man gerechnet hat. Aber so, wie ich Maya verstanden hatte, fühlte ihre Mutter sich vom Schicksal nicht unfair behandelt. Sie hatte die Situation akzeptiert und bewältigte sie so gut sie konnte. Und dass ihr Vater zu Hause bei ihren Brüdern bleiben konnte, war eine gute Sache.

Sie haben mich gebeten, Maya zu beschreiben. Meinen Sie äußerlich? Es erscheint mir irgendwie schlüpfrig, dass ich Ihnen bis ins kleinste Detail erzählen soll, wie sie aussieht.

Sie ist winzig.

Das habe ich zwar schon mal gesagt, aber ich glaube, Sie wissen nicht, wie ich es meine.

Ich bin schon immer Frankenstein oder Yeti genannt worden, aber wenn Maya neben mir sitzt, dann sehe ich auch wirklich so aus. Ernsthaft. Mittelalterliche Dorfbewohner würden ihr mit brennenden Fackeln zu Hilfe kommen, wenn sie uns zusammen sehen würden.

Sie hat riesige Augen, wie ein unschuldiges kleines Waldtier, und kleine Hände, mit denen sie beim Reden wild gestikuliert.

Was ihre Persönlichkeit angeht, sollte ich wahrscheinlich erwähnen, dass Maya kein besonders freundlicher Mensch ist. Nach meiner bisherigen eingeschränkten Erfahrung ist es ganz offensichtlich, dass sie Leute im Allgemeinen nicht mag. Sie ist natürlich trotzdem nett, so meine ich das nicht – aber es gibt nur sehr wenige Menschen in ihrem Leben, die ihr wirklich etwas bedeuten. Wenn sie dich mag, dann ist das eine große Sache, denn sie verschwendet nur ungern ihre Zeit. Um es noch mal zu erklären: Sie ist nicht zu allen nett und sie redet erst mit dir, wenn sie beschlossen hat, dass du es wert bist.

Die meisten Kids in der Schule sind ihr total egal, aber Ian gegenüber benimmt sie sich komisch. Statt sich heute schnurstracks durch die Schülermeute zu drängen, die sich vor dem Schwarzen Brett versammelt hatte, wich sie zur Seite aus und wartete, bis Ian vorbeigegangen war.

Sie benahm sich nicht auffällig anders als sonst, aber die Luft um sie herum schien schwerer zu werden, als sie ihm nachschaute.

»Problem?«, fragte ich.

»Ja«, sagte sie. Aber sie äußerte sich nicht weiter. So etwas macht sie sehr oft.

Gestern Abend war sie zum Essen bei uns. Das war Moms Idee gewesen. Sie bestand darauf, dass sie Maya unbedingt sofort kennenlernen musste und nicht länger warten konnte. Ich habe ihr schon tausend Mal gesagt, dass wir nur Freunde sind, aber dann lächelt sie nur auf ihre typisch nervige Art. Als ob sie etwas wüsste, von dem ich keine Ahnung habe. Und dann zwinkerte sie mir zu.

Ich hasse Zwinkern.

Es gab hausgemachte Käse-Makkaroni mit Brokkoli und Hühnchen. Ich wollte nicht zu dick auftragen – obwohl ich eine geniale Sauce béarnaise mache –, weil ich nicht wie ein Snob rüberkommen wollte. Maya schien mein Essen auf jeden Fall zu schmecken.

»Erzähl mal, Maya. Wie hast du Adam kennengelernt?«, fragte Paul. Meine Mom warf ihm einen bösen Blick zu. Sie hatte mir versprechen müssen, nicht zu viele Fragen zu stellen, und Paul hatte gerade eine verschwendet, welche ihr keine neuen Informationen einbringen würde. Das dachte sie zumindest.

»Du hast sie vor dem Ertrinken gerettet?«, schrie Mom ein paar Minuten später, als Maya ihre Geschichte beendet hatte.

»Na ja, genau genommen war das nicht unsere erste Begegnung. Ich habe mich am ersten Schultag verlaufen und sie hat mich zu meinem Kursraum begleitet«, sagte ich.

»Klar«, sagte Paul. »Die Geschichte ist viel interessanter. Erzähl die nächstes Mal am besten zuerst.«

Maya und meine Mom lachten und ich schwieg achselzuckend.

»Davon hast du mir gar nichts erzählt!« Mom sah mich voller Empörung an.

»Das kann ich mir auch nicht erklären. Ich habe ihm ins Gesicht getreten, weil ich so wild gestrampelt habe, also ist es eine gute Geschichte«, sagte Maya.

»Vielleicht hat er befürchtet, du würdest zu viele Fragen stellen, Schatz«, warf Paul ein. Er trank einen Schluck Wein und sah meine Mom mit hochgezogenen Brauen an. Das Essen war viel weniger peinlich, als ich befürchtet hatte, und bald darauf wurden Maya und ich aus der Küche gescheucht, um für das akademische Team zu lernen.

Meine Aufgabe war es, mir Fakten einzuprägen. Bücher, Ereignisse, Daten, Popkultur – »Allgemeinbildung« also. Maya war für Wissenschaft und Mathe zuständig – für alles, was man austüfteln musste. Sie betrachtet mathematische Gleichungen, als wären es Kunstwerke.

»Okay, den Film kennst du. Wie heißt der französische Polizist, der Rick dabei geholfen hat, Rick und Ilsa am Ende von *Casablanca* an den Nazis vorbeizuschleusen?«, fragte sie jetzt.

»Das ist doch keine ernsthafte Frage.«

»Doch, ist es.«

»Dann ist es eine sehr dumme Frage. Warum sollte irgendjemand das wissen müssen? Ist doch völlig irrelevant.«

»Weißt du die Antwort oder nicht?«

»Capitaine Louis Renault.«

»Warum pestest du gegen die Frage, obwohl du die Antwort schon weißt?«, fragte Maya.

»Aus Prinzip.«

Sie verdrehte die Augen, aber nicht so, wie andere Leute das tun. Wenn Maya die Augen verdreht, sieht es aus wie harte Arbeit. Als würden ihre Augäpfel bis an die Rückwand ihres Schädels wandern und dann erst wieder in ihren Höhlen landen. Dabei wedelt sie mit den Händen, wie um das Absurde auch körperlich abzuwehren. Es bedeutet etwas, wenn sie die Augen verdreht. Nämlich: *Du bist so dumm, dass mir die Worte fehlen.*

»Wie heißt das Theaterstück, auf dem das Musical *My Fair Lady* basiert?«

»*Pygmalion*. Glaubst du, so was wird wirklich gefragt?«

»Ja. Das ist eine offizielle Beispielfrage.«

»Glaubst du, sie fragen auch, mit welchen Beleidigungen Henry Higgins Eliza am Anfang beschreibt?«

»Nein, das glaube ich nicht.«

Schweigen.

»Welche Beleidigungen?«, fragte Maya dann.

»Magenkranker Frosch? Zerquetschter Kohlfleck? Rinnsteinpflanze?« *My Fair Lady* war der Lieblingsfilm meiner Großmutter gewesen. Ich konnte ihn von Anfang bis Ende auswendig.

»Du bist unmöglich«, sagte Maya und scannte das Übungsbuch.

»Wie heißt die Religion, deren Schreine oft Seilbarrieren namens *shimenawa* zur Abwehr von Dämonen haben?«

Sie warf mir einen Blick zu, der mich beinahe zum Lachen brachte. Sie wollte bedrohlich wirken, um mich daran zu erinnern, dass wir nicht zum Spaß lernten, aber sie machte mir überhaupt keine Angst.

»Shinto«, sagte ich mit todernster Miene.

Es war leicht, sie zu nerven, wenn sie ernst genommen werden wollte, aber sie verlor nie die Beherrschung. So ging es eine Zeit lang weiter. Sie stellte mir Fragen, ich versuchte sie abzulenken und dann redeten wir schließlich über etwas ganz anderes. Das ganz andere war der Teil, der mir am besten gefiel. Sie verdrehte ziemlich oft die Augen.

»Lieblingsfilm?«, fragte ich.

»*Harry und Sally*«, sagte sie prompt.

»Nicht dein Ernst, oder?«

»Ich mag die letzte Szene«, sagte sie. »Die, in der er ihr sagt, dass er sie liebt.«

»Aber ... das ist doch ... ach, keine Ahnung. Ich hatte etwas anderes erwartet.«

Ehrlich gesagt hätte ich nicht gedacht, dass Maya einen so romantischen Film wählen würde. Eher etwas Solides und Praktisches, zum Beispiel einen Dokumentarfilm. Nicht so eine Klischeeschnulze. Der Film gehört zu den Lieblingsfilmen meiner Mom, also habe ich ihn auch ein paar Dutzend Mal gesehen. Was nicht bedeutet, dass ich ihn mir jemals bewusst angesehen habe. Er hat sich mir nur ins Gehirn eingebrannt, weil meine Mom ständig den Fernseher als Hintergrundgeräusch laufen lässt und der Film unglaublich oft wiederholt wird.

»Alle Frauen mögen diese Szene«, sagte Maya, ohne von ihren Karteikarten aufzublicken. »Wenn sie das Gegenteil behaupten, lügen sie.«

Sie sagt immer genau das, was sie meint, sonst sagt sie

lieber gar nichts. Aber ich finde es immer noch seltsam, dass sie sich mit Sally aus dem Film identifizieren kann. Maya ist ernsthaft und methodisch. Nicht die Art Mensch, die in einem Diner einen Orgasmus vortäuschen würde.

Wir texten uns inzwischen jeden Tag. Nichts Wichtiges. Manchmal nur willkürliche Fakten, über die ich stolpere, wenn ich für das akademische Team lerne.

> ICH: Ben Franklin nahm aus Gesundheitsgründen gerne Luftbäder. Er setzte sich dafür nackt vors Fenster. Wahrscheinlich, damit die heilende Wirkung des Luftzugs seinen ganzen Körper erreichte.

Ein paar Sekunden später textete Maya zurück.

> MAYA: Ben Franklin, die alte Sex Machine.

Ich mag sie sehr.

Diese Woche haben wir ein neues Kreuz für die Spitze des Glockenturms bekommen. Offenbar hatten die Verhandlungen dafür Monate gedauert. Gemeindemitglieder hatten Geld gespendet, um es aus Italien zu importieren. Selbst die Lokalnachrichten hatten sich bereit erklärt, über die Installation zu berichten. Und die Nachricht zu verbreiten, dass religiöse Menschen eine Menge Geld für dämlichen Scheiß ausgeben.

Weil es ein so denkwürdiges Ereignis war (aber vor allem, weil die Nonnen es nicht verpassen wollten), erlaubte man es, dass wir uns vor der Kirche versammelten, als das Kreuz vorsichtig auf den Kran geladen wurde. Maya, Dwight und ich standen vor unserem Geschichtskursraum in der Mitte des Schulhofs.

»Oh Mann, gleich lassen sie es fallen«, murmelte

Dwight. Eine der Nonnen legte den Finger an die Lippen und machte »Pssst!«.

»Ach, Quatsch. Sie lassen es nicht fallen«, sagte ich.

»Ich sag's dir, das Ding stürzt ab«, flüsterte Dwight.

Father Benjamin segnete das Kreuz natürlich und hatte gerade ein gemeinsames Gebet angestimmt, als eins der Kabel riss und das Kreuz mit einem ohrenbetäubenden Knall auf das Kirchendach stürzte.

»Hab ich's doch gesagt!«, zischte Dwight. Maya verkniff sich ein Lachen.

Die Fernsehkameras filmten weiter und alle schwiegen ein paar Minuten lang. Der Kranführer sah aus, als würde er sich gleich in die Hose scheißen. Wahrscheinlich war dies der aufregendste Moment unserer gesamten katholischen Schullaufbahn.

Schließlich bugsierten sie das Kreuz irgendwie wieder auf den Kran und brachten es an seinen Bestimmungsort, aber als wir zurück in den Unterricht gingen, konnte ich mich des Gedankens nicht erwehren, dass Jesus gerade versucht hatte, die Flucht zu ergreifen.

DOSIERUNG: 1,5 mg. Dosierung unverändert. Weniger ansprechbar als sonst.

17. Oktober 2012

Sie sind hartnäckig, das muss ich Ihnen lassen. Andere Therapeuten hätten vielleicht einfach nur geduldig abgewartet, bis ein verstockter Patient wie ich sich Ihnen von selbst öffnet, aber Sie haben in jeder Sitzung einen neuen Ansatz ausprobiert. Die Spiele waren eine gute Idee. Darts, Jenga, Schach, Nerf-Basketball …

Beeindruckend.

So wird die Stunde, die wir in Ihrem kleinen Angeberbüro verbringen müssen, zumindest ein bisschen weniger langweilig. Und die Vorstellung, dass Spiele mir dabei helfen könnten, mich zu öffnen und mich in Ihrer Gegenwart wohler zu fühlen, ist auch wirklich nicht weit hergeholt. Aber machen Sie sich keine Sorgen.

Ich fühle mich wohl bei Ihnen. Sie haben absolut nichts falsch gemacht und manchmal sind Sie auch gar nicht mal so nervig. Aber reden werde ich trotzdem nicht mit Ihnen. Bitte lassen Sie mir dieses kleine bisschen Kontrolle über mein Leben, okay?

Sie haben nach meinem ersten offiziellen Training des akademischen Teams gefragt.

Schwester Helen ist die Teamleiterin. Sie ist eine ältere Frau mit dicker Brille, die ihr Leben der Kirche geweiht und eine Schwäche für Elvis Presley hat. Außerdem ist sie gebaut wie ein schwedischer Ringer. Für eine Nonne ist sie aber ziemlich entspannt. Ich habe sie noch nie die Hölle-und-Fegefeuer-Rede halten hören und die gehört für die meisten Nonnen zum Standardrepertoire. Wenn sie dich mit der Hölle nicht mehr einschüchtern können, ist ihr letzter Trumpf verspielt. Abgesehen von Geschlechtskrankheiten, vielleicht.

Wir beginnen jede Trainingsstunde mit einem Gebet, was mir eigentlich nichts ausmachen sollte. Tut es aber, weil es keinen Grund dafür gibt, zu beten, bevor wir nutzlose Quizfragen beantworten. Falls es Gott gibt, ist ihm das egal. Er hat wahrlich Wichtigeres zu tun.

Während des Gebets spürte ich Mayas Blick auf mir und mir wurde klar, dass sie inzwischen wahrscheinlich oft aus meinem Mienenspiel herauslesen kann, was ich denke. *Nur nicht die Angst davor, dass alle mein Geheimnis entdecken werden.* Wir reden viel miteinander und abgesehen von meiner Mom – und inzwischen Dwight – ist sie die Person, mit der ich am meisten Zeit verbringe. Na ja, *reale* Person.

Jedenfalls schaute sie mich an, als wüsste sie, dass ich das Gebet für dämlich hielt. Und ihr Blick sagte ziemlich eindeutig: *Halt die Klappe.* Ich hätte gerne mit *Ich habe kein Wort gesagt!* protestiert, aber das hatte *sie* ja auch nicht. Das ganze Gespräch hatte in meinem Kopf stattgefunden, also behielt ich es lieber für mich.

Eigentlich hätte ich sowieso lieber gesagt: *Aber ich wäre stolz, von Ihrem Pilzsteinbitzel zu stabatzen*, und zwar mit der Quäkstimme, die Billy Crystal in *Harry und Sally* benutzt, weil ich sie zum Lachen bringen wollte. Schauen Sie auf YouTube nach, wenn Sie nicht wissen, wovon ich rede.

Ich bringe sie unheimlich gern zum Lachen. Aber insgeheim bin ich doch ganz froh, dass ich das nicht laut gesagt habe. Es ist ziemlich bescheuert. Rebecca, die bei der Tafel stand, nickte zustimmend.

Wir trainieren dienstags und donnerstags. Nach dem Gebet teilen wir uns in zwei Gruppen auf und dann stellt uns Schwester Helen die Fragen. Wir haben Buzzer, die aufleuchten, sobald die erste Person daraufdrückt, und eine elektronische Anzeigetafel für die Punkte. Für das Gruppenergebnis zählen wir unsere Punkte in jeder Kategorie zusammen.

Was die AG betrifft: Ich freue mich sehr, sagen zu können, dass ich definitiv nicht das einzige sozial unbeholfene Mitglied im Team bin. Clare und Rosa, die beiden Mädchen, mit denen Maya immer zu Mittag isst (wir essen inzwischen alle zusammen), waren mit Maya in der anderen Gruppe. Beide haben auffällig buschige Augenbrauen und unzähmbare Haare, die sie zu straffen Pferdeschwänzen binden. Rosa ist eine Frage-Sprecherin, ihre Stimme geht am Ende jedes Satzes in die Höhe. Clare hingegen spricht so leise, dass sie ihre Antworten fast immer wiederholen muss. Und natürlich war auch Dwight dabei. Ich glaube nicht, dass ich in dieser Schule jemals wieder etwas ohne ihn erleben werde.

Fünf Minuten nach Beginn des Trainings hatte ich kapiert, dass Dwight nicht in der AG war, weil er mehr Zeit mit mir verbringen wollte. Er gehört schon seit Jahren dazu und er weiß eigentlich alles. Ein paar seiner Antworten hätte ich wahrscheinlich auch gewusst, aber Dwight war so schnell, dass man unmöglich gegen ihn ankam. Ich beobachtete irgendwann nur noch, wie sein Finger auf dem Buzzer auf und ab hüpfte. Schließlich wurde mir das Ganze zu intim und ich musste wegschauen. Ich hätte ihn am liebsten gefragt, ob ich für die beiden ein Hotelzimmer mieten sollte.

Schwester Helen schoss ein Sperrfeuer aus Fragen auf uns ab und all die blassen Kids lieferten ihre Antworten so schnell sie konnten. Maya war für alle Chemie- und Physikfragen ihrer Mannschaft zuständig und Dwight kritzelte mit einem solchen Eifer mathematische Gleichungen auf seinen Schmierzettel, wie ein Junkie sich einen Schuss setzt.

Ich will ehrlich sein. Wenn ich es hin und wieder mal schaffe, den Buzzer zu drücken und eine Frage richtig zu beantworten, dann fühlt sich das ziemlich gut an. Die Fragen, auf die ich die Antwort weiß, gehören fast immer zur Kategorie »Nutzloses Wissen«, für die ich zu Hause mit Maya übe, aber immerhin erfülle ich einen Zweck.

Dwights Mom und Mayas Dad erwarteten sie schon, als das Training vorbei war, also musste ich ein paar Minuten alleine warten, bis meine Mom mich abholte. Ich hätte auch nach Hause laufen können, aber draußen war es schon dunkel.

Es fühlt sich seltsam an, nach Schulschluss in der Schule zu sein. Die leeren Flure wirken traurig und irgendwie gruselig, wenn sie nicht mit Schülern gefüllt sind. Diesen

Gedanken verdrängte ich sehr schnell wieder, denn das Letzte, was ich in meinem Gehirn brauchen kann, ist die Vorstellung eines lebenden, atmenden Schulgebäudes.

Ich habe keine Angst vor der Dunkelheit. Wenn ich nichts sehen kann, kann ich auch keine Halluzinationen haben. Aber leider sind dann die Stimmen an der Reihe.

Das Medikament wirkt. Ich glaube ihnen nicht mehr. Die Stimmen flackern nur noch durch meinen Kopf und befehlen mir, Dinge zu tun. Wenn ich wie früher an sie glauben würde, dann ... wären sie furchterregend.

Normalerweise höre ich eine Frauenstimme, aber an jenem Abend nach dem Training war es die Stimme eines Mannes.

Sie verdient ein normales Kind, stimmt's, Adam? Jemanden, der keine Stimmen hört. Ein Kind, das ihren neuen Ehemann nicht dazu bringt, alle Küchenmesser zu verstecken. Was wird sein, wenn deine Mutter tot ist und das Medikament nicht mehr wirkt? Was wird sein, wenn Paul dich nicht mehr ertragen kann und deine Mom sich zwischen ihm und dir entscheiden muss? Glaubst du wirklich, sie entscheidet sich für den Sohn, der aus heiterem Himmel anfängt zu schreien und tagsüber alle Fensterläden schließt wie ein Vampir? Du bist ein selbstsüchtiges, verwöhntes Arschloch, Adam. Du verdienst die Liebe deiner Mutter nicht. Und die noble neue Schule, für die dein Stiefvater bezahlt, verdienst du auch nicht. Schon sehr bald werden alle an deiner neuen Schule merken, dass mit dir etwas nicht stimmt. Sie werden herausfinden, was du verbirgst, und dann wirst du nie wieder ein normales Leben führen können. Und weglaufen kannst du auch nicht.

Du würdest allen einen Gefallen tun, wenn du die ganze

Packung Tabletten, die deine Mutter im Medizinschrank eingeschlossen hat, auf einmal nimmst und dem Elend ein Ende machst. Du weißt, wo sie den Schlüssel versteckt hat. Vermissen würde dich keiner.

Ich schloss die Augen, ballte die Fäuste und machte genau das, wozu Sie mir geraten haben, wenn ich die Stimmen höre. Ich holte tief Luft und wiederholte immer wieder: *Nicht real, nicht real, nicht real, nicht real, nicht real, nicht real.*

Irgendwann verstummte die Stimme und ich sah die Frontscheinwerfer des Autos meiner Mutter, das um die Ecke bog und auf den Parkplatz fuhr.

Das Medikament sorgt dafür, dass die Stimmen verstummen. Es liegt nicht am Mantra, das weiß ich. Es gibt keinen Grund zu glauben, dass es einen Unterschied macht, wenn man sich wieder und wieder etwas einredet. Das tut es nicht.

Als wir zu Hause ankamen, fragte mich meine Mom, ob ich das Auto in die Einfahrt fahren wollte.

Ich wollte nicht.

Ich weiß, dass das schräg ist, und mir ist klar, dass ich auch ohne ganz normale Teenagerspinnereien schon schräg genug bin, aber ich will keinen Führerschein machen. Dwight und Maya stört das nicht. Sie chauffieren mich gerne herum, wenn ich irgendwo hinmuss, und ich habe meine Lerngenehmigung, weil meine Mom darauf bestanden hat. Aber wenn es nicht sein muss, dann fahre ich nicht selbst. Und ehrlich gesagt weiß ich nicht, was daran so schlimm sein soll. Ich bin schließlich kein Gefangener, nur weil ich nicht Auto fahre. In dieser Stadt kann ich beinahe überall zu Fuß hingehen, ohne ins Schwitzen zu kommen. Eine gigantische Metropole sieht anders aus.

Es gefällt mir, dass ich aus dem Autofenster schauen kann, ohne mir Sorgen zu machen, dass ich gleich einen Obdachlosen überfahre, nur weil ich eine Sekunde lang nicht auf die Straße gesehen habe.

Das war natürlich übertrieben. Aber ich könnte vielleicht ein Eichhörnchen überfahren oder irgendeinen Familienhund, und ehrlich gesagt wäre das wahrscheinlich noch schlimmer für mich. Einen Hund zu überfahren ist grauenvoll, weil Hunde quasi Babys sind. Man muss sich ständig um sie kümmern und es würde mich sehr traurig machen, ein so hilfloses Wesen zu töten. Und danach wäre ich sofort megawütend auf den Idioten, der seinen Hund einfach auf die Straße rennen lässt.

An jenem Abend schickte Maya mir eine Nachricht.
MAYA: Weißt du noch, wie du in den Pool
gesprungen bist und mich gerettet hast?
ICH: Ich erinnere mich dunkel.
MAYA: Was hast du in dem Moment gedacht?
ICH: Dass es schön wäre, wenn du
nicht ertrinkst. Was hast du gedacht?
MAYA: Wie dankbar ich dafür bin,
dass du mich gefunden hast.
ICH: Stets zu Diensten, Madam. *Hutlüpfen*
MAYA: War das alles, was du gedacht hast?
Ich entschied mich, ihr nicht zu sagen, dass ich in dem Moment nicht hundertprozentig sicher gewesen war, ob es sie wirklich gab.

ICH: Nein. Ich habe gedacht, wie lächerlich es ausgesehen hat, als du dich wie eine ertrinkende Katze am Bahnentrenner festgekrallt hast. Wie kann man denn mit 16 Nichtschwimmer sein?
MAYA: Sir, Sie sind ein Arsch.
ICH: Mal ohne Witz. Wie kann jemand, der eigentlich alles weiß, nicht wissen, wie man schwimmt?
MAYA: Ganz einfach. Meine Eltern wollten mich zum Schwimmunterricht schicken, aber ich habe mich geweigert.
ICH: Wie alt warst du?
MAYA: 4.
ICH: Du warst erst 4 und hast dich einfach geweigert?
MAYA: Jepp.
ICH: Du musst wirklich schwimmen lernen.
MAYA: Ich meide lieber das Wasser.
ICH: Und wenn die Polkappen schmelzen?
MAYA: Dann musst du mich eben retten.
ICH: Magst du mich deshalb? Weil ich dir an dem Tag das Leben gerettet habe?

Maya antwortete nicht gleich und mir wurde klar, dass ich etwas sehr Dummes geschrieben hatte. Sie hatte mir noch nie gesagt, dass sie mich mochte. Ich hatte alles versaut.

Aber dann schrieb sie zurück.

MAYA: Nö. Weil du so groß bist.

Uff.

ICH: Wirklich? Meine Heldentat bedeutet dir nichts?

MAYA: Nö. Nur deine Größe.

ICH: Und ich sehe besser aus als Ian Stone, richtig?

MAYA: *Seufz* Ich glaube, ich darf dir nichts mehr erzählen.

ICH: Nachti, Maya.

MAYA: Nachti.

Ich glaube fast, schriftlich bin ich besonders charmant. Was meinen Sie, Doc?

DOSIERUNG: 1,5 mg. Unverändert. Erwähnung von Suizid im letzten Eintrag weitergeleitet. Im Moment kein Handlungsbedarf.

24. Oktober 2012

Gestern hat Paul mich zur Schule gefahren. Hätte ich nicht gehört, wie er sie gefragt hat, wäre ich davon ausgegangen, dass das Moms Idee gewesen war. Er machte Small Talk und hat eine neue, nervige Angewohnheit: Er lässt seine Gelenke knacken, indem er die Finger auf dem Lenkrad durchbiegt. Einen nach dem anderen.

»Hast du später Akademisches-Team-Training mit Maya?«

»Jepp.«

Wir wollten uns beide nicht eingestehen, dass sich zwischen uns etwas verändert hatte. Paul und meine Mom waren schon lange ein Paar gewesen, bevor sie heirateten. Und er hat mir nie das Gefühl gegeben, das fünfte Rad am Wagen zu sein. Er hat mich nie wie ein lästiges Anhängsel behandelt und ziemlich lange dachte ich, er würde mich eigentlich ganz gern mögen. Als er herausfand, dass ich gerne backe, kaufte er mir eine Küchenmaschine. Die ist fantastisch und überhaupt kein Mädchenkram. Rümpfen Sie bloß nicht die Nase. Sie haben wahrscheinlich keine Ahnung, wie ätzend es ist, Plätzchenteig mit einem Handrührgerät zu kneten.

Einmal, als wir zusammen *Indiana Jones und der letzte Kreuzzug* schauten, gab es sogar einen Moment, in dem wir beide gleichzeitig Sean Connery nachmachten, und zwar in der Szene, in der er donnert: »Im Stechschritt marschierende Idioten wie Sie sollten die Bücher lieber lesen, anstatt sie zu verbrennen!« Wir mussten beide lachen.

Und jetzt klafft ein tiefer Abgrund zwischen uns. Ich bin nicht mehr länger der Stiefsohn, den er ganz gut leiden konnte, sondern das Monster, das er keine Sekunde unbewacht lassen darf. Ich weiß, was er sieht, wenn er mich anschaut. Ich weiß, was er denken muss. Deshalb lässt er seine Gelenke knacken. Um sich davon abzuhalten, Dinge auszusprechen, die er besser nicht sagen sollte.

Dinge wie das, was er zu meiner Mutter gesagt hat, als er von meiner Krankheit erfuhr. Ich erinnere mich noch ganz genau. Er sagte: »Vielleicht sollten wir darüber nachdenken, ob es einen Ort gibt, an dem er besser aufgehoben ist.«

Als wir bei der Schule ankamen, gab er mir Essensgeld, das ich in meine Tasche stopfte, obwohl mein Schulessen schon längst bezahlt ist. Dann stieg ich aus und ging den mit Gras bewachsenen Hügel hinab in Richtung Schule.

Paul saß immer noch im Auto, als ich zurückschaute. Ich winkte und er winkte zurück. Vielleicht ist es zwischen uns jetzt einfach so.

Ich höre ihn immer noch.

»Vielleicht sollten wir darüber nachdenken, ob es einen Ort gibt, an dem er besser aufgehoben ist.«

Manchmal bin ich neidisch auf Leute mit normalen Problemen. In der Schule bekomme ich mit, wie sich die unsicheren Mädchen Sorgen über ihre Frisur machen, oder darüber, ob ihre Beine fett aussehen, und dann will ich einfach nur schreien. Irgendjemand sollte ihnen sagen, wie dumm ihre Probleme sind.

Ich weiß, dass ich das nicht sagen sollte. Alle haben ihr Scherflein zu tragen, richtig? Aber was ist, wenn das nicht stimmt? Was ist, wenn Hausaufgaben ihr schlimmstes Problem sind oder ob sie es an eine gute Uni schaffen werden?

Selbst ein Familienmitglied zu verlieren, Eltern, die sich scheiden lassen, oder jemanden zu vermissen, der weit weg ist, kann nicht schlimmer sein, als Medikamente nehmen zu müssen, um nicht die Kontrolle über dein eigenes Gehirn zu verlieren. Das ist einfach so.

Die Realität ist ein sehr seltsamer Ort, wenn man sich selbst nicht trauen kann. Es gibt keine Fundamente, für nichts. Ich habe kein Vertrauen mehr in normale Dinge wie Schwerkraft, Logik oder Liebe, weil es sein kann, dass mein Verstand sie nicht korrekt wahrnimmt. Sie können garantiert nicht verstehen, was es bedeutet, an allem zu zweifeln. In ein Zimmer voller Leute zu gehen und so zu tun, als sei es leer, weil man nicht sicher ist, was stimmt.

Sich nie völlig allein zu fühlen, selbst wenn niemand sonst da ist.

Ich wette, Sie können in einen Starbucks gehen und sich einen Kaffee bestellen, ohne darüber nachzudenken, ob die Musik, die aus den Lautsprechern kommt, für alle oder nur für Sie hörbar ist. Wahrscheinlich sollte ich stolz auf mich sein, weil ich aus dem Haus gehe und Dinge erledige, auch wenn ich nicht sicher sein kann, dass das, was gerade abläuft, real ist oder nicht. Wenn es real ist, dann lebe ich einfach mein Leben und agiere auf die mir einzig mögliche Art mit der Welt um mich herum. Und falls nichts daran real ist, dann lebe ich trotzdem mein Leben. Zumindest für mich ist es ja real.

Die Kirche von St. Agatha ist während der Schulstunden für die Öffentlichkeit zugänglich. Es kann also jeder rein. Das Gebetszimmer rechts vom Altar und die Toilette im Mittelschiff sind ein beliebter Rückzugsort für Obdachlose. Die Kabinen sind mit Graffitis vollgekritzelt, welche an jedem Monatsende von nachsitzenden Schülern entfernt werden.

Als ich das letzte Mal dort auf dem Klo war, standen nur zwei Sprüche an der Wand.

Einer war in eleganten Großbuchstaben gehalten:

JESUS LIEBT DICH.

Und direkt darunter stand:

Sei kein Homo

Ich weiß nicht genau, ob das eine Antwort auf JESUS LIEBT DICH sein sollte oder nicht. Ich glaube schon. Merkwürdige Sprüche für eine Klowand.

Merkwürdige Sprüche, egal für welchen Ort.

12

DOSIERUNG: 1,5 mg. Unverändert. Trotz zahlreicher Versuche, mit Adam ein Gespräch zu beginnen, schweigt er nach wie vor während unserer Sitzungen. Werde weiterhin anhand der Körpersprache versuchen, den Effekt der Therapie zu beurteilen. Erhöhung der Dosis empfohlen.

31. Oktober 2012

Es ist Halloween, was in St. Agatha überhaupt nichts bedeutet, weil niemand aus der Highschool kostümiert in die Schule kommt. Maya hat mir gesagt, dass sich die Kids aus der Unterstufe manchmal verkleiden, aber sie dürfen nur als Tiere, Pflanzen oder ihre Lieblingsheiligen gehen. Komplett am Thema vorbei, würde ich sagen.

Sie erinnert sich noch genau an das kleine Mädchen, das sich als riesige rote Rose verkleidet hatte. Als sie in der Schule ankam, war es ihr so peinlich, als einzige Schülerin verkleidet zu sein, dass sie in die Krankenstation ging, ihre Mutter anrief und sie bat, sie abzuholen. Ich mag Mayas Art, Geschichten zu erzählen. Sie kommt direkt zum Punkt und schmückt die Handlung nicht mit unnötigen Details aus.

Aber ich bin mir beinahe sicher, dass *sie* das kleine Mädchen in der Geschichte war und keine Lust hatte, die Peinlichkeit mit dem riesigen Blumenkopf aus Plastik noch einmal zu durchleben. Die Geschichte zu erzählen, als sei sie jemand anderem passiert, machte das Ganze vielleicht weniger traumatisch für sie. Das verstehe ich. Ich tue auch gern so, als sei mein schräger Scheiß anderen Leuten passiert. Leider ist das aber nicht immer möglich.

Seit Neuestem achte ich stärker auf die Nebenwirkungen anderer Medikamente. Es besteht kein Zweifel, dass wir in unserem Land viel zu viele Medikamente konsumieren. Schon allein unsere Fixierung auf Erektionen ist komplett irrsinnig. Man kann kaum noch einen Cartoon schauen, ohne dass dort irgendwann zur allgemeinen Erheiterung ein Typ unter akuter Schlaffheit leidet.

Und ja, ich kann geradezu hören, was Sie jetzt denken. Aber Adam. Ohne die Medikamente, die du gerade nimmst, würdest du doch den Stimmen in deinem Kopf zuhören und versuchen, dem weißen Kaninchen ins Wunderland zu folgen.

Touché, Sie Witzbold. Natürlich haben Sie recht. Manche Menschen brauchen Medikamente, um schlimme Krankheiten zu überstehen, und ich bin der Letzte, der einem Mann die Möglichkeit missgönnen würde, einen massiven Ständer zu kriegen, wann immer er das möchte.

Als Paul und ich gestern vor dem Fernseher saßen (ich schaute fern und Paul versuchte krampfhaft, Konversation zu betreiben), kamen vier Werbespots für Sex-Medikamente, einer für Antidepressiva und einer für ein Medikament gegen das Restless-Legs-Syndrom. Die Nebenwirkungen all dieser Medikamente waren äußerst vielseitig und reichten von Herzinfarkt, Angststörungen, Harnverhalt, Priapismus, Verspannungen bis hin zum Tod und meinem persönlichen Favoriten: Anal-Inkontinenz.

Tod verstehe ich ja noch. Es gibt eine Menge Leute, die bereit sind, für ein lächerliches Ziel ihr Leben zu opfern. Aber ich kann mir nicht vorstellen, dass irgendein Medikament so toll sein soll, dass man dafür Anal-Inkontinenz in Kauf nimmt. Falls mir jemals wegen der Behandlung, die ich bekomme, irgendetwas aus dem Hintern tropft, dann ist mir völlig egal, wie gut das Zeug sonst wirkt.

Bitte bringen Sie mich dann um.

Ich führe seit Kurzem in Gedanken eine Liste mit Dingen, die mich ärgern. Ich habe keine Ahnung, was der Auslöser war, aber ich würde sie gerne irgendwo schriftlich festhalten.

1. Leute, die meine Bücher ausleihen und Eselsohren in die Seiten machen.
2. Das Geräusch eines Löffels, der über den Boden eines Joghurtbechers aus Plastik schabt.
3. Leute, die mit offenem Mund kauen. Kaugummi. Essen. Egal was. Das ist absolut inakzeptabel. *Anmerkung: Ian macht das und es ist ekelhaft.
4. Sich mit dummen Leuten streiten. Man weiß, dass man recht hat, aber dann sagen sie irgendetwas Herablassendes, das im Grunde genommen nur bedeutet: *Okay, ich gehe jetzt, weil du ganz offensichtlich nicht verstehst, was ich meine.* Dabei versteht man es ganz genau – man weiß nur, dass sie falschliegen. Wenn jemand zum Bei-

spiel behauptet, die Erde sei flach, und man dagegenargumentiert, weil das natürlich nicht der Fall ist. Und wenn der Flache-Erde-Typ dann irgendwann lächelt und so was wie *Für manche Orte mag das ja vielleicht zutreffen* brabbelt. Aber man kann in keinem Punkt nachgeben, denn es gibt einfach keinen Punkt. Sie liegen falsch. Es sollte erlaubt sein, solchen Leuten eine zu scheuern, weil sie ganz offensichtlich zu dumm zum Leben sind.
5. Das Wort »ländlich«. Ich werde es niemals benutzen, weil ich hasse, wie es klingt.
6. Wenn mich jemand fragt, wie es mir heute geht.

13

DOSIERUNG: 2 mg. Erhöhte Dosis genehmigt.

7. November 2012

Ich will Ihnen das eigentlich gar nicht erzählen, aber ich werde es trotzdem tun, weil ich sonst mit niemandem darüber reden kann, und wenn ich noch länger nachgrüble, dann werde ich verrückt.

Haha.

Maya hatte offensichtlich einen ziemlich miesen Tag, aber weil sie quasi ein Roboter ist, wollte sie mir nicht sagen, was los war. Wenn ich Roboter sage, dann meine ich damit nicht, dass sie keine Beziehungen zu anderen Menschen hat oder dass ihr alle anderen egal sind, denn das stimmt nicht, das stimmt definitiv nicht. Ich meine damit nur, dass sie Informationen genauso verarbeitet, wie sie bei ihr ankommen, so logisch wie möglich. Sie regt sich nicht unnötig auf, sie reagiert einfach darauf. Und sie redet nicht über ihre Gefühle. Ich glaube nicht einmal, dass sie das Wort »Gefühle« verwenden würde.

Also verbrachte ich den Großteil des Tages mit dem Versuch, es aus ihr herauszukitzeln, was ihr ungeheuer auf die Nerven ging. Und zwar nicht auf die niedliche Art.

»Warum sagst du mir nicht, was mit dir los ist?«, fragte ich sie nach dem Unterricht zum gefühlt hundertsten Mal an jenem Tag.

»Vergiss es einfach, okay?«, zischte sie.

Sie hatte die Lippen geschürzt und nach unserer letzten Stunde raste sie in die Bibliothek, ohne sich noch mal umzublicken.

»Was ist denn los mit ihr?«, fragte Dwight.

»Keine Ahnung. Sie will es mir nicht sagen.«

»Hat sie vielleicht ... du weißt schon ...« Die Frage war ihm offensichtlich extrem unangenehm.

»Alter. Woher soll ich das denn wissen?«

Er schwieg achselzuckend, aber ich fragte mich trotzdem, ob an seiner Vermutung vielleicht etwas dran war. Trotzdem. Ich bin mir ziemlich sicher, dass man die Periode eines Mädchens nicht erwähnen sollte, und zwar niemals.

Es war einer dieser Momente, in denen man genau weiß, dass man etwas tun muss, aber keine Ahnung hat, was genau. Maya war eindeutig wütend und traurig, aber da sie mir nicht sagen wollte, was passiert war, hatte ich nur sehr wenige Optionen. Ich blieb noch einen Moment lang an meinem Pult sitzen und wartete, bis der Kursraum sich geleert hatte. Da kam mir eine Idee.

Rebecca drehte Pirouetten, wie immer, wenn ich glaube, eine gute Idee zu haben. Dann schlug sie ein Rad draußen auf dem Rasen.

Mädchen mögen es, wenn Jungs spontan sind, richtig?

Ich machte einen Zwischenstopp beim Supermarkt und ging dann direkt zu Mayas Haus. Sie würde erst in ein paar Stunden nach Hause kommen, weil sie in der Bibliothek saß und recherchierte. Das hatte ich durchs Fenster gesehen. Ich wusste, dass ihr Familiencomputer zu langsam war und außerdem meistens von ihren kleinen Brüdern in Beschlag genommen wurde.

Ein paarmal war ich schon mit meiner Mom hier gewesen, als wir sie nach dem Akademischen-Team-Training mit dem Auto mitgenommen hatten. Aber betreten hatte ich ihr Haus noch nie. Sie wohnt in einem älteren Viertel und einige der Häuser dort sind ziemlich schäbig. Vertrockneter Rasen und Plastikflamingos. Maschendrahtzaun um die Vorgärten. So was eben.

Als ich klopfte, machte mir ihr Dad auf. Hinter ihm fuhr einer der kleinen Brüder auf einem Plastikdreirad gegen die Wand. Maya hatte mir gesagt, ihr Dad sei Klempner. Als ich sein Gesicht sah, wusste ich sofort, dass Maya nach ihrer Mutter kommen musste. In seinem runden Gesicht und dem aus der Hose hängenden Hemd fand ich nichts, das zu Maya passte.

Ich hatte den Mann noch nicht offiziell kennengelernt und bis eben war mir nicht in den Sinn gekommen, dass das, was ich vorhatte, sich aus dem Mund eines Fremden vielleicht merkwürdig anhören könnte. Er war nur knapp einen Meter siebzig groß, also ragte ich mit meiner Einkaufstüte im Arm wie ein Turm vor ihm auf. Aber als ich erklärte, was ich vorhatte, erschien ein breites Grinsen auf seinem Gesicht. Maya hatte ihm von mir erzählt. Die meisten Menschen hätten mich wahrscheinlich konsterniert angeschaut und doch gab mir irgendetwas in seiner Miene das Gefühl, dass er meine Idee aufrichtig gut fand. Das beruhigte mich sehr. Also ging ich in die kleine

Küche und machte mich an die Arbeit, während Rebecca mit verträumtem Gesichtsausdruck auf einem der Barhocker saß.

Zwei Stunden später kam Maya durch die Haustür und begrüßte ihre Familie mit einem erschöpft klingenden »Bin zu Hause!«. Ihr Dad und ihre Brüder saßen bereits am gedeckten Tisch, auf dem sich einige meiner besten Arbeiten türmten.

Mayas Haare hatten sich aus ihrem Pferdeschwanz gelöst und ihre Uniform sah aus wie eine alte Haut, die sie abwerfen wollte. Es war erkennbar, dass sie geweint hatte. Dann wollte sie wissen, was hier vor sich ging.

Einer ihrer Brüder kreischte im Falsett: »Adam hat Abendessen gemacht!« Beide Brüder sind ungefähr gleich groß und sehen sich zum Verwechseln ähnlich, also weiß ich ihre Namen noch nicht. Ich meine, ich weiß, dass sie David und Lucas heißen, aber ich habe es noch nicht geschafft, sie richtig zuzuordnen.

Ich ging zu Maya, nahm ihr den Rucksack ab und rückte ihr den Stuhl zurecht. Sie setzte sich ohne ein Wort und ihr Vater erzählte, wie lange ich in der Küche gearbeitet hatte und dass ich sie überraschen wollte … und so weiter und so fort. Er wirkte ganz begeistert, aber sie nickte nur wie ein Zombie, während ihre Brüder die Tischdecke in ein Schlachtfeld verwandelten. Aber ein bisschen Essen landete auch in ihren Mündern, glaube ich.

Ich hatte mein Lieblingsmenü gekocht. Ich mag es, weil es einfach ist und trotzdem viel hermacht. Eine klassische Lasagne, Knoblauchbrot-Zöpfe mit Essig und Öl, Caprese und gebratene Zucchini. Zum Nachtisch Brownies mit Eiscreme, weil ich nicht genug Zeit hatte, um Tiramisu zu machen. Was schade ist, denn mein Tiramisu ist zum Niederknien, wirklich.

Mayas Dad grinste die ganze Zeit wie ein Honigkuchenpferd, aber Mayas Gesichtsausdruck konnte ich nicht deuten. Nach dem Essen stellte ich einen Teller für ihre Mom zusammen und verpackte ihn in Alufolie. Danach verabschiedete ich mich von allen. Mayas Dad gab mir die Hand, umarmte mich herzlich und sagte mir, ich sei jederzeit wieder willkommen. Ihre Brüder umarmten mich in Kniehöhe, schrien etwas Unverständliches und rasten dann durch den Flur. Offenbar auf der Flucht vor einem Bad, das sie – dem Geruch nach zu urteilen – dringend brauchten.

Maya hatte immer noch kein Wort gesagt. Mein Plan war also komplett in die Hose gegangen. Ich sagte »Bis morgen in der Schule« und trat den Heimweg an. Als ich gerade um die Ecke biegen wollte, hörte ich, wie sie hinter mir herrannte.

»Warum hast du das gemacht?«, fragte sie.

»Was? Das Abendessen?«

»Ja. Warum hast du uns Abendessen gemacht?«

»Weil alles, was ich gerade tun kann, Zuhören und Kochen ist«, sagte ich achselzuckend. »Und reden wolltest du ja nicht. Also habe ich dir Abendessen gemacht.«

»Aber … warum?« Ihre Stimme zitterte.

»Weil du gesagt hast, dass es bei euch meistens Rührei gibt und du abends kochen musst. Daher dachte ich, es würde dich freuen.«

»Dachtest du, es würde mich freuen, oder hattest du Mitleid mit mir?«

Die Kälte, die sie in ihre Stimme zwang, traf mich wie

ein Schlag. »Was? Nein! Ich habe doch kein Mitleid mit dir!« Was zum Henker war denn los mit ihr?

»Wirklich? Bist du dann aus reiner Herzensgüte in unser Gettoviertel gekommen, um uns Bedürftigen Abendessen zu spendieren?« So hatte ich Maya noch nie gesehen. Ihr Haar fiel ihr wild in die Stirn und ihre Augen suchten mein Gesicht nach einer Erklärung ab, die ich ihr nicht geben konnte. Ich hatte keine Ahnung, was ich sagen sollte.

»Das war nicht der Grund«, flüsterte ich schließlich.

»Warum bist du dann zu uns gekommen und hast für uns gekocht?«, fragte sie noch einmal.

»Weil ich dachte, es würde dich glücklich machen! Und ich mache dich eben gerne glücklich!«, rief ich verzweifelt. Wahrscheinlich waren wir beide ein bisschen überrascht davon, wie laut meine Stimme klang. Ich schreie so wenig wie möglich und ich weiß ehrlich gesagt gar nicht mehr, wann ich in einem Streit das letzte Mal die Stimme erhoben habe. Ich bin sehr groß und mir war schon immer klar, dass ein brüllender Mensch meiner Größe auf normal große Leute ziemlich beängstigend wirkt. Maya starrte mich ein paar Sekunden lang stumm an.

Und dann küsste sie mich voll auf den Mund, was wegen des Größenunterschieds eine beachtliche Leistung war. Sie zog mein Gesicht zu sich herunter und küsste mich, als hätte ich alle Luft gebunkert, die sie zum Atmen brauchte. Ich schlang die Arme um sie und hob sie ein bisschen hoch. So verging eine endlose Minute, bis sie sich von mir löste und sagte: »Es hat mich glücklich gemacht. Ehrlich.«

Sie wirkte überhaupt nicht mehr ernst und zugeknöpft,

ganz anders als die Maya, die ich jeden Tag in der Schule sehe.

Dann drehte sie sich um und rannte zurück zu ihrem Haus. Sie wollte nicht, dass ich sie weinen sah.

Auf dem Heimweg hörte ich einen Zug pfeifen, und obwohl ich wusste, dass es hier keine Gleise gab und ich mir das Geräusch nur einbildete, lächelte ich. Ich mag Züge.

Wissen Sie noch, wie ich gesagt habe, dass Züge in Geschichten entweder für Abenteuer oder für den Tod stehen? Vielleicht aber nicht nur dafür. Sie könnten auch für eine Entscheidung stehen. Jedes Mal, wenn der Zug pfeift, klingt es wie die Aufforderung, etwas zu tun. Ich weiß nur nicht, was.

Meine Mom war besorgt und wütend, als ich nach Hause kam, weil ich ihr nicht gesagt hatte, wo ich hinwollte oder dass es später werden würde. Na ja, ich glaube, insgeheim hat sie sich schon immer nach normalen Teenagerproblemen gesehnt.

Zu spät nach Hause gekommen? Gern geschehen.

Als ich mich bettfertig machte, textete ich Maya.

> ICH: Wirst du mir jemals erzählen, warum du heute so traurig warst?

Ein paar Minuten später antwortete sie.

> MAYA: Ian

> ICH: Was ist mit ihm?

> MAYA: Seine Familie finanziert mein Stipendium in St. Agatha.

> ICH: Okay …

> MAYA: Einmal im Jahr prüfen sie meine Schulakte, um sicherzustellen, dass meine Noten gut genug sind. Aber heute war Ian

> zum ersten Mal auch mit bei dem Treffen. Normalerweise kommt nur der Finanzberater der Familie und hakt Punkte auf einer Liste ab, aber heute hat Ian sich meine Akte geschnappt. Und dann alles darin laut vorgelesen. Persönliche Informationen. Moms Gehalt. Dads Gehalt. Bedürftigkeitsnachweis. Ich habe vor Wut geheult.

> ICH: Kann ich irgendetwas für dich tun?

Am liebsten hätte ich ihn verprügelt.

> MAYA: Ich vertraue auf sein Karma. Außerdem bin ich gerade nicht mehr wirklich wütend.

Sehen Sie? Essen bringt alles wieder in Ordnung. Natürlich nur, wenn es *gut* ist.

14

DOSIERUNG: 2 mg. Unverändert.

14. November 2012

Ich habe meiner Mom gesagt, dass ich keine Therapie brauche, aber sie glaubt mir nicht. Alle meine Ärzte empfehlen, sie fortzusetzen. Sie sind davon überzeugt, dass unsere Sitzungen meine einzige Möglichkeit sind, über die Nebenwirkungen des Medikaments zu reden.

Die anderen Ärzte testen gern mein Gedächtnis, aber wie ich Ihnen ja schon gesagt habe, funktioniert das ausgezeichnet. Ich kann die meisten politischen Reden Wort für Wort wiederholen, wenn mir gefällt, wie sie klingen.

Was nicht funktioniert, ist der andere Mist.

Zum Glück scheinen wir die Idealdosis für dieses Medikament gefunden zu haben, weil ich es jetzt beinahe schaffe, meine Halluzinationen zu verscheuchen.

Als ich gestern mit Maya redete, sah ich die Mafiosi aus dem Schatten auf die Straße treten. Sie hoben ihre Gewehre, aber kurz bevor sie zu schießen begannen, spürte ich einen komischen Ruck in meinem Kopf. Ein so starkes Gefühl von Kontrolle wie noch niemals zuvor.

Ich starrte den Mafiaboss so lange an, bis er nicht mehr

echt aussah. Er blinzelte. Die Mafiosi und ihre Waffen sanken in den Asphalt und verschwanden.

Das war ich. Ich habe es zum ersten Mal geschafft, sie zu vertreiben.

Na ja. Sie haben nach den Akademischen-Zehnkampftreffen gefragt. Normalerweise finden sie auf der Bühne der Aula statt. Dwight sagt, dass Ians Familie vor zehn Jahren eine Menge Geld für die Renovierung gespendet hat. Inzwischen kommen die Teams der anderen katholischen Schulen zu uns, weil wir besser ausgestattet sind als sie. Das Equipment ist so gut, dass sogar Politiker darum bitten, unsere Aula für Debatten nutzen zu dürfen.

Es fühlt sich komisch an, über einen Wettkampf zu reden, bei dem alle klüger sind als man selbst. Es gibt eigentlich nur drei Möglichkeiten, damit umzugehen: sich einschüchtern lassen, unbedingt gewinnen wollen oder einfach nur beobachten.

Den größten Teil des Wettkampfs beobachtete ich von der Ersatzbank aus, während Maya die Wissenschaftsfragen dominierte und Dwight alles andere beantwortete. In der Schule fällt es mir kaum noch auf – vielleicht lag es diesmal an den Bühnenscheinwerfern oder so –, aber er ist extrem blass. So blass, dass man hinter seiner Stirn fast das Gehirn durchschimmern sieht.

Im Publikum sah ich seine Mom, die ein bisschen älter wirkte als die anderen Eltern. Ich hatte sie vor unseren Trainingsstunden schon häufiger mit Dwight reden sehen. Sie scheint definitiv eine Helikoptermutter zu sein. Das sieht man schon an der Art, wie sie ihn bei Wettkämpfen beobachtet. Ich schaute wieder zur Bühne, als sie begann, der Mannschaft zuzuwinken. Dwight winkte peinlich berührt zurück. Maya saß neben ihm und sie lächelte mich an.

Es war ein völlig anderes Lächeln als früher. Ich versuchte, mir den Erfolg nicht zu Kopf steigen zu lassen, aber es fühlte sich ziemlich toll an, dass ich sie zum Lächeln bringen konnte. Wenn sie so strahlte, wirkte sie noch viel schöner als sonst. Der Gedanke, dass wir zusammen sind, überwältigt mich immer noch. Wir haben uns geküsst. Wir haben die Beziehungsstatus-Unterhaltung hinter uns gebracht. Wir sind ganz offiziell ein Paar.

Maya war unser Status ziemlich egal. Sie hat nie darauf bestanden, unsere Beziehung zu »besprechen«, und dass wir es trotzdem taten, lag an Dwight. Wir saßen gerade beim Mittagessen, als er aus heiterem Himmel fragte: »Seid ihr zwei jetzt eigentlich zusammen?« Bevor ich schlucken und mir eine schlagfertige Antwort überlegen konnte, sagte Maya Ja, ohne dabei idiotisch zu kichern oder ein weiteres Wort hinzuzufügen. Dwight lächelte uns zu und widmete sich dann wieder seinem veganen Biomittagessen und der Schülerzeitung, die an seiner Wasserflasche lehnte.

»Wir sind ein Paar?«, fragte ich.

»Ist dir das nicht recht?«

»Doch! Doch, natürlich!«, sagte ich ein bisschen zu enthusiastisch.

»Gut«, sagte sie.

»Ja, gut.«

Und damit war dieses peinliche Gespräch beendet. Clare und Rosa kicherten, sagten aber nichts. Unser neuer Status war öffentlich deklariert worden, und eine solche Deklaration der Intimität ist in der Highschool unantastbar.

Ich sollte an dieser Stelle wahrscheinlich anmerken, dass Maya und ich noch nicht sehr weit gegangen sind. Ich sage Ihnen das, weil ich mich deshalb wenigstens in einer Hinsicht ganz normal fühle. Ich hätte nämlich absolut nichts dagegen, aber sie ist noch nicht so weit. Und das ist in Ordnung, weil ich nicht die Art Typ bin, die ein Mädchen zu irgendetwas drängt, für das sie nicht bereit ist. Auch wenn ich, wie wir alle, in der Dusche daran denke.

Klar denke ich an Sex. Ziemlich oft sogar. Aber zwischen uns ist noch mehr. Ich bin unheimlich gern in ihrer Nähe, weil ich mich dann weniger ängstlich und wütend fühle. Sogar meine Paranoia davor, dass jemand mein Geheimnis herausfinden und Alarm schlagen könnte, um den Irren von der Schule zu werfen, ist weniger stark als sonst.

In vielerlei Hinsicht ist sie das Einzige, das mich vor dem Durchdrehen bewahrt. Sogar noch mehr als das Medikament und die Therapie. Sie ist die Heilung. Und daran dachte ich, während ich auf meinem Notizzettel herumkritzelte und meinem Team beim Beantworten der Fragen zuhörte.

Dann passierte etwas Unerwartetes. Dwight bekam plötzlich extremes Nasenbluten und musste von der Bühne geholt werden. So unerwartet war es eigentlich gar nicht, weil er auch während der Trainingsstunden manchmal Nasenbluten bekam, aber diesmal explodierten seine Nasenlöcher wie Geysire. Blut strömte ihm über das Gesicht und das lächerliche kurzärmlige Hemd, in dem er aussah wie ein Mormone auf Wanderschaft. Als hätte seine Mutter nur darauf gewartet, dass so etwas passierte, rannte sie die Treppe zur Bühne hinauf, holte eine riesige Tempo-Packung aus der Handtasche und stopfte Dwight Taschentücher in die Nase. Der arme Kerl.

Als man ihn fortgebracht hatte, packte Schwester Helen mich am Kragen und zerrte mich zu Dwights leerem Stuhl, damit der Wettbewerb weitergehen konnte.

Maya lächelte ihr normales, reserviertes Lächeln (weil sie auf der Bühne war) und legte mir dann die Hand auf den Oberschenkel. Sie drückte leicht zu, ließ ihre Hand einen Moment lang dort verharren und hob sie wieder auf den Tisch.

Ich weiß nicht mehr, wie ich danach weitergeatmet habe. Sicherlich habe ich es getan – ich weiß nur nicht mehr, wie. In den folgenden Sekunden war ich innerlich nicht mehr mit dem Rest meines Teams auf der Bühne, sondern irgendwo allein mit Maya.

»Adam, pass auf!«, zischte Schwester Helen mich an.

Niemand hatte gesehen, wie Maya mich berührt hatte. Sie verbarg ihr Lächeln hinter den Haaren und beugte sich vor, um eine mathematische Gleichung auszuarbeiten. Niemand traut ihr irgendwelchen Schabernack zu, wahrscheinlich, weil sie so unschuldig aussieht. Aber der Eindruck täuscht gewaltig.

Danach versank ich in einem seltsamen Nebel. Ich wusste, dass etwas nicht in Ordnung war, denn nachdem der Wettkampfleiter um Ruhe gebeten hatte, hörte ich immer noch Stimmen. Zuerst nur sehr leise, aber dann immer lauter.

Sie verrieten mir die Antworten.

Hauptstadt von Burkina Faso?

»Ouagadougou«, sagten sie.

Welche Figur in Shakespeares *Othello* ...

»Jago!«, schrien sie.

Ich war in Hochform und drückte den Buzzer schneller als alle anderen. Dwight saß jetzt im Publikum und schaute uns mit belämmerter Miene zu, während seine Mutter versuchte, die Blutung zu stoppen. Mayas Augen waren vor Staunen weit aufgerissen. Meine Mom und Paul sahen aus, als wüssten sie nicht, ob sie Angst haben oder vor Stolz platzen sollten. Und ich wusste, warum. Ich gab nur richtige Antworten, aber im Training hatte ich den Buzzer noch nie so schnell bedient. Ich muss ziemlich manisch ausgesehen haben.

Die Stimmen schwollen weiter an, bis auf einmal die Glocke ertönte, die das Ende des Wettkampfs markierte. Wir hatten mit mehr als sechzig Punkten Vorsprung gewonnen.

Aber die Stimmen verstummten nicht. Sie wurden so laut, dass ich mich selbst nicht mehr hören konnte und es kaum noch schaffte, mich auf das Jubeln meiner bleichen, uncoolen Teamkameraden zu konzentrieren. Sie alle waren genauso geschockt wie ich darüber, dass ihr schwächstes Teammitglied sich im Wettkampf auf wundersame Weise in einen Superstreber verwandelt hatte. Ich spielte einfach mit. Ich nickte und lächelte alle an, obwohl ich kein Wort verstand, das sie sagten.

Schwester Helen wirkte sehr zufrieden. Sie knabberte an einem Keks und plauderte mit Father Benjamin. Maya war natürlich überrascht, aber sie grinste bis über beide Ohren.

Dann schaute ich meine Mom an. Meine Mom lächelte nicht mehr und ihr Blick sagte alles.

Sei vorsichtig. Bist du okay?

Die Stimmen verstummten und ich konnte wieder denken.

Nach dem Wettkampf gingen Maya und ich noch einen Kaffee trinken. Ich würde sagen, das war unser erstes offizielles Date.

Nur sie trank Kaffee, ich bestellte mir einen Saft. Ich backe zwar mit Kaffee, trinke ihn aber nicht gern. Dinge, die besser riechen als schmecken, finde ich irgendwie pervers.

Aber Maya liebt Kaffee. Sie sagt, am Wochenende ist ihre Kaffeepause die einzige Zeit, in der ihre Brüder sie in Ruhe lassen. Aus unerfindlichen Gründen respektieren sie die Aussage »Lasst mich in Frieden meinen Kaffee trinken« widerspruchslos.

Natürlich ging nicht alles glatt. Wir setzten uns im Starbucks an einen Tisch und dann küsste ich sie. Oder versuchte es zumindest.

»Hast du gerade mein Auge geküsst?«, fragte sie und schaute skeptisch zu mir hoch. Ich hatte mich ein bisschen zu früh vorgebeugt und ihrem Augapfel einen Kuss verpasst.

»Ja«, lachte ich nervös. »Ich dachte, da stehen Mädchen drauf?«

»Oh ja, das ist extrem sexy«, sagte sie mit gespieltem Ernst und rieb sich das Auge. »Aber mir ist das hier lieber.« Sie legte mir die Hand in den Nacken, zog mein Gesicht zu sich heran und küsste mich enthusiastisch. Als ich mich löste, um nach Luft zu schnappen, biss sie mir leicht in die Unterlippe, bevor sie meinen Mund freigab.

»Mir auch«, sagte ich immer noch lächelnd. Das Knabbern war fantastisch gewesen, aber ich bekam ein bisschen Angst, weil das eindeutig kein Anfänger-Move gewesen war. Jetzt stand ich unter Druck. Ich musste etwas sagen. Warum fiel mir nichts Cleveres oder Romantisches ein?

Wie konnte ich ihr sagen, dass Kaffee von ihren Lippen besser schmeckte als Manna, ohne total kitschig zu wirken? Aber bevor ich den Mund aufmachen konnte, zog mich Maya schon wieder an sich.

Meine Mom und Paul sind manchmal geradezu ekelhaft süß zueinander.

Einmal die Woche gehen sie gemeinsam aus, darauf hat meine Mom bestanden, als Paul Partner in seiner Anwaltskanzlei wurde. Weil er danach mehr Arbeit nach Hause brachte, fühlte sie sich ein bisschen vernachlässigt, und ich glaube, nach der Erfahrung mit meinem Dad fällt es ihr immer noch schwer, zu glauben, dass Paul sie nicht ebenfalls verlassen wird. Aber davor habe ich keine Angst.

Ich sehe nämlich, wie er sie anschaut. Mein Dad hat sie nie so angesehen, zumindest erinnere ich mich nicht daran. Pauls Blicke und sein Lächeln sagen mir, dass sie sich absolut keine Sorgen machen muss. Er liebt sie über alles.

Gelegentlich überrascht er sie mit einem ganz besonderen Date. Er hat ihr sogar schon mal ein ganz neues Outfit dafür gekauft, es aufs Bett gelegt und ihr genau gesagt, wann sie fertig sein sollte. Anscheinend hat er in ein paar Boutiquen ihre Maße und ihre Lieblingsmarken hinterlegt, damit er das immer wieder machen kann. Kotz. Na ja, okay, ich kapier schon, dass das romantisch ist. Wie die Szene in *Feld der Träume*, in der der Zuschauer herausfindet, dass Doc »Moonlight« Graham immer wieder blaue Hüte für seine Frau gekauft hat, und zwar so viele, dass man nach seinem Tod in seinem Nachlass schachtelweise brandneue Hüte fand, die er ihr nicht mehr schenken konnte.

Und Paul weiß auch, wie man Blumen schenkt.

Meine Mom hat ihm einmal gesagt, dass sie keine Schnittblumen mag. Sie hat noch nie verstanden, warum jemand etwas so Schönes tötet und es dann verschenkt, nur um dem Empfänger zuzumuten, ihm tagelang beim Sterben zuzusehen. Also wurde Paul kreativ. Er kaufte ihr Blumenbilder, ließ Origami-Blumen für sie falten, kaufte ihr Ohrringe in Blumenform.

Meine Mom war jedes Mal begeistert.

Sie überrascht ihn auch manchmal mit netten Kleinigkeiten. Sie steckt ihm Briefchen in die Jackentasche und packt ihm heimlich Schokolade in die Lunchbox.

Die beiden sind richtiggehend ekelhaft, wahrscheinlich so sehr, dass es andere Leute in ihrer Gegenwart unangenehm finden. Aber man kann nicht leugnen, dass sie eine wunderschöne Beziehung führen. Es muss toll sein, jemanden zu haben, der jeden Tag zu Hause auf einen wartet. Jemand, mit dem man eklig romantisch sein darf.

Meine Mom ist die Art Mensch, die einem das Gefühl gibt, wichtig zu sein. Egal, wie unwichtig dein Problem ist, sie hört zu, als wäre es eine Existenzkrise, und sie versucht immer, alles wiedergutzumachen. Sie ist wirklich toll, aber sie ist auch die Art Mensch, die Päckchen mit Sojasoße in der Geschirrschublade aufbewahrt und vergisst, ob sie die Garagentür zugemacht hat. *Jeden Tag.* Und Paul ist jemand, dem es nichts ausmacht, die Sojasoße heimlich wegzuschmeißen und bei unseren ältlichen

Nachbarn von gegenüber anzurufen, um nachzufragen, ob die Garagentür geschlossen ist. Ich bin froh darüber, dass er so viel Geduld hat.

Es ist schön, dass sie einander haben, aber manchmal denke ich daran, wie viel glücklicher sie alle wären, wenn ich nicht mehr da wäre. Dann werde ich traurig und fühle mich schuldig, denn wenn mir etwas zustoßen würde, wäre meine Mom am Boden zerstört. Aber solange ich Teil ihres Lebens bin, wird sie sich immer Sorgen darum machen müssen, ob es mir gut geht. Ich weiß ehrlich gesagt nicht, was schlimmer ist.

Manchmal wünsche ich mir, es würde mich einfach nicht geben.

Aber wenn es mich nicht gäbe, dann würde Maya jeden Abend vor dem Schlafengehen jemand anderem texten.

Gestern kam das hier:

MAYA: Hi. Ich wollte dir nur kurz sagen, dass es mir sehr gut gefällt, dich zu küssen.

ICH: Mir gefällt es auch sehr gut, dass du mich gerne küsst.

MAYA: Kotz.

15

DOSIERUNG: 2 mg. Unverändert.

21. November 2012

Anscheinend ist es beschlossene Sache, dass Dwight und ich ab jetzt montagabends Tennis spielen. Ich habe noch nie Tennis gespielt und auch noch nie den Wunsch geäußert, es zu lernen. Und so ist es dazu gekommen:

Während des Akademie-Zehnkampfes letzte Woche suchte meine Mom sofort den Kontakt zu Dwights Mutter, weil sie wissen wollte, ob Dwight sein Nasenbluten gut überstanden hatte. Sie marschierte mit Paul im Schlepptau zu ihnen und förderte aus den Tiefen ihrer Tasche eine Packung Feuchttücher zutage, mit denen sich Dwight das Gesicht abwischen konnte.

Meine Mom hat seit meiner Kindheit Feuchttücher in ihrer Handtasche. Normalerweise trocknen sie aus, bevor sie zum Einsatz kommen, aber bei den seltenen Gelegenheiten, in denen sie sie aus der Tasche fischen und sich etwas Klebriges von den Händen wischen kann, dreht sie sich immer zu mir um und zieht vielsagend die Augenbraue hoch. *Siehst du? Jetzt sind sie doch ganz praktisch*, soll das heißen.

Was sich in diesem Moment zwischen den beiden Müttern abspielte, werde ich nie erfahren. Aber als wir ins Auto stiegen, war bereits beschlossen worden, dass ich mehr Zeit mit Dwight verbringen würde. Ich versuchte, meiner Mom zu erklären, dass das quasi unmöglich sei, weil er schon in fast allen Kursen und im akademischen Team mit mir zusammen ist, aber meiner Mom gefiel die Vorstellung, dass ich meine Freunde auch außerhalb der Schule treffe. Sie ließ sich nicht davon abbringen.

Dass sie mir auch in der Highschool noch »Playdates« organisiert, ist absolut typisch für meine Mom, aber ich tat trotzdem so, als sei ich schockiert und wütend. Und obwohl Paul versuchte, mir zu helfen, blieb sie fest entschlossen. Ich würde mit Dwight Tennis spielen, komme, was wolle.

Also trafen Dwight und ich uns am Montag auf einem Tennisplatz in meinem Viertel. Als Erstes fiel mir auf, dass er in seinen Tennisklamotten noch dürrer wirkte als in seiner Schuluniform.

»Hast du schon mal gespielt?«, fragte er.

»Nö.«

»Hast du schon mal ein Tennismatch gesehen?«

»Nö.«

Dwight ließ sich nicht aus dem Konzept bringen. Er zeigte mir, wie man einen Schläger hält, und dann spielten wir uns eine Stunde lang gegenseitig die Bälle zu. Er war richtig gut und viel koordinierter, als ich erwartet hatte. Ich schämte mich ein bisschen für meine Vorurteile. Als wir fertig waren, setzten wir uns an den Rand des Platzes und tranken Gatorade. Er sagte kein einziges Wort, was wirklich seltsam war.

»Was ist los?«, fragte ich.

»Bist du nur hergekommen, weil deine Mom dich dazu gezwungen hat?«, fragte er. Eine extrem unangenehme Frage. Ich würde sie in dieselbe Kategorie stecken wie: *Möchtest du mein Freund sein?*

»Nein«, log ich. »Ich habe noch nie Tennis gespielt und hatte Lust darauf, es zu lernen.« Auf seinem Gesicht erschien ein breites, glückliches Grinsen.

»Nächste Woche wieder?«

»Klar.«

Er nahm seine Tasche und ging vom Platz. Der Geruch seiner Sonnencreme hing noch lange in der Luft. Faktor 500, darauf wette ich.

Und damit war die Sache gegessen. Ich weiß nicht, ob wir beide so einsam und unbeholfen wirkten, dass unsere Mütter den Drang verspürten, uns zu verkuppeln, oder ob Dwight und ich von Anfang an dazu bestimmt gewesen waren, gemeinsam den holprigen Pfad der Freundschaft entlangzustolpern. Egal. Es ist auf jeden Fall ganz okay.

Meiner Meinung nach habe ich nicht das Recht dazu, meine Mitmenschen runterzuziehen. Ich will niemanden mit meinen Problemen belasten, die meisten haben mit dem Scheißdreck, der in ihnen selbst gärt, schon genug zu tun. Das wäre nicht fair. Deshalb sage ich immer »Gut«, wenn meine Mom fragt, wie es mir geht, und deshalb erwidere ich Pauls verkrampftes Lächeln jedes Mal, wenn auch genauso verkrampft. Ich will nicht zum Problem werden. Und auch nicht der Grund dafür sein, dass jemand sein Leben ändern muss.

Heute musste ich in der Schule an Sie denken. Nein,

nicht auf eine perverse Art. Ich habe nur über die anderen Patienten nachgedacht, die Sie schon behandelt haben. Die anderen Schizos mit ihren Nonsenssätzen und Seifenspuckeblasen und Aluminiumhüten. Diejenigen, die kein ToZaPrex bekommen und nicht mehr länger zwischen Realität und reinem Wahnsinn unterscheiden können.

Vor ungefähr einem Jahr, als meine Mom zum ersten Mal mit mir zum Arzt gegangen ist, war ich wirklich mies dran. Ich fühlte mich, als wäre mein Gehirn auf einen dreckigen Gehweg gefallen und dann mit lauter daranklebenden Müllfetzen und Glasscherben wieder in meinen Kopf gestopft worden. Es ist erstaunlich, wie schnell das passierte. Erst ging es mir gut und dann auf einmal nicht mehr. Das Wartezimmer war wie das Fegefeuer: Alle wissen, dass sie schon tot sind, aber das Leben nach dem Tod ist so deprimierend, dass man viel zu viel Angst hat, groß darüber nachzudenken. Genau so, als stünde man bis zum Jüngsten Tag beim Amt in der Warteschlange.

Ich habe immer noch Albträume von diesem Wartezimmer. Dort bin ich an einen Stuhl gekettet und versuche, mich gegen einen anderen Patienten zu wehren, der auf mich einschlägt. Meine Mom steht hinter einer Glasscheibe und beobachtet mich, während ein Mann im weißen Kittel ihr erklärt, dass ich gefährlich bin und sie sich mir nicht nähern darf. Ich schreie und weine, doch niemand hört mich oder interessiert sich für meinen Schmerz. Und ich fühle mich unendlich einsam.

Zurück zum Thema. In dem Wartezimmer saßen nur zwei oder drei Patienten, alles Männer. Abgesehen von Rebecca natürlich, die am Lego-Tisch saß und schweigend etwas zusammenbaute. Ein Patient war ungefähr in meinem Alter und wurde von seiner Mutter begleitet. Er sah noch fertiger aus als ich, was mich aus irgendeinem Grund tröstete. Natürlich bekam ich deshalb sofort ein schlechtes Gewissen. Warum fühlte ich mich besser, nur weil er aussah, als wäre er noch übler dran? Ach, egal. Es gibt für uns beide kein Entrinnen, das wissen sogar unsere Mütter. Und das ist wahrscheinlich das Schlimmste an der ganzen Situation.

Ich würde lieber alleine leiden.

Der andere Junge im Wartezimmer schaukelte mit dem Oberkörper und summte vor sich hin. Ich erkannte die Melodie nicht und er änderte sie auch immer wieder ab. Seine Mom sagte ihm nicht, dass er ruhig sein solle. Sie las etwas auf ihrem Kindle und tat so, als verhalte sich ihr Sohn vollkommen normal. Es schien, als ob ihr klar sei, dass ihr Sprössling seltsam war, sie jedoch jeden mit Freuden vermöbelt hätte, der sie darauf ansprach. Sie saß dort wie Xena die Kriegerprinzessin und es war offensichtlich, dass sie schon ihr ganzes Leben lang für ihren Sohn gekämpft hatte. Als er begann, seine Ärmel hochzuschieben, reagierte sie sofort und zog sie wieder über die Handgelenke, aber da hatte ich die tiefen roten Kratzwunden an seinen Unterarmen schon gesehen. Sie sahen aus, als habe er versucht, etwas bis zum Ellbogen aus sich herauszugraben.

Ich starrte ihn an und seine Mutter merkte es und warf mir einen bösen Blick zu. Sie schien mich stumm herauszufordern, was natürlich den Beschützerinstinkt in meiner Mutter auf Hochtouren brachte. Die beiden Frauen maßen sich einen Moment lang wortlos, dann fragte meine Mom: »Gehen Sie auch zu Dr. Finkelstein?«

Die andere Frau nickte, strich ihrem Sohn liebevoll übers Haar und widmete sich wieder ihrer Lektüre. Die beiden waren nicht länger Gegnerinnen, sondern nur noch zwei Frauen, die denselben Kampf ausfochten und ihre Hoffnung auf denselben Arzt gesetzt hatten. *Heilen Sie meinen Sohn.*

Ich denke sehr oft an dieses Wartezimmer, öfter als an jeden anderen Ort, denn dort versammeln wir uns. Das Auffangbecken für uns Irre. Hier sind wir eine Gruppe, die Dinge sieht, die niemand sonst sehen kann, und Befehlen folgt, welche außer uns niemand hört. Weil wir keine Wahl haben. Unsere Wahrheit ist eine andere als eure.

Ich sollte wahrscheinlich meinem Schicksal danken, dass ich nicht in irgendeinem anderen Jahrzehnt der Geschichte geboren worden bin, denn dann hätte man mich in eine Irrenanstalt gesteckt, wo die Patienten wie Tiere eingesperrt und gequält wurden. So entsetzlich böse Orte, dass man sich die Hölle gar nicht mehr vorstellen muss. Solche Anstalten waren schrecklich.

Dieser Eintrag ist wirklich kein Brüller, aber auch Sie dürfen Ihrem Schicksal danken. Wenigstens werden Sie dafür bezahlt, ihn zu lesen.

16

DOSIERUNG: 2,5 mg. Dosissteigerung genehmigt.

28. November 2012

Anfangs fand ich es unglaublich nervtötend, dass Dwight beinahe ununterbrochen reden kann, aber inzwischen flößt es mir Respekt ein. Es ist nahezu unmöglich, während eines Tennismatches nonstop zu labern, aber Dwight schafft es, ohne dabei kurzatmig zu werden oder ins Schwitzen zu geraten.

Er wäre vollauf damit zufrieden, einfach immer weiterzureden, ohne jemals etwas wirklich Wichtiges zu sagen. Und das Beste an ihm ist, dass er rein gar nichts darauf gibt, was andere von ihm halten. Er ist uncool. Bleich. Dürr. Er hat keinen Funken Selbstmitleid. Und merkwürdigerweise ist er immer glücklich, weshalb es auch so schräg war, dass seine Stimme nach dem Sportunterricht derartig verzweifelt klang.

Wir hatten gerade unsere Runden auf der Aschenbahn beendet und die meisten Jungs waren bereits geduscht. In St. Agatha gibt es keine Gemeinschaftsduschen, in denen alle zusammen planschen. Es ist nicht wie im Fernsehen. Hier haben wir einzelne Kabinen mit Haken an der Tür, wo man seine Kleider aufhängen kann. Sehr nobel ... und unfassbar bescheuert für Highschoolduschen.

Ich hatte als einer der Letzten meine Runden beendet, und als ich den Umkleideraum betrat, hörte ich, wie Dwight von seiner Duschkabine aus Ian und vier andere Typen anflehte, ihm seine Klamotten zurückzugeben.

»Kommt schon, Jungs«, sagte Dwight hinter der Kabinentür. Ian hatte sich sein Handtuch um die Hüften gewickelt und hielt Dwights Klamotten mit ausgestrecktem Arm vor sich wie ein Matador, der einen Bullen in die Arena locken will.

»Echt jetzt, Leute. Ich komme zu spät zum Unterricht«, jammerte Dwight.

»Das ist nicht mein Problem«, sagte Ian. Er ging zu den Spinden neben der Tür zum Flur und warf Dwights Kleider darauf. Vollkommen außer Reichweite für ihn. »Sieht so aus, als müsstest du nackig gehen.«

Groß und bedrohlich auszusehen hat seine Vorteile. Ich glaube nicht, dass jemand sah, wie ich in den Umkleideraum kam, also war es ganz still, als ich die vier Jungs zur Seite schob und mich vor Ian aufbaute. Er wollte gerade den Mund aufmachen, da riss ich ihm das Handtuch von den Hüften und schubste ihn aus dem Umkleideraum auf den Schulflur hinaus. Dann hielt ich die Tür zu, sodass er nicht zurückkonnte. Er hämmerte mit den Fäusten dagegen, aber seltsamerweise unternahmen die anderen Jungs im Umkleideraum nichts, um ihm zu helfen. Im Gegenteil. Als ich sie ansah, verzogen sie sich schleunigst.

Dann klingelte die Pausenglocke.

Der Klang Hunderter Schritte hallte durch den Flur, gefolgt von lautem Gelächter. Ich holte Dwights Klamotten von den Spinden und reichte sie ihm über den Rand der Duschkabine.

»Du hast ihn splitterfasernackt auf den Flur geschoben«, sagte er.

»Jepp.«

Dwight grinste breit. »Wie hat er ausgesehen?«

»Als sei ihm kalt«, sagte ich. »Beeil dich, sonst kommen wir zu spät.«

Was ich getan hatte, war unreif und unglaublich dumm gewesen, aber so sind die besten Momente im Leben halt manchmal. Sicherlich werde ich irgendwann dafür bezahlen müssen und doch bereue ich nichts.

Mayas nächste Nachricht:

> MAYA: Ich habe heute Ian Stones weißen Pickelarsch an der Turnhalle vorbeirennen sehen. Fast wäre ich blind geworden. Ich habe gehört, du hattest etwas damit zu tun?
>
> ICH: Gern geschehen. In Liebe, dein Karma.

DOSIERUNG: 2,5 mg. Unverändert.

5. Dezember 2012

Meine Mom ist schwanger.

18

DOSIERUNG: 3 mg. Dosissteigerung genehmigt.

9. Januar 2013

Ignorieren Sie bitte, was ich als Letztes geschrieben habe. Zumindest für den Augenblick. Und wo wir schon dabei sind: Ich werde keine Zeit auf meine Ferien (wir waren auf Hawaii) oder meine Weihnachtsgeschenke (ich bekam die Fritteuse, die ich mir gewünscht hatte) verschwenden. Maya habe ich eine Schwimmweste und einen Schwimmkurs geschenkt. Sie schrieb für mich alle Rezepte ihrer philippinischen Großmutter in ein in Leder gebundenes Buch. Ja, natürlich habe ich sie vermisst, während ich im Urlaub war.

Aber das alles ist völlig unwichtig, denn während ich weg war, wurden in der Sandy-Hook-Grundschule in Connecticut zwanzig Kinder und sechs Erwachsene ermordet.

Morde passieren auf der Welt ziemlich regelmäßig. Leute sterben wie die Fliegen, Tausende pro Tag, und normalerweise ist das allen egal. Den meisten Amerikanern zumindest. Bevor Sie wieder Ihr strenges Gesicht machen, gestehen Sie mir bitte kurz zu, dass ich recht habe.

Wen kümmert schon ein Haufen toter Menschen, die er nicht kennt? Niemand. Außer, es sind Kinder. Dann kümmert es uns, weil das einfach zum Kotzen ist.

Mom und Paul erzählten mir nichts von der geheimen Besprechung, die sie mit der Schulleitung hatten, nachdem es passiert war. Ich hätte nie davon erfahren, wenn ich nicht zufällig auf das Handy meiner Mutter geschaut hätte.

In diesem Fall kannte die Schule nämlich jemanden, vor dem sie Angst haben konnte. Sie kannten jemanden, den sie zum Sündenbock machen konnten, wenn Gefahr im Verzug war. Der Leiter des Schulamts (Ians Dad) setzte die Besprechung kurz nach dem Massaker an, denn er musste aus rechtlichen Gründen sicherstellen, dass nur ein sehr kleiner Kreis davon erfuhr. Das war nicht einfach, ein paar Tage vor Weihnachten. Mr. Stone war der Meinung, dass die anderen Eltern sich weigern würden, ihre Kinder mit einem wie mir zur Schule zu schicken. Jemand, bei dem die Gefahr bestand, dass er die Kontrolle über sich verlor. Die meisten würden nicht einmal in Erwägung ziehen, sich über meine Krankheit zu informieren oder zu fragen, ob ich in Behandlung war und Medikamente bekam. Sie würden sofort in Panik geraten. Und das kann ich ihnen auch nicht vorwerfen.

Obwohl die Schießerei auf der anderen Seite des Landes stattgefunden hatte, wusste ich sofort, was sie für mich bedeuten würde.

Er war einer von uns.

Und ein Musterschüler. Er war sogar eine Zeit lang an eine katholische Schule gegangen.

Noch gruseliger ist, dass wir denselben Vornamen tragen.

Adam.

Aber selbst wenn es all diese Übereinstimmungen nicht gegeben hätte, war völlig klar, dass die Schule mit meiner Mom und Paul reden würde. Am liebsten bei einer Schulamtskonferenz – oder einer öffentlichen Inquisition, um alles schön katholisch zu halten.

Sie waren mit der Geheimhaltung nicht einverstanden. Paul hatte ihnen mehr als deutlich zu verstehen gegeben, dass niemand in der Eltern- und Schülerschaft von meiner Krankheit erfahren durfte, und dagegen wollten sie Protest einlegen. Denn sollte sich ein »Zwischenfall« ereignen, würden mit Sicherheit einige Eltern auf die Barrikaden steigen, weil man ihnen nicht gesagt hatte, dass ihr Kind mit einer tickenden Zeitbombe zur Schule ging.

Mit mir.

Das steht allerdings im Widerspruch zu den tatsächlichen Lehren der Kirche, was natürlich ziemlich unpraktisch für sie ist. Die Bibel lehrt Toleranz und ich bezweifle, dass Jesus die Gemeinde dazu ermutigt hätte, mich als Schizo zu »outen«. *Wer ohne Sünde ist, der werfe den ersten Stein.* Na, klingelt da was?

Sie wissen noch nicht sehr viel über den Todesschützen. Vielleicht hatte er die ganze Aktion monatelang geplant, Mitwisser mit hineingezogen oder die Polizei über seine Absichten informiert, um irgendetwas zu erpressen. Aber bisher spricht nichts dafür. Die Fachleute und die Presse spekulieren nur über das *Warum*. Und das ist mir eigentlich vollkommen gleichgültig.

Tatsache ist, dass ein zwanzigjähriger Mann seine Mutter erschoss und dann in eine Grundschule ging, wo er das Feuer auf Kinder und Lehrer eröffnete. Er hat all diese Leben völlig grundlos ausgelöscht, als wären sie ihm irgendwie im Weg gewesen.

Es wird wieder heftig über Schusswaffen diskutiert, aber niemand hat es besonders eilig damit, irgendwelche Gesetze zu ändern.

Und nichts ändert etwas an der Tatsache, dass diese Kinder für immer tot sind.

Meine Mom ist eine ziemlich vernünftige Person. Natürlich weinte sie auch um die Kinder, die einen so schrecklichen Tod gestorben waren, aber hauptsächlich weinte sie um mich. Sie schaute sich die Nachrichten im Fernsehen an und ich wusste genau, was in ihr vorging. Dieser Typ hatte psychische Probleme und wer weiß was für Dämonen, die ihm ins Ohr flüsterten. Meine Mutter hatte Angst um mich.

Vielleicht würde es bald eine Hexenjagd auf psychisch kranke Menschen geben. Es wäre ziemlich leicht, die gesamte obdachlose Schizophrenie-Community verschwinden zu lassen. Niemand würde merken, dass sie nicht mehr da ist. Danach sind dann die Leute dran, die mit sich selbst reden. Die armen Schweine mit manisch-depressiven Erkrankungen. Alle mit ausgeprägten Verhaltensstörungen. Das ist Moms schlimmster Albtraum. Dass irgendwann jemand kommt, um mich abzuholen, und sie es nicht schafft, ihn aufzuhalten.

Als die Schule nach den Weihnachtsferien wieder losging, sprachen wir alle darüber, und die erste Messe war den Opfern und ihren Familien gewidmet. Eine kleine, verängstigte Zweitklässlerin, die kaum über die Kanzel schauen konnte, las die Fürbitte. Mit leiser Piepsstimme sprach sie die Worte: »Für die Opfer von Sandy Hook und ihre Familien. Herr, wir bitten dich, erhöre uns.«

Als sie fertig war, breitete sich eine schreckliche Leere in der Kirche aus. Das Mädchen war wahrscheinlich genauso alt wie die ermordeten Kinder und die Traurigkeit, die mich überwältigte, stand mir wohl ins Gesicht geschrieben, denn Maya berührte meine Hand.

Natürlich würden wir darüber reden müssen, wenn wir zurück im Unterricht waren. Wir würden alle Details der Tragödie bis ins Kleinste diskutieren müssen, um zu wissen, wie wir uns im Ernstfall zu verhalten hatten. Die Nonnen würden uns auf keinen Fall eine lange, ausführliche Diskussion über Sicherheit an der Schule ersparen, auf die ein Gebet für die Opfer folgen würde. Warum auch? Wir beten doch wegen jedem Quatsch. Ein Gebet für die Toten reiht sich hervorragend in diese Parade der Lächerlichkeit ein.

Ungefähr eine Sekunde nach Ende des Gebets fingen meine Mitschüler an, über den Todesschützen zu reden.

»Was war denn los mit ihm?«, fragte jemand.

»Sie wissen es noch nicht. Man vermutet, dass er geisteskrank war.«

Schwester Catherine warf mir einen kurzen Seitenblick zu, als sie das sagte, aber sie drehte sich schnell wieder zur Tafel um. Rebecca, die auf Schwester Catherines Pult saß, sah aus, als würde sie gleich vor Wut platzen. Wäre sie real gewesen, dann hätte sie Schwester Catherine etwas an den Kopf geworfen. Andererseits: Wäre sie real, dann wäre ich auch nicht verrückt.

Und in diesem Moment hörte ich es.

»Warum hat sich das Arschloch nicht einfach umgebracht, wenn es ihm so beschissen ging?«

Ich konnte nicht sehen, von wem das gekommen war, doch ich hatte es gehört. Die Person hatte laut geflüstert, aber Schwester Catherine riss den Kopf hoch und zischte mit eiskalter Stimme: »Wer hat das gesagt?« Die Lippen zu einer dünnen Linie zusammengepresst, starrte sie die Klasse an.

Niemand bewegte sich. Alle schwiegen. Der Satz hing über uns in der Luft.

Warum hat sich das Arschloch nicht einfach umgebracht?

Und einen Moment lang war ich wütend, denn die Person, die das gesagt hatte, weiß nichts darüber, wie es ist, die Kontrolle zu verlieren. Sie weiß nicht, wie es ist, vom eigenen Verstand heimgesucht zu werden. Sie versteht nicht, wie stark das Verlangen sein kann, die Stimmen zum Schweigen zu bringen, selbst wenn das bedeutet, ihren Befehlen zu gehorchen. Aber ich riss mich sofort wieder zusammen, denn mir wurde klar, dass ich gerade Mitgefühl mit diesem Mörder verspürte, und das wollte ich nicht.

Als es klingelte, lenkte Schwester Catherine meine Aufmerksamkeit auf sich und winkte mich so unauffällig wie möglich zu sich an ihren Schreibtisch. Sie wartete, bis das Klassenzimmer sich geleert hatte, bevor sie sprach.

»Damit haben sie nicht dich gemeint, Adam«, sagte sie schnell. Meistens kann ich ausblenden, dass die Lehrer mein Geheimnis kennen, daher fühlte sich dieses Gespräch sehr merkwürdig an.

»Doch«, sagte ich. »Sie wissen es nur nicht.«

Sie schüttelte den Kopf. »Sich das Leben zu nehmen ist niemals gerechtfertigt. Diese Macht liegt allein in Gottes Hand.«

»Dann hätte er den Typen vielleicht ausschalten sollen, bevor er all diese Kinder erschossen hat«, sagte ich. Schwester Catherine sah aus, als suchte sie nach den richtigen Worten, aber ich wollte nicht, dass sie das Gefühl hatte, mich trösten zu müssen. »Ist schon in Ordnung, Schwester. Bis morgen.«

In diesem Fall lag die Person, die gesprochen hatte, richtig. Er hätte sich einfach umbringen können. Dann hätte niemand sonst sterben müssen.

Ich werde vermutlich niemals vergessen, wie es sich angefühlt hat, als ich erfuhr, was jemand zu mir sagen würde, wenn er mein Geheimnis wüsste. Was andere Leute wirklich über Menschen mit meiner Krankheit dachten. Nicht diese geheuchelten tröstlichen Worte, die sie in meiner Gegenwart von sich geben würden, sondern die Wahrheit in ihrem Herzen.

Wenn sie wüssten, dass ich eine Bedrohung sein konnte, dann würden sie mir empfehlen, mich umzubringen. Sie würden mich nämlich für ein Monster halten.

Am Montag erhielt ich die freundliche Aufforderung vom Sekretariat, mich mal wieder bei meinem Schulbotschafter zu melden. Natürlich warf ich sie sofort in den Müll. Eigentlich sollte ich mich einmal wöchentlich mit Ian treffen, aber zum Glück kontrolliert niemand, ob ich auch wirklich an dem Patenprogramm teilnehme. Ich glaube, die realistische Aussicht auf diese Treffen hatte sich in dem Moment in Luft aufgelöst, in dem ich seinen nackten Hintern auf den Schulflur bugsierte. Zu schade. Wir wären bestimmt die besten Freunde geworden.

Seit dem Zwischenfall verhielt er sich ungewöhnlich ruhig. Bis heute hatte ich mir deswegen keine Sorgen gemacht, aber jetzt begegnete ich ihm nach dem Unterricht im Flur. Statt an mir vorbeizugehen, als würde ich nicht existieren, blieb er stehen und schaute mich mit einem seltsam listigen Gesichtsausdruck an. Als wüsste er etwas, von dem ich keine Ahnung hatte.

Er folgte mir, als ich zum Klo im Flur neben der Kirche ging, stellte sich an das Pissoir neben meinem und begann zu pinkeln. Normalerweise unterhalte ich mich nicht mit anderen Jungs, während ich meinen Schwanz in der Hand habe, aber Ian ließ sich davon nicht abhalten. So nahe war ich ihm seit der Duschgeschichte nicht mehr gekommen.

»Tragisch, was in Connecticut passiert ist«, sagte er.

»Ja.« Ich sah, wie er die Lippen kräuselte, und wartete darauf, dass er zum Punkt kam.

»Leute, die solche Probleme haben, sollten wir einfach zusammentreiben und abknallen, findest du nicht? Nur so werden keine Unschuldigen mehr verletzt.« Er machte seine Hose zu und klopfte mir auf den Rücken. Dann zeigte er auf das JESUS LIEBT DICH/SEI KEIN HOMO-Graffiti an der Wand und sagte: »Das ist schon ewig hier. Müsste mal jemand wegputzen.«

Mir wurde eiskalt.

Manchmal vergesse ich, dass es Sie gibt. Ich schreibe diese Berichte und schütte hier mein Herz aus und plötzlich habe ich das Gefühl, dass Sie mich wirklich hören können. Aber oft kommt es mir so vor, als würde ich ins Leere schreiben.

Also möchte ich diese Gelegenheit nutzen, um zu sagen, dass ich Waffen nicht mag. Ich besitze keine Waffen und ich habe auch nicht den Wunsch, jemanden zu erschießen. Absolut nicht. Ich spiele keine brutalen Videospiele, vor allem, weil ich extrem schlecht darin bin. Ich mag nicht einmal Paintball.

Amen.

19

DOSIERUNG: 3 mg. Unverändert.

16. Januar 2013

Natürlich verstehe ich, dass Sie wissen wollen, wie ich mir die Hand verletzt habe. Und mir ist auch klar, dass Therapie eigentlich anders funktioniert. Wenn ich den größtmöglichen Nutzen aus diesen Sitzungen ziehen will, dann darf ich nicht nur in Form dieses »Tagebuchs« mit Ihnen reden, weil Therapie eine Konversation ist, keine Dissertation. Sie hören mir zu, wir reden über das, was ich gesagt habe, und dann verabreden wir uns für die Woche danach. Wir wiederholen das Ganze und niemand wird jemals geheilt.

Aber ich weiß ganz genau, was mit mir los ist. Sie müssen mir nicht sagen, was mit mir nicht stimmt. Ich brauche keine gesprächsbasierte Analyse der Bedeutung meiner Träume oder dessen, wie meine Halluzinationen sich verändern. Ich bin mir der Monster, die in meinem Kopf lauern, voll und ganz bewusst. Und ich verstehe, dass ich nicht normal bin, also brauche ich Sie eigentlich nicht und muss auch nicht mit Ihnen reden.

Ich frage Sie nicht nach den gerahmten Fotos Ihrer drei

Kinder auf dem Schreibtisch, die alle definitiv Zahnspangen brauchen werden (tut mir leid, Mann, aber das ist die Wahrheit). Ich frage Sie nicht nach Ihrer Frau oder nach dem Bild der Frau mit dem grünen Regenschirm, das an der Wand hinter Ihrem Schreibtisch hängt.

Wahrscheinlich ist es für Sie gar nicht so gut, dass ich alles aufschreibe. Das bedeutet nämlich, dass Ihnen alle Beweise vorliegen. Falls Sie übersehen, dass eine Anekdote irgendwie seltsam klingt, und dadurch mein Abgleiten in den Wahnsinn nicht bemerken, dann hätte das schwere Konsequenzen und könnte den Unterschied zwischen Erfolg und Fehlschlag bedeuten. Sie sollen die Katastrophe ja abwenden, bevor sie eintritt.

Nach meiner Mom haben Sie auch gefragt. Was ich von der Schwangerschaft halte, ob ich mir Sorgen mache. Na gut, das verstehe ich. Einschneidende Veränderungen können uns aus dem Takt bringen. Störungen in unserer täglichen Routine können Probleme verursachen, deshalb beobachtet meine Mom mich in letzter Zeit auch besonders aufmerksam.

Meine Mom hat mich bekommen, als sie noch ziemlich jung war. Zwanzig ist jung für eine Mutter. Das wäre bei mir von jetzt an gerechnet in vier Jahren. Ich kann mir nicht vorstellen, in vier Jahren schon ein Kind zu bekommen.

Aber ich finde, es ergibt Sinn, dass sie und Paul ein Baby wollen. Komisch ist, dass sie nicht mit mir darüber gesprochen haben. Meine Mom erzählt mir normalerweise alles bis ins letzte, unwichtige Detail, daher ist es wirklich sehr untypisch für sie, dass sie ihre Schwangerschaft quasi geheim gehalten hat. Die beiden haben es mir erst gesagt, als sie schon im dritten Monat war.

Als sie mir davon erzählten, wirkte Paul ängstlich. Machte er sich Sorgen, dass ich durchdrehen könnte, wenn sie es mir erzählen? Die Vorstellung brachte Rebecca zum Weinen, denn warum sollte ein Baby der Grund dafür sein, dass ich durchdrehe?

Es ist schade, dass meine Mom sich jetzt sowohl um mich als auch um das Baby sorgen muss. Um mich sollte sie eigentlich keine Angst haben müssen. Außerdem höre ich Pauls Gedanken zu dem Thema in meinem Kopf. Natürlich nur metaphorisch – seine Stimme habe ich noch nie halluziniert. Er muss jetzt sein eigen Fleisch und Blut beschützen. Eine Wende des Schicksals wie bei Shakespeare: Eigentlich müsste ich verstoßen werden, weil ich eine Bedrohung für den rechtmäßigen Erben darstelle.

Wenigstens kann ich mit Maya über die Schwangerschaft reden, das ist schön. Ihre Brüder sind erst fünf, also weiß sie, wie es ist, viel älter als die eigenen Geschwister zu sein.

Mayas Mom habe ich bisher noch nicht gesehen. Komisch. Sie ist Krankenschwester und hat ungewöhnliche Arbeitszeiten, aber eigentlich hätte ich ihr inzwischen mal begegnen müssen.

Okay. *Meine Hand.* Das ist passiert:

Maya und ich hatten beschlossen, am Donnerstag nach der Schule in die Bibliothek zu gehen und dort unsere Hausaufgaben zu machen, weil Paul länger im Büro bleiben musste und meine Mutter einen Arzttermin hatte. Es war ein richtiges Date. Ich brachte Gummibärchen mit und sie Salzbrezeln. Zu einem Date gehört ein gemeinsames Essen, nicht wahr? Sehen Sie. Date.

Ich mag Bibliotheken, und sei es nur aus dem Grund,

dass sie Obdachlosen einen Ort bieten, wo sie sich aufhalten können. Es ist irgendwie schön, dass man nie zu alt wird, um in eine Bücherei zu gehen, sich aber jedes Mal wieder fühlt wie ein kleines Kind. Ich weiß noch, wie meine Mom mich früher immer durch die Kinderbuchabteilung wandern ließ, während sie sich über mögliche Jobs für meinen Dad informierte.

Und ich liebe den Geruch von Büchern.

Ein paar Minuten nach meiner Ankunft merkte ich, dass Ian mich anstarrte. Er hatte die Füße auf einen Arbeitstisch gelegt und zog die Augenbrauen hoch. Ich hatte gedankenverloren mit dem Stift in meiner Hand gewedelt, um den Fliegenschwarm zu verscheuchen, der den Bücherstapel auf meinem Tisch umkreiste.

Aber dann wurde mir bewusst, dass er mich nicht so anstarren würde, wenn ich das wirklich getan hätte. Die Fliegen waren nicht real.

Also bewegte ich mich überhaupt nicht mehr. Die Fliegen waren immer noch da und flogen jetzt perfekte Kreise. Maya kam ein paar Minuten später aus dem Kopierraum zurück und fragte mich, warum ich so stocksteif dasäße. Ich sagte ihr, ich würde lernen, aber in Wirklichkeit achtete ich nur noch darauf, mich nicht seltsam zu verhalten. Ian beobachtete mich immer noch.

Dann überkam mich plötzlich wie aus dem Nichts der Drang, wegzurennen. Ein Teil von mir wusste, dass das dumm war, aber ich kam nicht dagegen an. Ich war überzeugt davon, dass ich abhauen musste, also stand ich auf und sprintete zu den Schreibtischen bei den Karteikästen. Dabei stolperte ich über eine Falte im Teppich und riss mir die Hand an einer Regalkante auf. Ein ziemlich großer Hautlappen hing von meiner Handfläche herunter und es sah einigermaßen scheußlich aus. Auf dem Boden bildete sich eine Blutlache. Maya wurde leichenblass und schrie laut auf, als sie mich sah. Ich glaube, das schockte mich am meisten. Sie hatte in der Bibliothek geschrien. Und dann angefangen zu weinen.

Ich hatte sie noch nie zuvor so weinen sehen. Sie musste große Angst um mich haben und zu meiner Schande muss ich gestehen, es gefiel mir, dass sie meinetwegen ihre Selbstkontrolle verlor. Ja, das macht mich zu einem perversen, schlechten Menschen, aber dieses Tagebuch soll mich doch so darstellen, wie ich bin, richtig? Ehrlich und ungeschminkt? Also ja, es gefiel mir, dass sie weinte, weil ich mich verletzt hatte. Wenn mich das zu einem sadistischen Mistkerl macht, dann bin ich eben einer.

Auch die Bibliothekarin machte eine ziemliche Szene und dadurch wurden alle auf die Blutlache aufmerksam, die den Teppich durchtränkte.

»Ich kann dich ins Krankenhaus fahren«, sagte Ian, der auf einmal neben mir stand. Die Bibliothekarin schaute ihn voller Bewunderung an und ich fragte mich, wie viele Lehrkräfte er dazu gebracht hatte, ihn für einen anständigen Menschen zu halten. Wieso fiel ihr die besessene Gier nach Informationen nicht auf, die ich in seiner Miene sah? Natürlich wollte er mich ins Krankenhaus fahren, aber das würde ich auf keinen Fall zulassen. Zum Glück schaltete sich Maya rechtzeitig ein, sodass ich nichts sagen musste.

»Danke, aber das ist nicht nötig«, sagte Maya, deren Wangen immer noch etwas blass waren. »Ich fahre ihn.«

Der Gesichtsausdruck der Bibliothekarin deutete an,

wie unhöflich sie es fand, dass Maya Ians großzügiges Angebot abgelehnt hatte, aber wir versicherten ihr, dass wir es auch alleine ins Krankenhaus schaffen würden. Dann eilten wir aus der Bibliothek. Ich hörte, wie die anderen Schüler hinter mir zu tuscheln begannen, und spürte Ians Blicke in meinem Rücken. *Mistkerl.*

»Warum bist du auf einmal losgerannt?«, fragte Maya betont ruhig, als sie nach ihrem Schlüssel suchte.

»Weil ich ein Idiot bin.« Hoffentlich genügte ihr diese Erklärung. Sie schaute mich an, als sei das nicht der Fall, aber sie sagte nichts mehr und wir stiegen ins Auto. Meine Hand brannte wie Feuer.

Sie hatte an diesem Tag den Minivan ihres Dads und fuhr mich darin zur Notaufnahme, wo wir bereits von meiner hysterischen Mom erwartet wurden. Ihre Miene schwankte zwischen der Sorge um mich und der Sorge darum, dass ihr vor Maya versehentlich etwas über meine Krankheit rausrutschen könnte.

Ich sagte ihr, es sei nur ein kleiner Schnitt und ich wäre in der Bibliothek gestolpert, aber ich merkte, dass noch eine Menge Fragen in ihr brodelten. Kein Mensch verletzt sich einfach so in einer Bibliothek. Wirklich niemand.

Als ein Arzt erschien, um meine Hand zu nähen, schickte ich Maya nach Hause. Sie sah aus, als müsste sie sich gleich übergeben, aber stattdessen küsste sie mich vor den Augen meiner Mom und rannte dann zur Tür, ohne sich noch einmal umzublicken. Ich muss es Mom zugutehalten, dass sie wartete, bis Maya weg war, bevor sie durch die Zähne pfiff.

Zwei Sekunden später traf auch Paul ein, die Lippen zu einem schmalen Streifen zusammengepresst. Er klopfte mir ermutigend auf den Rücken und führte eine stumme Unterhaltung mit meiner Mom, während der Arzt mich wieder zusammennähte. Offenbar kann auch Paul kein Blut sehen. Irgendwann setzte er sich auf einen Stuhl neben der Tür und legte den Kopf auf die Knie.

An diesem Punkt bat ich die beiden, draußen auf mich zu warten, und obwohl Mom sich zuerst weigerte, schaffte es Paul, sie raus auf den Flur zu locken.

Ich konnte sie durch einen Spalt in der Jalousie sehen. Sie sprachen aufgeregt miteinander und meine Mom strahlte pure Entschlossenheit aus. Dann machte Paul etwas, das ich ihn noch nie zuvor hatte tun sehen. Er streckte die Hand aus und legte sie auf ihren Bauch. Sie hörte mitten im Satz auf zu reden und Paul begann strahlend zu lächeln.

Sie wirkten sehr glücklich und ich wendete meinen Blick wieder dem Arzt zu, der gerade den letzten Stich setzte. Dieser Augenblick gehörte nur den beiden.

Vielleicht ist es an der Zeit, meine Dosis noch mal zu erhöhen.

Als wir wieder zu Hause waren, redeten meine Mom und ich lange darüber, was passiert war und was das bedeuten könnte. Paul saß neben uns und schaltete sich nur manchmal ein, um seine Meinung zu sagen oder meiner Mom zuzustimmen. Das ist das Gute an Paul. Er weiß, wie man ein ernstes Gespräch mit Leuten führt, ohne sie dabei runterzumachen. Deshalb ist er wahrscheinlich auch ein so guter Anwalt. Auf jeden Fall beschlossen wir, dass wir mit den Ärzten über eine Erhöhung der Dosis reden würden.

Ich spiele weiterhin montags Tennis mit Dwight. Die

Verletzung ist an meiner linken Hand, also stört sie mich dabei nicht. Er hatte mich schon in der Schule gefragt, wie sie zustande gekommen war, aber meine Antwort schien ihm nicht genügt zu haben.

»Sag noch mal. Warum bist du in der Bibliothek plötzlich losgerannt?«, fragte er.

»Weil ich ein Idiot bin«, sagte ich.

»Ja, das weiß ich. Aber was war wirklich der Grund?«

»Ich hatte einfach Lust zu rennen.«

»In der Bibliothek?«, fragte er.

»Ja. In der Bibliothek.«

Er schaute mich einen Moment lang skeptisch an, schwieg dann aber achselzuckend.

Manchmal frage ich mich, ob Dwight etwas an mir auffällt, wenn wir Zeit miteinander verbringen. Gelegentlich glaube ich zwar, dass er es merkt, wenn ich mich seltsam benehme, aber er sagt nie was dazu, sondern akzeptiert es einfach. Ein Teil von mir würde ihm gerne alles erzählen. Der Rest von mir hält das für eine sehr schlechte Idee.

Sie haben gefragt, was ich darüber denke, ein großer Bruder zu werden. Ich habe bisher noch nicht viel Zeit gehabt, um über das Baby als reale Person nachzudenken. Ich hoffe nur, es macht ihm oder ihr nichts aus, dass ich nicht normal bin, glaube ich.

20

DOSIERUNG: 3 mg. Dosissteigerung empfohlen, aber noch nicht genehmigt.

23. Januar 2013

Kann nicht schlaaaaaafen. Schon wieder nicht.

Es ist ätzend, wenn man nicht schlafen kann. Eigentlich sollte es das Einfachste auf der Welt sein. Man muss nur daliegen und es geschehen lassen und trotzdem ist es oft unmöglich. Ich habe schon als kleines Kind Schlafprobleme gehabt, aber als ich meine Diagnose bekam, wurde es noch schlimmer.

So wie mir geht es auch vielen anderen meiner Leidensgenossen. Wir dürfen nicht schlafen, weil sonst die Geheimagenten, die uns umbringen wollen, in unsere Schlafzimmer schleichen und den winzigen Metallchip modifizieren, mit dem sie unsere Gedanken ausspionieren.

In meinem Fall ist die Schlaflosigkeit eine Nebenwirkung des Medikaments. Manchmal kommt mir Einschlafen wie Schwerstarbeit vor, was echt nervt, weil ich eigentlich unheimlich gerne schlafe.

Und das bringt mich zu dem Grund, weshalb ich

Montag nicht in der Schule war. Statt in der Nacht von Sonntag auf Montag zu schlafen, machte ich Muffins, zwei Obstkuchen (Apfel und Heidelbeere) und Zitronenschnitten. Unter anderem. Hauptsächlich deshalb, weil es in meinem Zimmer viel zu voll und viel zu laut gewesen war. Sogar Rebecca fühlte sich unwohl zwischen all den Besuchern.

Der gruselige Typ mit der Melone. Die Vögel, die auf meinem Bettgestell saßen. Der Chor der Stimmen, die zu niemandem gehörten, den ich sehen konnte. Ich hörte ihnen ungefähr zehn Minuten lang zu, aber dann hielt ich es nicht mehr aus. Jason saß auf meinem Schreibtischstuhl, die Füße auf dem Tisch, und er erinnerte mich daran, dass ich leise sein musste, um Paul und meine Mom nicht zu wecken. Es war nicht gerade erfreulich, mit ansehen zu müssen, wie seine nackten Hinterbacken sich in mein Stuhlpolster schmiegten, aber ich muss zugeben, dass er sehr höflich versuchte, niemandem in die Quere zu kommen.

Rebecca folgte mir mit müdem Blick und blassen Wangen in die Küche. Ich suchte mir die Backzutaten zusammen und sie machte es sich auf dem Barhocker bequem und schaute mir zu. Als ich fertig war, schloss ich alle Türen zur Küche und nahm einen Schneebesen aus der Schublade. Meine Küchenmaschine konnte ich nicht benutzen, wenn Mom und Paul schliefen, das wusste ich. Vor allem, weil ich keine Lust hatte, vor morgen früh bohrende Fragen zu beantworten.

Also backte ich. Ich machte Shortbread-Kekse, die ich in dunkle Schokolade tauchte, winzige Husarenkrapfen mit Erdnussbutter und wirklich komplizierte kleine

Windräder mit einem Klecks Marmelade im Zentrum. Ich war wie in Trance. Außer dem Kratzen des Löffels in der Schüssel hörte ich keinen Laut. Wundervolle Stille.

Als ich den zweiten Obstkuchen aus dem Ofen nahm und zum Abkühlen auf einen Rost stellte, kam meine Mutter nach unten, um vor der Arbeit zu frühstücken. Ihrer Miene nach zu urteilen, muss ich wie ein Zombie ausgesehen haben.

Natürlich gab es Erklärungsbedarf, aber ehrlich gesagt war meine Mutter schon ganz andere Verrücktheiten von mir gewohnt. Sie ärgerte sich über die Schweinerei in der Küche, was absolut verständlich war. Jeder Zentimeter Arbeitsfläche war von einer Schicht Mehl bedeckt. Aber anstatt mit mir zu schimpfen, arrangierte sie einfach ein paar Keksteller, die Paul zur Arbeit mitnehmen konnte. Als er nach unten kam und die sich in der Küche auftürmenden Backwaren sah, warf er meiner Mutter einen vielsagenden Blick zu. Sie reichte ihm achselzuckend zwei Keksteller, die er zu seinem Auto brachte, während sie ihm mit den Zitronenschnitten folgte. Paul ist ehrlich gesagt ziemlich gut darin, solche Aktionen zu tolerieren. Anscheinend sind seine Kollegen von meinen Backkünsten total begeistert.

»Lass den Heidelbeerkuchen noch auskühlen«, ist glaube ich der letzte Satz, den ich gesagt habe. Wenn man so müde ist, weiß man nicht, ob man noch wach ist oder schon schläft. Und mein Kopf tat furchtbar weh. Ich brachte es fertig, Maya eine Nachricht zu schicken, dass ich heute nicht in die Schule kommen würde. Dann lud ich sie für später zu Kaffee und Kuchen ein. Sofort schickte ich noch eine Nachricht mit den Worten hinterher:

»Das ist kein Euphemismus für Schweinkram.« Obwohl mir das ehrlich gesagt gar nicht unrecht gewesen wäre. Außerdem sagte ich mein Tennis-Date mit Dwight ab.

Ein paar Stunden später taumelte ich ins Bett, legte mein Handy auf den Nachttisch und ließ mich von dem Chor in den Schlaf singen. Irgendwie wusste ich, dass meine Mom heute nicht zur Arbeit gehen würde, und ausnahmsweise machte mir das nichts aus. Sie war vorsichtig und das war okay.

Aber im Moment gab es hier nur mich und Rebecca. Sie kuschelte sich an meine Brust und schlief ein.

Und jetzt liege ich wieder hier in meinem dunklen Zimmer, in dem mich heute nichts und niemand ablenkt. Aber schlafen kann ich trotzdem nicht. Ich muss morgen zur Schule gehen, weil ich Montag schon gefehlt habe und morgen Akademisches-Team-Training stattfindet. Ich wüsste nicht, wie ich mein Fehlen erklären sollte, auch wenn meine Mom es natürlich verstehen würde. Also schreibe ich Ihnen jetzt, weil ich so müde bin, dass ich mich wie besoffen fühle. Es kotzt mich an, dass ich nicht wie jeder normale Mensch einfach wegdämmern kann, aber Schlaftabletten will ich trotzdem nicht nehmen. Ich brauche wirklich nicht noch mehr Medikamente.

Maya achtet seit dem Zwischenfall in der Bibliothek mehr auf mich und es kommt mir vor, als würde ich Ian in der Schule viel häufiger über den Weg laufen als vorher. Er weiß auf jeden Fall, dass mit mir etwas nicht stimmt, und ich frage mich, ob er nur auf den richtigen Moment wartet, um mir eins reinzudrücken. Und ich frage mich auch, wie viele andere Schüler schon etwas bemerkt haben.

Vielleicht sollte ich ja doch mehr Pillen einwerfen. Pillen gegen die Stimmen in meinem Kopf. Pillen gegen Schlaflosigkeit. Und dann Pillen gegen die Angst vor zu vielen Pillen.

Ja, meine Hand heilt gut. Danke der Nachfrage.

21

DOSIERUNG: 3,5 mg. Dosissteigerung genehmigt.

30. Januar 2013

Sie lassen nach.

Ich habe diese Frage eigentlich viel früher erwartet. Wir kennen uns bereits seit Monaten. Was wäre, wenn ich schon die ganze Zeit über den Tod nachgedacht hätte und Sie fragen mich erst jetzt danach?

Früher habe ich jedenfalls wirklich viel übers Sterben nachgedacht, das ist richtig. Wie schon gesagt, war mein Leben nur ein Haufen Müll, als ich nicht wusste, ob irgendetwas in meiner Welt noch real war. Eine Zeit lang habe ich darüber nachgedacht, weil der Tod so friedlich zu sein scheint. Und vor allem so still. Ich sehne mich nach Stille. Sie haben keine Ahnung, wie viel Zeit ich darauf verwende, den Lärm in meinem Kopf auszublenden.

Es gibt keinerlei Privatsphäre mit dieser Krankheit. Irgendjemand ist immer bei dir, du wirst ständig beobachtet und ständig zugelabert. Wenn ein Mann im gelben Anzug dich wieder und wieder und wieder fragt, wie viel Uhr es ist, dann willst du ihm irgendwann antworten, weil du weißt, dass er dann verschwindet. Aber er ist nicht real.

Und wenn du seine Frage beantwortest, dann könnten es andere Leute hören. Das ist extrem frustrierend, wenn man nicht auffallen will.

Für mich war der Tod also nie etwas Trauriges. Ich hatte im Gegensatz zu den meisten Menschen keine Angst vor ihm, was ja nicht unbedingt schlecht ist. Schlimm war es nur, wenn ich mich nach ihm sehnte, weil es so furchtbar anstrengend war, ich zu sein. Dann wirkte der Tod wie eine Erlösung, nach der zu greifen ich meiner Familie wegen zu feige war. Selbst wenn ich eine Methode gefunden hätte, die mich nicht anwidert, hätte ich meiner Mom niemals den Schmerz zufügen können, meine Leiche sehen zu müssen.

Ich machte mir also jeden Tag Sorgen darüber, wie ich auf andere wirkte und was das für meine Mom bedeuten würde. Rebecca sah damals wirklich furchtbar aus.

Doch jetzt denke ich nicht mehr an den Tod, zumindest nicht mehr so wie früher. Jetzt ist es mir viel wichtiger, die Nebenwirkungen von ToZaPrex zu erkennen, bevor jemand anderes es tut. Aber manchmal geht mir etwas durch die Lappen, wie zum Beispiel letzte Woche, als etwas Neues aufkam.

Ich wusste nicht, dass es einen Namen für diesen Zustand gibt, bis er so oft vorkam, dass ich ihn recherchierte. Ich habe jetzt Tardive Dyskinesie. Unwillkürliche Muskelzuckungen. Das ist eine mögliche Nebenwirkung des Medikaments – also schreiben Sie sich das lieber auf, damit es amtlich wird. In meinem Fall manifestiert sie sich in Grimassen und Schmatzen, was natürlich *ganz und gar nicht* unangenehm ist. Wahrscheinlich sehe ich aus wie ein zahnloser Greis, der Suppe isst.

Ich merkte nicht einmal, was mein Gesicht machte, bis Maya mich im Religionsunterricht anstarrte und mir dann eine Nachricht schickte: »Warum guckst du so grimmig? Hör auf damit, das sieht gruselig aus.«

Es muss *ziemlich* gruselig ausgesehen haben, wenn Maya mir deshalb extra eine Nachricht schrieb. Schwester Catherine ist strikt gegen Handys im Klassenzimmer. Sie konfisziert alle, die sie findet, und hängt sie in einer Plastiktüte an ihren Schreibtisch. Aber ich riskierte es und schrieb zurück: »Habe mir auf die Backe gebissen. Aua.«

Kopfschüttelnd wendete Maya ihre Aufmerksamkeit wieder dem Unterricht zu. Sie hat Mitgefühl für Kopfschmerzen, meist ein Achselzucken gepaart mit einem verständnisvollen Gesichtsausdruck, der besagt: *Auch das geht vorbei.* Aber für Dummheit hat sie kein Mitgefühl übrig. Ich konnte sie beinahe hören. *Du hast dir auf die Backe gebissen? Volltrottel.*

Wenigstens Rebecca schaute mich mitfühlend an. Genau wie immer.

Manchmal kann ich mein Gesicht ohne große Mühe wieder in die Form bringen, die es haben sollte. Ich muss mich auf die winzigen Muskeln in meinen Wangen konzentrieren und mir die Finger in die Haut drücken, bis die komischen kleinen Zuckungen aufhören. Das ist nicht so schlimm. Ich tue einfach so, als sei ich müde.

22

DOSIERUNG: 3,5 mg. Dosierung unverändert.

6. Februar 2013

Ich war schon seit ungefähr einer Stunde im Bett, als Paul meine Tür öffnete. Ich sah seine Silhouette, die sich vor dem erleuchteten Flur abzeichnete. Er war nervös, das erkannte ich gleich.

Paul kommt nie in mein Zimmer und hält sich am liebsten gar nicht an diesem Ende des Flurs auf, wenn es geht. Er streckt nur den Kopf durch die Tür, falls er etwas braucht, oder er redet vom Flur aus mit mir. Ich setzte mich im Bett auf.

»Deine Mom hat Blutungen und ich muss sie ins Krankenhaus fahren.« Ich registrierte seine Worte nur halb, aber da schob sich meine Mom schon an ihm vorbei und kam in mein Zimmer.

»Nur ganz leichte. Das ist auch mal passiert, als ich mit dir schwanger war«, sagte sie und streichelte mir über die Wange. »Kein Grund zur Sorge. Wenn du irgendetwas brauchst, kannst du Pauls Mom anrufen.«

Sie schürzte die Lippen, als hätte sie gerade in ein Stück Zitrone gebissen, was ihre klassische Ich-lüge-weil-ichtapfer-sein-will-Miene ist. Dann küsste sie mich auf die Wange.

Paul wirkte nicht überzeugt. Auch er nickte mit verkniffenem Mund und schaute mich nur einmal kurz an, bevor er meine Mom sanft in Richtung Garage schob. Ihr Auto rollte beinahe lautlos die Einfahrt hinunter, aber ich wusste, dass Paul Vollgas geben würde, sobald sie die Hauptstraße erreicht hatten.

Nachdem sie gegangen waren, wurde mir klar, dass ich in dieser Nacht nicht schlafen würde. Selbst wenn ich gewollt hätte, wäre ich durch die Stimmen wieder wach geworden, die auf mich einreden würden, sobald ich wegdöste. Wahrscheinlich war es in diesem Moment enorm selbstsüchtig von mir, daran zu denken, dass ich heute Nacht nicht schlafen würde. Ich hätte mich auf meine Mom, Paul und das Baby konzentrieren sollen, aber das waren Dinge, die ich nicht beeinflussen konnte. Es hat für mich noch nie viel Sinn ergeben, mir um andere Menschen Sorgen zu machen, wenn ich ihnen nicht irgendwie helfen kann.

Und das konnte ich nicht.

Es war kurz nach Mitternacht, also schickte ich Maya eine Nachricht und sagte ihr, was passiert war. Das war ziemlich mies von mir. Wahrscheinlich schlief sie schon längst und es konnte sein, dass meine Nachricht sie aufweckte. Falls sie noch wach war und im Bett ein Buch las, dann hatte ich sie unnötig mit einem Problem belastet, das auch sie nicht lösen konnte. Aber ich beendete die Nachricht mit den Worten: »Also schreibe ich dir, weil ich nicht schlafen kann.«

Es kam keine Antwort und so war ich wieder einmal hellwach und allein. Ich ging in Gedanken ein paar meiner Lieblingstexte durch: die *St.-Crispians-Rede.* Die Warnung auf dem Eingangstor von Gringotts Zauberer-Bank.

Dann schloss ich die Augen und wartete auf das Geräusch des Autos von Mom und Paul. Ich wusste, dass es noch Stunden dauern würde, bis sie zurückkämen, aber ich brauchte etwas, auf das ich mich konzentrieren konnte. Außerdem wollte ich meinen Nachtschlaf noch nicht ganz aufgeben. Wenn ich den Fernseher anschaltete, dann würde ich auf keinen Fall einschlafen. Wenn ich mir ein Buch holte oder die Jalousien öffnete, lenkte mich vielleicht irgendetwas ab. Wenn ich jetzt anfing zu backen, dann würde ich nie wieder aufhören und meine Mom würde sich weigern, mich jemals wieder allein im Haus zu lassen. Pauls Mutter würde zu uns ziehen und damit wäre mein Leben zu Ende.

Ich hatte gerade angefangen, über mein neues Geschwisterchen nachzudenken, und mir war innerlich schon ganz kalt, da öffnete sich auf einmal mein Fenster und ein Paar Beine schwang sich ins Zimmer. Ich zog mir die Decke bis zum Hals hoch und wartete. Meine nächtlichen Besucher waren bisher noch nie echt gewesen und mein Schlafzimmer liegt im ersten Stock. Es war also eher unwahrscheinlich, dass jemand das Spalier an der Hauswand hinaufkletterte. Aber als meine Besucherin sprach, begann ich, an mir zu zweifeln.

»Adam?«, fragte sie im Dunkeln.

»Maya? Was machst du hier?«, flüsterte ich.

»Rebellieren«, sagte sie und ich sah trotz der Dunkelheit, dass sie lächelte.

Ohne Warnung zog sie sich die Schuhe aus und schlüpfte zu mir ins Bett. Sie umarmte mich und ich war starr vor Schreck.

»Du hast doch gesagt, dass du nicht schlafen kannst«, sagte sie.

»Und du willst mir beim Einschlafen helfen?«

»Nö.«

Dann küsste sie mich und die Welt verschwamm irgendwie.

Sie kniete über meinen Beinen, beugte sich vor und vergrub die Finger in meinem Haar. Dieses Mädchen war nicht die Maya, die ich kannte. Meine Maya kletterte nicht mitten in der Nacht ins Schlafzimmer ihres Freundes, um ein bisschen zu fummeln. So war sie einfach nicht. Und ich hielt es durchaus für möglich, dass mein Verstand mir gerade einen Streich spielte. Es war viel wahrscheinlicher, dass sich die echte Maya in ihrem eigenen Zimmer befand und in ihrem Bett schlief. Also griff ich, während sie mich küsste, um sie herum nach meinem Handy und schickte ihr eine Nachricht. »Hi.«

Das leise Summen in ihrer Hosentasche war das schönste Geräusch, das ich jemals gehört habe. Wie hätte ich sonst herausfinden können, ob sie echt war oder nicht?

Sie zog ihr Handy hervor und hob eine Augenbraue.

»Hast du mir gerade getextet, während wir knutschen? Echt jetzt?« Aber natürlich hatte ich keine Antwort auf diese Frage, die nicht verrückt klang.

»Vielleicht«, sagte ich.

»Idiot«, flüsterte sie und setzte die Belagerung meiner Lippen fort.

Wir küssten uns lange, vielleicht sogar stundenlang.

Meine Hände wanderten überall hin und ein paar herrliche Augenblicke kam es mir so vor, als wäre dieses Mal alles erlaubt. Meine Finger glitten über ihren Bauch und verharrten dann auf ihren Brüsten. Maya atmete scharf ein, hielt mich aber nicht auf.

Ich habe noch nie verstanden, warum es wichtig sein soll, wie groß die Brüste eines Mädchens sind. Ich verstehe schon, dass Männer von einem üppig gefüllten Dekolleté auf dieselbe Art angezogen werden wie Paviane von leuchtend bunten Hinterbacken, aber während meine Fingerspitzen Mayas Brustwarzen ertasteten, war es völlig egal, dass sie kleine Brüste hatte. Ich fand sie deshalb nicht weniger wundervoll und ich spürte, wie ihr Herz raste, als ich sie mit den Fingern umkreiste und die Wölbung nachzeichnete.

Der Samstag war noch jung. Zu Hause würde sie erst vermisst werden, wenn ihre Brüder aufwachten, und das dauerte noch ein paar Stunden. Also machte ich das, was jeder Junge in meiner Situation getan hätte. Ich suchte nach der Linie. Der unsichtbaren Demarkationslinie, die alle Mädchen um sich ziehen und die bestimmt, wo sie berührt werden wollen und wo nicht.

Ich fand sie am Gummibund ihrer Unterhose. Einen Moment lang fürchtete ich, sie würde aus meinem Bett springen und sich aus dem Fenster stürzen, aber sie verschob meine Hände einfach ein Stück. Es war ein wortloses, sanftes *Noch nicht*. Ich hatte verstanden.

Irgendwann mussten wir aufhören. Nicht, weil wir das wollten (ich hatte es nicht eilig damit, die beste Nacht meines bisherigen Lebens zu beenden), sondern weil Mayas Eltern bald merken würden, dass sie nicht zu Hause war, und es meinen Eltern auffallen würde, dass ich nicht alleine in meinem Bett lag, wenn sie wiederkämen.

»Es ist bestimmt alles in Ordnung«, sagte sie leise und kuschelte sich an mich. Ich nickte. Sie war zu mir gekommen, um mich abzulenken, und es hatte funktioniert. Als sie schließlich wieder aus dem Fenster kletterte (was, wie wir beide später merkten, völlig unnötig war, weil Mom und Paul noch nicht zurück waren), blieb ich im Bett liegen und dachte nach. Immer, wenn meine Gedanken zu stechend und schmerzhaft wurden, dachte ich wieder an Maya. Meine perfekte, neurotische Freundin, die mit allem durchkommt, weil jeder davon ausgeht, dass sie ein braves Mädchen ist, das immer alles richtig macht.

Um halb elf Uhr morgens kamen Mom und Paul wieder nach Hause. Es war alles in Ordnung, genau wie Maya es gesagt hatte. Paul berührte meine Schulter auf eine Weise, die er als herzlich empfinden musste, und ich akzeptierte die Geste. Mom küsste mich auf den Kopf und ging dann ins Bett, um eine Weile zu schlafen.

Und ich – schon wieder weiß ich nicht, warum ich das Bedürfnis habe, Ihnen das oder *überhaupt* irgendetwas zu erzählen –, ich ging in mein Zimmer und weinte vor lauter Schuldgefühlen wegen meines Egoismus. Ich schämte mich dafür, dass ich mich davon ablenken wollte, was meiner Mom passiert war.

Später schickte Maya mir eine Nachricht: »Schließ dein Fenster nicht ab.« Ich hörte einen Zug pfeifen.

Kurz nachdem mein Vater uns verlassen hatte, sagte meine Mom mir etwas. Du verlierst deine Geheimnisse, wenn du Menschen zu nah an dich ranlässt.

Davor hatte sie am meisten Angst, als sie zum ersten Mal einen Freund hatte.

Jetzt verstehe ich, was sie gemeint hat. Es ist schwer, zuzulassen, dass jemand dein wahres Ich zwischen all den dunklen, falschen Stellen in deinem Inneren findet, aber irgendwann muss man darauf hoffen, dass es passiert. Denn nur so kann alles beginnen.

Haben Sie mich ernsthaft gefragt, warum ich Maya bisher nicht die Wahrheit gesagt habe? Das ist ja lächerlich. Sie kennen mich jetzt doch, wahrscheinlich besser als die meisten anderen. Sie wissen zwar nicht, wie meine Stimme klingt, aber Sie lesen jedes Wort, das ich schreibe, und reden jede Woche eine volle Stunde auf mich ein. Sie erzählen mir Geschichten über Ihr Leben – vielleicht erfinden Sie sie auch. Bisher bin ich noch gar nicht auf den Gedanken gekommen, dass alles, was Sie mir erzählt haben, auch Lügen sein könnten, die Sie sich nur ausdenken, um mir näherzukommen, obwohl Sie mich nicht heilen können.

Vielleicht ist das der Harvard-Student in Ihnen, der versucht, sich zu beweisen, oder Angst hat, zu versagen. Das verstehe ich. Sie müssen in der Schule ziemlich unter Druck gestanden haben. Wegen der Diplome, die an Ihrer Wand hängen, weiß ich, dass Sie ein *Junior* sind, was bedeutet, dass jemand es für eine gute Idee gehalten hat, Sie nach Ihrem Vater zu nennen. So was fand ich noch nie besonders toll.

Den Vornamen eines Elternteils zu tragen ist eine Riesenverantwortung. Was wäre, wenn Sie als Teenager drogensüchtig geworden wären? Aber das ist natürlich nicht passiert. Vielleicht hat in Ihrem Fall ja sogar der Name dafür gesorgt, dass Sie sich gut benehmen. Aber eines sollten Sie wissen: Ein Junge, der Winston Xavier Edmonton III. heißt, bettelt geradezu darum, verprügelt zu werden. Falls Sie einem Ihrer Kinder das angetan haben, sind Sie an jedem blauen Auge schuld, das es mit nach Hause bringt.

Aber das machen die Leute eben mit ihren Kindern. Sie geben ihnen einen Namen und erwarten dann, dass sie in ihn hineinwachsen. Auf den Gedanken, dass der Name vielleicht nie zu ihnen passen wird, kommen sie gar nicht. Und die Kinder werden ihr Bestes tun. Weil es ein Scheißgefühl ist, seine Eltern zu enttäuschen. Es gibt nichts, was so schrecklich ist, wie in die Augen der eigenen Eltern zu blicken und zu erkennen, dass man ihren Erwartungen nicht genügt.

Ich habe keine Angst davor, Maya von meiner Krankheit zu erzählen. Jedenfalls nicht dieselbe Angst, die ich davor habe, die Kontrolle zu verlieren. Es ist einfach nur nichts, woran ich gerne denke. Ich habe vor, genug Abstand zwischen uns zu wahren, damit sie mich nie so sehen muss, wie ich wirklich bin. Ich will meine Geheimnisse nicht verlieren, weil sie mich schützen. Die Welt sieht nur das, was ich ihr zeige, weil ich mich hinter diesem Medikament verstecken kann. Zum Glück. Diese Wunderdroge hat mein Leben verändert, mir meine Kraft zurückgegeben und mich vor mir selbst beschützt. Schon schräg, wenn man Medikamente braucht, um sich vor sich selbst zu schützen, was?

Ich will einfach nicht, dass sie die Wahrheit erfährt, weil ich Angst davor habe, wie sie mit dieser Information umgehen würde.

Ich bezweifle, dass sie dann noch mal durch mein

Fenster klettern würde. Möglicherweise hätte sie sogar Angst davor, mit mir allein zu sein. Wird sie mich dann noch mit ihrem schiefen Lächeln ansehen, das mir insgeheim das Gefühl gibt, am ersten Tag der Sommerferien aufzuwachen? Mir ist sogar egal, dass das extrem kitschig klingt. Und es ist mir auch egal, wie viel Zeit ich in Ihrem Sprechzimmer verbringen muss, bis Sie begreifen, dass es keinen Sinn hat, mich zu drängen.

Ich würde einfach gern noch eine Weile meine Geheimnisse bewahren.

Ich merke immer, wenn meine Mom Sie beeinflusst. Ihre Fragen werden dann viel direkter.
Ja. Der letzte Ultraschall-Termin war mir unangenehm. Paul hätte es wahrscheinlich nichts ausgemacht, mich außen vor zu lassen, aber wie immer machte er für meine Mom gute Miene zum bösen Spiel.

Betrachten wir die Situation doch mal einen Moment genauer. Ausnahmsweise hatte mein Unbehagen nichts mit meiner Krankheit zu tun. Absolut gar nichts.

Jeder Sechzehnjährige würde am liebsten kotzen, wenn er mit ansehen müsste, wie seine schwangere Mutter ihren gigantischen Bauch entblößt, damit ein Arzt ihn mit Gleitmittel einschmieren kann. Meine Reaktion (Ekel) war absolut normal. Meine Mom lag halb nackt auf einem Tisch, während Paul ihr eine erotische Schultermassage gab und ihr immer wieder etwas ins Ohr flüsterte. Worauf sie jedes Mal errötete.

Ehrlich, das muss ich weder sehen noch hören, nicht mal aus zweihundert Metern Entfernung. Schon das Getatsche möchte ich eigentlich nicht miterleben. Ich weiß, dass meine Mom sexuell aktiv ist, und hätte ich es nicht geahnt, wäre ihr Kugelbauch ein eindeutiger Beweis gewesen. Und für einen Sohn im Teenageralter komme ich meiner Meinung nach verdammt gut damit klar.

Ich finde es toll, dass sie glücklich sind. Es freut mich, dass meine Mom nicht gleich nach der Geburt wieder arbeiten muss, weil sie es sich diesmal leisten kann, zu Hause zu bleiben, wenn sie möchte. Ja, das meine ich ernst. Mir ist klar, dass das, was im Leben meiner Mom gerade passiert, ganz und gar wundervoll ist, und sie verdient alles Glück der Welt. Sogar den ekelerregend niedlichen Romantik-Bullshit, den sie und Paul so gut beherrschen.

Aber Jesus Christus. Ich wollte wirklich nicht hören, wie es um die Gebärmutterwände meiner Mutter bestellt ist. Ich wollte nicht hören, dass Sex die gesündeste Art ist, Wehen einzuleiten, wenn es so weit ist. Ich wollte nicht sehen, wie Pauls Hand über den Bauch meiner Mom streichelt. Jetzt haben sich diese Bilder in meine Augenlider eingebrannt und ich werde sie vermutlich nie wieder ausblenden können. Für mich war das alles äußerst unnötig.

Und wissen Sie, was das Gruseligste an der ganzen Erfahrung war? Als der Arzt übers Stillen redete, begannen meine Brustwarzen zu schmerzen. *Meine* Brustwarzen.

Die Dinger werden in ihrem Leben nie ehrliche Arbeit verrichten und trotzdem waren sie derart besorgt um mein zukünftiges Geschwisterchen, dass sie augenblicklich anfingen zu brennen, als jemand das Wort Stillen erwähnte. Meine offiziell diagnostizierte Geisteskrankheit macht mir weniger aus als die Tatsache, dass ich empathische Brustwarzen habe. Ich habe keine Ahnung, ob dieser

Zustand dauerhaft ist, aber ich hoffe wirklich sehr, dass meine Nippel schon bald wieder nur Dekoration sind.

An der Art, wie Sie mich »Wie geht es dir?« fragen, höre ich, dass eigentlich meine Mom die Frage stellt. Sie will wissen, was ich von der Babysache halte. Schließlich war es ihre Idee gewesen, dass wir alle gemeinsam zur Ultraschalluntersuchung gehen. Sicher hatte sie sich das Ganze viel idyllischer vorgestellt. Eine lächelnde Familie, versammelt um ihren Babybauch.

Aber einen schönen Moment gab es doch. Ich konnte den Herzschlag des Babys hören. Das regelmäßige Wump-Wump-Wump, mit dem ein winziges Leben, das keine Ahnung hat, dass wir es auf einem Bildschirm beobachten, mit Blut versorgt wird. Wir erstarrten alle vor Ehrfurcht. Meine Mom weinte, auch Paul hatte Tränen in den Augen und irgendwo hinter den Vorhängen stand Rebecca in einer Zimmerecke und schluchzte in ihr Kleid.

Als ich Maya später von dem Herzschlag erzählte, nahm sie meine Hand und drückte sie fest. Keine Ahnung, warum.

23

DOSIERUNG: 4 mg. Dosis gesteigert.

13. Februar 2013
Über meine anderen Ärzte stellen Sie nicht besonders viele Fragen. Ich meine die Leiter der Medikamentenstudie. Das könnte natürlich daran liegen, dass Sie mich nicht daran erinnern wollen, dass dieses Medikament noch in der Versuchsphase ist und ich es nur nehmen darf, weil ein Freund von Paul Arzt ist, von der Studie wusste und mich dort untergebracht hat. Vielleicht gefällt Ihnen auch der Gedanke nicht, dass ich mich noch mit anderen Ärzten treffe. Weil wir eine ganz besondere Beziehung haben und Sie es nicht ertragen könnten, mich glücklich zugedopt mit einem anderen zu sehen, Sie kranker Mistkerl. Sie haben Angst, dass ich Sie für jemanden verlassen könnte, der jünger und hübscher ist als Sie. Und das nach allem, was wir gemeinsam durchgemacht haben.

Ich kann Sie beruhigen. Die Leiter der Studie sind alle alt. Aber sie haben eine ganze Menge junge Praktikanten. Ja, ich sehe die anderen Studienteilnehmer manchmal auf dem Flur, wenn meine Mom mich zur Untersuchung bringt, aber ehrlich gesagt habe ich keine Lust darauf, dort neue Freundschaften zu schließen. Sie haben zwar gesagt, dass es mir guttun könnte, mit anderen zu sprechen, die dasselbe durchmachen wie ich, aber das finde ich nicht besonders hilfreich. Ich will nicht mit anderen Leuten reden, die so sind wie ich. Ich kann ihnen nicht helfen, schließlich bin ich genauso verrückt wie sie.

Die Ärzte fragen mich alles Mögliche. Besonders beliebt ist »Wie fühlst du dich?« und eher peinlich das verdruckste »Hast du den Eindruck, dass das Medikament sexuelle Komplikationen verursacht?«.

»Ich habe noch keinen Sex.«

»Gibt es Probleme bei der Masturbation?«

»Nein. Die funktioniert sehr gut.«

»Ausgezeichnet.«

Ja, es ist eine große Erleichterung für mich, dass ich trotz des Medikaments ordnungsgemäß onanieren kann. Die Ärzte freuen sich offenbar auch sehr über diese Information.

Sie waren eigentlich mit allen Ergebnissen zufrieden. Weil ich vor Beginn der Studie so durchgeknallt gewesen war, freuten sie sich darüber, dass das Medikament mich völlig verändert hatte und es mir erlaubte, ein relativ normales Leben zu führen. Sie beglückwünschten sich ziemlich oft zu der hervorragenden Wirkung des Medikaments, zum Erfolg der Studie und ihrer brillanten Intelligenz. Mir machte das zwar nichts aus, weil ihr Erfolg ja auch mir nützte, aber irgendwann klangen sie *tatsächlich* arrogant und selbstgefällig. Wer wirklich schlau ist, der muss anderen Menschen nicht alle fünf Sekunden davon erzählen. Irgendwann erweckt das nämlich Mordgelüste.

Ich weiß, dass solche Medikamentenstudien für die

Patienten gedacht sind, die keine anderen Optionen mehr haben. Sie wissen ja schon von dem Zwischenfall, wegen dem ich in die Studie aufgenommen wurde. Steht schließlich alles in meiner Akte.

Was Sie vielleicht noch nicht wissen, ist, dass ich krank war, und zwar nicht nur auf die normale Schizo-Art krank im Kopf. Ich hatte Fieber. Hohes Fieber sogar. Ich hatte das Gefühl, dass sich in meinen Augenhöhlen kleine Schweißpfützen gebildet hatten, deren Gewicht mir die Augenlider nach unten zog. Ich weiß noch, dass ich mich so orientierungslos fühlte, als hätte ich auf einmal meinen Gleichgewichtssinn verloren. Und in diesem Moment sah ich, wie sie sich unter den Küchenschränken schlängelte. Eine dicke, grüne Schlange. Ich dachte, sie wäre aus dem Garten ins Haus gekommen. Ich hechtete auf den Tisch.

Dann nahm ich die Küchenschere meiner Mom in die Hand und stach auf die Schlange ein, deren zuckender Schwanz auf die Fliesen klatschte. Die Schlange schnellte auf mich zu und ich rammte die Schere in das, was ich für ihren Körper hielt.

Meine Mom fand mich in einer riesigen Blutlache und die Schere steckte bis zu den Griffen in meinem Oberschenkel. Ich weiß immer noch nicht, was ich tatsächlich gemacht habe. Manchmal erinnere ich mich an den unerträglichen Schmerz und das laute Knacken, mit dem mein Kopf auf dem Küchenboden aufschlug, aber dann erinnere ich mich auch an die Schlange.

Also traue ich meinem Gedächtnis in diesem Fall nicht.

Zu dem Zeitpunkt war ich bereits nicht mehr in der Schule. Ich blieb beinahe sechs Monate zu Hause, konnte nichts tun und wollte mich nicht bewegen. Damals lächelte

Rebecca nie. Und Pirouetten tanzte sie auch nicht. Wir kuschelten uns nur in dicke Decken und schauten Wiederholungen von *Avatar: Der Herr der Elemente*.

Die ersten paar Medikamente, mit denen man mich zu behandeln versuchte, vertrug ich überhaupt nicht. Auf eines reagierte ich sogar so schlecht, dass ich mit Brustschmerzen im Krankenhaus landete. Ich glaubte damals nicht daran, dass ich jemals wieder ein normales Leben führen würde, und ich war die ganze Zeit wütend. Meistens machte ich das, was die Stimmen mir befahlen, weil ich nur noch wollte, dass sie aufhörten, mich zu quälen. Ich wusste, dass der schnellste Weg, um das zu erreichen, darin bestand, einfach zu tun, was sie mir sagten. Also ohrfeigte ich mich selbst. Zwickte mich bis aufs Blut. Rannte los und hörte nicht mehr auf zu rennen.

Ist es seltsam, dass ich glaube, ein Teil von mir wird niemals aufhören zu rennen?

Ach ja, das Baby. Nach fünf Monaten müsste es inzwischen ungefähr 26 Zentimeter lang sein. Es kann jetzt unsere Stimmen hören, also besteht meine Mom darauf, dass wir uns mit ihrem Bauch unterhalten. Paul und ich wechseln uns dabei ab. Weil wir sie lieben.

Der größte Liebesbeweis war aber, dass wir beide kein Wort sagten, als sie in Tränen ausbrach, weil ihre dick geschwollenen Füße nicht mehr in ihre Hausschuhe passten. Obwohl ihre Stimme ganz hoch und piepsig wurde und die Situation eigentlich ganz lustig war.

Gestern Abend vor dem Abendessen sangen meine Stimmen für mich. Ich mag es ehrlich gesagt gern, wenn sie das tun, denn dann erzählen sie mir wenigstens nicht, dass meine Familie besser dran wäre, wenn ich mich umbringen würde. Sie sangen keinen erkennbaren Text, aber ich summte eine Weile lang mit, bis irgendwann die Melodie aus mir herausschwebte. Ich merkte gar nicht, dass meine Mom durch die Tür in mein Zimmer kam, während ich summte, aber als ich aufschaute, lächelte sie, die Hände über dem Bauch gefaltet. Sie sagte, dem Baby gefalle meine Stimme. Ich widersprach ihr nicht.

Ja, natürlich habe ich für den Valentinstag etwas geplant. Der ist ja schon morgen. Haben Sie etwas geplant? Sie sind doch derjenige, der verheiratet ist und drei Kinder hat. Ich bin quasi verpflichtet, etwas vorzuhaben, weil Maya und ich jung und dumm genug sind, um diesen Feiertag mit einem dämlichen Film und schlechtem Essen zu begehen und den Abend mit unangemessenem Gefummel zu beenden.

Warum interessieren Sie sich eigentlich so brennend dafür, ob meine Freundin und ich körperlich intim sind? Vielleicht stehen Sie ja auf so was, das würde mich nicht überraschen. Sie wirken wie einer, der ein paar echt schräge Fetische hat, aber um Ihre Frage zu beantworten: Nein, wir hatten noch keinen Sex. Alles andere haben wir aber schon gemacht, also kann ich Ihnen versichern, dass wir absolut keine Unschuldslämmer sind. Und meistens spielt sich das während der Wettkämpfe des akademischen Teams ab.

Da Maya nicht weiß, dass ich jeden Mittwoch zur Therapie gehe, muss sie nicht erfahren, was ich Ihnen erzähle. Und das ist auch besser so. Das kann ruhig zwischen uns bleiben. Es gibt eigentlich keinen Grund, ein schlechtes

Gewissen zu haben, wenn ich darüber schreibe, aber ich spüre, wie Rebecca schuldbewusst das Gesicht verzieht, während ich diese Worte zu Papier bringe. Sie mag keine Geheimnisse, und dass ich über Maya rede, gefällt ihr ganz und gar nicht. Es ist ihr unangenehm, wie ein Vertrauensbruch oder so. Aber wissen Sie was? Manchmal habe ich ein schlechtes Gewissen, weil ich nicht mit Ihnen rede.

Also habe ich beschlossen, wenigstens auf diesen Seiten vollkommen ehrlich zu sein. Hier habe ich den Freiraum, alles aufzuschreiben, was mir in den Sinn kommt. Alles, was eine genauere Betrachtung verdient. Es ist schön, einen Ort zu haben, um Dinge zu verarbeiten.

Aber das ist Ihnen wahrscheinlich egal. Sie wollen nur wissen, was ich mit meiner Freundin mache und wie ich mich dabei *fühle*. Jedes verdammte Mal. *Und wie fühlst du dich heute, Adam?* Es braucht eine Menge Durchhaltevermögen, immer wieder dieselbe Frage zu stellen und weiterhin geduldig auf eine verbale Antwort zu warten. Sie sind ganz schön stur. Aber ich sage Ihnen mal was. Meiner Meinung nach wäre es besser, wenn niemand auf der Welt fragen würde, wie sich die Leute fühlen, sondern lieber, was sie denken. Kein Mensch gibt einen Dreck auf Gefühle. Sie sind nutzlose, erbärmliche Zeitverschwendung für Leute, die an Astrologie und Einhörner glauben.

Maya zu berühren ist unvergleichlich. Wenn die Zwölftklässler ihren Wettkampfteil absolvieren, schleichen wir uns fast jedes Mal raus. Alle wissen, was wir machen, aber niemand verpfeift uns. Das ist eine Art Ehrenkodex. Manchmal gehen wir aufs Footballfeld, manchmal zum Basketballplatz. Highschoolgelände bieten großartige Knutschmöglichkeiten, wenn keine Schüler mehr da sind.

Es gibt unzählige Verstecke. Würde mich interessieren, ob die Architekten sie absichtlich in ihre Entwürfe eingebaut haben.

Ich habe gelernt, welche Küsse ihr am besten gefallen, und inzwischen habe ich auch den richtigen Zungenanteil gemeistert, was schwieriger war, als ich dachte. Küssen mit Zunge ist eine heikle Sache. Ich wusste nicht, wie ich vorgehen sollte, bis ich ihre Zunge in meinem Mund spürte, die langsam meine eigene erkundete, sich dann zurückzog und mich einlud, ihr zu folgen.

Küsse auf den Hals kamen von Anfang an sehr gut an, aber ich wusste nicht, dass Ohren so erotisch sein können. Sanftes Knabbern, nicht zu aggressiv. *Sanft*. Das macht sie ganz verrückt. Es fühlt sich fast besser an, dass ich ihr Freude bereiten kann, als wenn sie etwas macht, das mir gefällt. An irgendeinem Punkt hält sie mich immer auf und dann müssen wir warten, bis ich wieder aufstehen kann.

Wenn wir zurück beim Wettkampf sind, fragt niemand, wo wir waren. Dwight lässt sich sogar manchmal Ausreden für uns einfallen, die er Schwester Helen auf die Nase bindet.

Er ist ein echt guter Typ.

24

DOSIERUNG: 4,5 mg. Dosis gesteigert.

20. Februar 2013

Der Chor von St. Agatha bietet für je fünf Dollar singende Telegramme am Valentinstag an, um Geld für seinen Ausflug nach Washington, D. C. zu sammeln. Das hieß, dass der Unterricht jedes Mal abbrach, wenn wieder ein Sänger in unser Klassenzimmer stürmte. Rebecca fand das großartig. Sie tanzte zu der Musik, als gäbe es nichts Schöneres auf der Welt. Jason stand neben mir und murmelte halblaut: *Bleib cool, versuch zu lächeln. Ich weiß, dass das lame ist, aber du siehst aus wie ein wütender Riese. Entspann dich.*

Beide Marys bekamen während des Englischunterrichts Telegramme. Rosa aus dem akademischen Team bekam in Bio eins von ihrem Freund aus der Cross-Country-Mannschaft. Clare bekam eins von ihrem heimlichen Verehrer. Es war Dwight, er hatte mir sein Vorhaben nämlich gestanden. Er wollte von mir wissen, wo genau er damit auf einer Peinlichkeitsskala von eins bis zehn landen würde.

»Sieben«, sagte ich.

Ich hatte Maya gefragt, ob sie mich für einen schlechten Freund halten würde, wenn ich ihr am Valentinstag kein singendes Telegramm schenken würde.

»Bitte mach das nicht«, sagte sie ernst. »Sonst sterbe ich.«

Ich lachte und versprach, ihren Wunsch zu respektieren. Wir verbrachten den restlichen Morgen damit, die Parade roter und pinkfarbener Ballons zu betrachten, die zwischen den Kursräumen hin und her wanderte, und ich schenkte ihr die Kekse in Herzform, die ich ihr gebacken hatte. Die waren viel, viel besser als das Telegramm. Das hat sie gesagt, nicht ich.

Ian ging zufällig gerade an uns vorbei. Er sah die Kekse und sagte: »Sind die eine Entschuldigung dafür, dass du zu geizig bist, um ihr ein richtiges Geschenk zu kaufen?«

Ich wollte gerade antworten, da küsste mich Maya demonstrativ und extrem unerlaubt mitten im Flur. Unsere Mitschüler johlten und pfiffen. Sie schaute Ian mit hochgezogener Augenbraue an und zog mich ins Klassenzimmer.

»Gut gemacht«, sagte ich.

»Ich weiß.«

Zu Ehren des Valentinstags hielt Schwester Catherine eine große Rede über Keuschheit und die Pflicht, sich für die Ehe aufzusparen. Während sie sprach, kratzte eine der Marys in der ersten Reihe immer wieder unauffällig an dem Verhütungspflaster auf ihrem Rücken. Fragen Sie mich nicht, woher ich das weiß.

Natürlich gibt es bei uns auch die üblichen frommen Seelen, deren Eltern sie davon überzeugt haben, dass Sex eine scheußliche Erfindung unserer moralisch verderbten

Gesellschaft ist, die nur dem einzigen, unappetitlichen Zweck dient, winzige, schleimige Babys in die Welt zu setzen. Aber die sind nicht ganz dicht, das wissen wir alle.

Ich hätte Ihnen jetzt gerne erzählt, dass mein Valentinstag völlig ohne Zwischenfälle verlief, aber ich fürchte, allmählich dringen wieder ein paar Dinge durch die Ritzen hindurch. Entweder ist die Dosis zu niedrig oder mein Körper hat sich schon daran gewöhnt. Das kann passieren, richtig? Wie dem auch sei, irgendetwas fühlt sich nicht ganz in Ordnung an und schon zu Beginn des Abends spürte ich, dass mir die Kontrolle entglitt.

Maya und ich waren natürlich schon vor diesem Abend ausgegangen. Wir haben zusammen gegessen, waren miteinander unterwegs und haben all das gemacht, was die meisten Leute wohl als »typische Dates« bezeichnen würden. Aber irgendwie macht der Valentinstag das Ganze zu einer hochoffiziellen Angelegenheit. Egal, wie oft man abends gemeinsam lernt oder ein bisschen fummelt – nichts ersetzt den Augenblick, in dem zwei andere Pärchen aus der Schule dich mit deiner Freundin in der Stadt sehen. Es ist ein Initiationsritus.

Maya fuhr. Ich hatte Kopfschmerzen, als ich ins Auto stieg, verschwieg ihr das aber. Sie sah hübsch aus. Sogar wunderschön. Es lag an der Art, wie sie lächelte. Sie schien sich um nichts zu sorgen und sie trug Blau. Ich mag sie in Blau.

Sie war so schön, dass andere Jungs neidisch auf mich gewesen wären. Und es ist irgendwie ziemlich großartig, wenn man etwas hat, das andere Menschen wollen. Primitiv, ich weiß, aber das war nicht der einzige Grund, aus dem ich mich darüber freute, dass sie so toll aussah. Es war schön, dass auch der Rest der Welt sich an ihrem Anblick erfreuen konnte.

»Unser erster Valentinstag«, sagte sie, als wir uns an unseren Tisch gesetzt hatten. »Müssen wir uns jetzt tief in die Augen schauen und uns gegenseitig Komplimente machen?«

»Nein, das ist blöd«, sagte ich. »Gegenvorschlag: Wir schauen uns tief in die Augen und sagen, was wir über den anderen wissen. Eine Art Kurzzusammenfassung von uns.«

Sie lachte, rückte ihren Stuhl näher an den Tisch und fixierte mich mit einem Laserblick. »Okay, du fängst an«, sagte sie.

»Du kannst immer noch nicht schwimmen.«

»Kann ich wohl! Ich bin zu dem Schwimmkurs gegangen, den du mir geschenkt hast! Wenigstens ertrinke ich jetzt nicht mehr.«

»Ich bezweifle, dass du Schwimmflügel bekommst, wenn die Polkappen schmelzen, Maya.«

»Dafür rennst du extrem langsam«, grinste sie.

So triezten wir uns noch eine Zeit lang weiter. Total unpassend für den Valentinstag, aber wir kriegten uns kaum noch ein vor Lachen.

Sie kaut ihre Nägel. Ich laufe schief. Sie hasst Bananen. Ich kann spanische Wörter nicht aussprechen. Sie hat Angst vor Nilpferden. Ich liebe *Star Wars*.

»Du bist viel lieber, als du aussiehst«, sagte sie.

»Was soll das denn heißen?«, fragte ich mit gespielter Entrüstung, den Mund voller Ravioli.

»So war das nicht gemeint. Manche Leute finden dich vielleicht einschüchternd, weil du so groß bist und manchmal ziemlich grimmig aussiehst. Aber du bist sehr lieb. Und, ehrlich gesagt, sehr fürsorglich.«

»Danke«, sagte ich und tat so, als errötete ich scheu. »Wieso sehe ich grimmig aus?«

»Du hast viel häufiger Kopfschmerzen als andere«, sagte sie schließlich. »Ich glaube, die machen dich ein bisschen reizbar.« Ich dachte kurz über ihre Worte nach und nickte dann.

»Und dir fallen viel mehr Dinge auf als anderen«, sagte ich.

Ehrlich gesagt ist es ziemlich unangenehm, dass Maya so aufmerksam ist. Es ist inzwischen viel schwieriger, Dinge vor ihr geheim zu halten, und ich will eigentlich nicht, dass sie sich intensiver mit meinen Kopfschmerzen oder meiner »Reizbarkeit« beschäftigt. Ich werde mich also stärker bemühen müssen, sie davon abzulenken.

Nach dem Essen waren wir noch rechtzeitig zum Sonnenuntergang am Strand, was ich ziemlich kitschig fand, ihr aber offensichtlich gefiel. Erst als wir in das Programmkino gingen, das nur Schwarz-Weiß-Filme zeigt, fühlte ich mich wirklich krank. Es war eins dieser alten Filmtheater mit roten Samtsitzen. Der Saal war nicht besonders voll, was gut war, weil es keine steil ansteigenden Sitzreihen gab. So versperrte ich wenigstens niemandem die Sicht auf die Leinwand.

Rebecca, die ungewöhnlicherweise den ganzen Nachmittag nicht da gewesen war, saß drei Reihen vor uns. Als sie zu uns schaute, sah ich, dass sie besorgt wirkte. Mein Pulsschlag beschleunigte sich und ich nahm Mayas Hand. Ich würde ihr auf keinen Fall den Valentinstag ruinieren. Heute würde ich ihr ganz normaler Freund sein. Einfach nur ihre Hand halten und ihr sagen, wie schön sie aussah. Und eine Zeit lang schaffte ich es auch, dieser Typ zu sein.

Es lief *Casablanca*. Bei der Planung des Dates hatte ich es für eine gute Idee gehalten, einen Film zu schauen, den wir beide schon kannten. Dann mussten wir uns nicht auf die Handlung konzentrieren.

Der Ton hinkte dem Bild eine halbe Sekunde hinterher, was meinem Kopf nicht gerade guttat, aber ein paar Minuten lang glaubte ich, dass ich mir den Film anschauen konnte wie alle anderen um mich herum. Doch dann spürte ich ein vertrautes Ziehen in meinem Kopf und der winzige Teil von mir, der alles glauben will, was ich sehe, übernahm die Kontrolle.

Es passierte an der Stelle, wo Ilsa in Ricks Bar geht und den Mann am Klavier darum bittet, »As Time Goes By« zu spielen. So will sie Rick auf sich aufmerksam machen. Es war schwierig, den voll besetzten Raum zu betrachten. Alle taten etwas anderes. Tranken. Redeten. Ich hatte Mühe, mich auf die Handlung zu konzentrieren und den Faden nicht zu verlieren.

In diesem Moment bemerkte ich, dass die Leute von der Leinwand in den Kinosaal gewandert waren. Niemand blieb mehr da, wo er hingehörte. Sie verschwanden zwischen den Zuschauern und ich zuckte zusammen, als die deutschen Soldaten in die Bar stürmten.

»Alles okay?«, fragte Maya.

»Mir geht's gut«, log ich.

In den folgenden zehn Minuten wurde ich von einer Panikwelle nach der anderen überschwemmt. Ich war völlig verstört. Rebecca hatte angefangen zu weinen. Weder sie noch ich konnten kontrollieren, was hier passierte. Dann begannen im Film irgendwelche Leute zu schießen und von der Decke des Kinosaals regneten Glassplitter auf uns herab. Der Schutzschild, hinter dem ich meinen Wahnsinn versteckt hatte, löste sich in nichts auf. Ich beugte mich zu Maya, zerrte sie auf den Boden und schützte sie vor den Kugeln, die ich durch das Kino pfeifen hörte.

Ich umarmte sie so, dass sie nicht zu hart auf den Boden prallte, und fing das meiste Gewicht mit meinen Ellbogen ab. Ich glaubte wirklich, dass wir im Kugelhagel lagen, und ich weinte ein bisschen, weil ich glaubte, sie nicht retten zu können. Ihr Oberkörper passte genau in meinen gebeugten Arm, und als wir auf dem klebrigen Kinoboden lagen, schaute sie mich einen Moment lang schockiert an.

Und dann küsste sie mich. Ich begriff nicht, was hier vor sich ging. Ich registrierte verschwommen, dass die Pärchen, die in unserer Reihe gesessen hatten, umgezogen waren, als ich meine Freundin aus ihrem Sitz gezerrt und zu Boden geworfen hatte. Aber Maya küsste mich so, als wäre alles, was ich getan hatte, vollkommen rational gewesen. Oder küsste sie mich vielleicht, *weil* ich mich irrational verhalten hatte? Falls das der Fall sein sollte, muss ich mir dann Sorgen um sie machen? Nein, das war eine ernsthafte Frage an Sie. Für so etwas bezahlen wir Sie ja schließlich.

Ihre Lippen waren das einzig Reale in meiner Welt. Sie küsste mich und fuhr mir mit den Fingern durchs Haar. Fand sie mein Verhalten etwa sexy?

Die anderen Leute im Kinosaal schauten wahrscheinlich weiter *Casablanca.* Der Film ging auf jeden Fall weiter, das hörte ich. Aber ich werde es nie erfahren, weil ich auf dem ekelhaft dreckigen Kinoboden lag und mit meiner Freundin knutschte.

Wir standen nicht einmal auf, als der Film vorbei war. Der Typ, der nach den Vorstellungen immer das Popcorn zusammenfegt, fand uns und warf uns raus, da gleich die nächste Vorstellung beginnen würde und er die Leute in den Saal lassen musste. Es war uns noch nicht mal peinlich.

Jetzt geht es mir gut. Ich bin nicht mehr desorientiert, also war das wahrscheinlich nur eine vorübergehende Sache.

Wenn ich die Ereignisse jener Nacht im Nachhinein mit klarem Kopf Revue passieren lasse, dann wird mir klar, dass ich Maya nicht sehr heftig zu Boden gezerrt haben kann. Ich habe sicherlich nicht so verängstigt ausgesehen, wie ich mich fühlte. Wahrscheinlich habe ich auch nicht geweint, sondern hatte nur Tränen in den Augen. Wir sahen vermutlich aus wie zwei Teenager, die am Valentinstag lieber knutschen wollten, als einen Film zu sehen, den sie beide schon kannten.

Ich weiß, wie das klingt. Ich habe diesen Bericht ein paarmal durchgelesen und ich finde immer noch nichts, das ich ändern müsste. Die Details scheinen korrekt zu sein und mir ist zwar klar, dass Sie eine Menge Fragen haben werden, aber irgendwie kommt es mir sinnlos vor, darauf zu antworten. Vielleicht hatte ich einfach nur einen kurzen Aussetzer. Es ist absolut möglich, dass mein Verstand mir etwas vorgegaukelt hat, das nichts mit meinem tatsächlichen Verhalten zu tun hat.

Aber manchmal sind die Dinge, die passieren, eben nicht so wichtig wie das, woran man sich erinnert. Maya war wunderschön. Wir hatten ein relativ normales Valentinstagsabendessen, auf das ganz normale Valentinstags-Aktivitäten folgten, die allerdings nicht in Sex mündeten. Das machte mir aber überhaupt nichts aus.

Ich weiß noch, dass ich sie in ihrem Minivan so lange küsste, bis meine Lippen schmerzten. Sie brachte mich nach Hause, und als ich durch die Tür kam, sah ich, dass Paul noch an seinem Laptop arbeitete.

Er fragte, wie das Date gelaufen sei. Ich sagte »Gut«. Es sah aus, als hätte er auf mich gewartet. Er ließ wieder seine Knöchel knacken wie immer, wenn er etwas mit mir besprechen will.

»Was gibt's?«, fragte ich.

Paul schaute mich an, als würde er gleich ein Ei legen. Er musste mir etwas sagen, was er nicht aussprechen wollte. Am besten niemals. Als er endlich sprach, sah es aus, als habe er Zahnschmerzen.

»Hinter der Packung Toilettenpapier in deinem Bad steht eine Schachtel Kondome.«

Wir schauten uns wortlos an. Er nickte. Ich nickte. Und ich wusste, dass wir nie wieder darüber reden würden.

Trotzdem musste ich lachen, als ich in meinem Zimmer war. Ich wusste seine Geste sehr zu schätzen, aber ich habe schon seit mehr als einem Monat ein Kondom in meinem Geldbeutel. Wenn Maya bereit ist, werde ich es auch sein.

25

DOSIERUNG: 4,5 mg. Dosierung unverändert.

27. Februar 2013

Fantastisch. Einfach toll.

Ich muss bei der Aufführung der *Kreuzweg-Stationen Jesu* der Elftklässler an Ostern den Jesus spielen. Das ist das Schlimmste, was mir an dieser Schule jemals passiert ist.

Die Schüler stimmen ab, wer Jesus, Maria Magdalena, Veronika und Jesu Mutter, Maria von Nazaret, spielen soll. Die Abstimmung ist reine Politik. Niemand will die Hauptrollen übernehmen, also rotten sich die Schüler gegen weniger beliebte Kids zusammen und wälzen die Rollen mit dem meisten Text auf sie ab. So bleiben die begehrten Statistenparts für sie übrig.

Ich bin mir ziemlich sicher, dass Ian etwas mit meiner Wahl zum Jesus zu tun hatte. So sehr verabscheuen mich die anderen Schüler nun wirklich nicht.

Dwight ergatterte den Erzählerpart, der fast so gut ist wie die Zuschauerparts, bei denen man nur im richtigen Moment »Kreuzigt ihn!« rufen muss.

»Wie hast du denn das geschafft?«, fragte ich.

»Ich habe mich freiwillig gemeldet.«

»Warum zum Henker hast du mir nicht gesagt, dass ich mich freiwillig für eine Rolle melden soll?«

»Jeder ist sich selbst der Nächste, Mann.«

Dieser Mistkerl. Er hätte es mir sagen können. Dann hätte ich jetzt auch eine schöne kleine Nebenrolle. Stattdessen sagte er nur: »Aber Jesus ... Mann, das ist echt beschissen.«

Das Schlimmste ist, dass ich größer bin als das Sperrholzkreuz, das sie immer benutzen.

Ich bin also nicht nur ein schweigsamer, insgeheim schizophrener Jesus, sondern auch Jesus der Riese. Der gigantische, die Arme ausbreitende Rio-de-Janeiro-Jesus.

Sie müssen mir ein größeres Kreuz besorgen. Während des ersten Durchlaufs sah ich absolut lächerlich aus, mit dem winzigen Kreuz auf meiner Schulter, das nicht einmal den Boden berührte. Ich hätte in die Hocke gehen müssen, um daran festgenagelt zu werden. Maya brach zum ersten Mal in der Kirche in lautes Gelächter aus. Aber sie lachte natürlich mit mir und nicht über mich wie die anderen Schüler. Glaube ich zumindest.

Allerdings kam auch sie nicht ungeschoren davon. Sie darf Maria Magdalena spielen, was mich extrem amüsiert. Vielleicht sind meine Mitschüler ja doch schlauer, als sie aussehen.

In St. Agatha werden die Stationen des Kreuzwegs nicht auf die leichte Schulter genommen. Jeder Jahrgang muss seine eigene Darbietung einstudieren und Maya sagt, dass fast alle gleich sind. Die Mädchen tragen blaue Leinentücher über ihrer Uniform und die Jungs leihen sich Messdienergewänder aus. Die besonders Ambitionierten kleben sich dazu noch falsche Bärte an.

Als ich für die Rolle ausgewählt wurde, wirkte Schwester Catherine etwas ängstlich, so als hielte sie es nicht unbedingt für eine gute Idee, mich mitten in der Kirche ins Rampenlicht zu stellen, aber sie sagte nichts. Sie redete nicht einmal mit meiner Mom darüber, was ich in Anbetracht der Umstände etwas seltsam fand. Aber ich akzeptierte es, weil mich ausnahmsweise niemand wie einen Verrückten behandelte. Schließlich bin ich das Lamm Gottes, das die Sünden der Welt auf sich nimmt.

»Adam, wie, glaubst du, würde sich Jesus in diesem Moment fühlen?«, fragte Schwester Catherine absolut ernsthaft.

Sei nett, riet mir Jason, der auf einmal auch hier war. Ich versuchte, den Blick von seinen blendend weißen Pobacken abzuwenden, die er auf seinem gemächlichen Spaziergang durch die Bankreihen zur Schau stellte, aber das war unmöglich.

Ich schaute an meiner Robe hinunter und zupfte an der falschen Dornenkrone, die ehrlich gesagt höllisch juckte. Gerade als ich mir eine sarkastische Antwort für Schwester Catherine zurechtgelegt hatte, rettete mich ein lautes Furzen aus der Schülermenge davor, etwas sagen zu müssen. Alle stoben hektisch auseinander. Jason war bereits verschwunden.

Faszinierend, eigentlich. Es gibt nicht viele Schulaufführungen, die den Mord an der Hauptfigur in den Mittelpunkt stellen. In der ganzen Geschichte geht es nur um mein langsames, schmerzhaftes Ableben, eine Parade unmenschlichen Leidens, auf die die Katholiken ganz versessen zu sein scheinen.

Verpassen Sie nicht die Aufführung der Elftklässler:

Die Stationen des Kreuzwegs. Sehen Sie Jesus sterben. Jedes Mal wieder spannend.

Eigentlich mache ich mir nicht viel aus Popularität, aber wenn ich nur ein bisschen netter wäre, hätte ich wahrscheinlich einen super Part als römischer Soldat ergattert.

Maya kam später noch vorbei, um mir beim Keksebacken zuzusehen. Bevor Sie fragen: *Ja,* wir gehen auch aus, aber meistens verbringen wir einfach nur Zeit miteinander.

Sie stellt mir nie Fragen übers Backen, was ich seltsam finde, weil sie sonst eigentlich auf alles neugierig ist.

»Soll ich dir beibringen, wie man Kekse macht?«, fragte ich.

»Nein«, sagte sie ein bisschen zu prompt.

»Wieso nicht?«, fragte ich. Es war untypisch für sie, etwas nicht selbst lernen zu wollen.

»Wenn man die Kekse nur isst, kann man das tun, ohne groß nachzudenken. Aber wenn man sie für jemand anderen macht, muss man schon ziemlich *fürsorglich* veranlagt sein«, sagte sie.

Darüber ließ sich meiner Meinung nach streiten, aber ich akzeptierte das. Manchmal ist es halt einfach schön, wenn jemand dir einen Teller selbst gebackene Kekse reicht.

26

DOSIERUNG: 4,5 mg. Dosierung unverändert.

6. März 2013

Irgendwann hätten Dwight und ich unsere montagabendlichen Treffen wahrscheinlich einstellen können, ohne dass unsere Mütter uns deswegen aufs Dach gestiegen wären. Aber da wir Gewohnheitstiere sind, machten wir einfach weiter.

Und Dwight ist ehrlich gesagt ziemlich entspannt. Obwohl er pausenlos redet, bemüht er sich in der Schule nicht sehr darum, Freundschaften zu schließen, und manchmal frage ich mich, wie er reagieren würde, wenn er die Wahrheit über mich wüsste. Natürlich bin ich nicht so dumm, das auszuprobieren.

Irgendwie kamen wir auf unsere Väter zu sprechen und ich erzählte ihm von meiner Mom und meinem Stiefvater.

»Mein Dad ist abgehauen, als ich acht war«, sagte ich.

Dwight dachte einen Moment lang über meine Worte nach. »Meine Mom hat sich künstlich befruchten lassen«, sagte er dann.

Darauf fiel mir nun wirklich keine Antwort ein. Ich

glaube, ich starrte ihn nur ausdruckslos an, bis er hinzufügte, dass sie beruflich zu eingespannt gewesen sei, um mit Männern auszugehen. Aber ich weiß nicht genau, ob sie ihm das nur erzählt hat, um ihn zu beruhigen.

Es wäre der ideale Moment gewesen, um ihm etwas Persönliches über mein Leben zu erzählen.

Auf jeden Fall klafft ein Graben zwischen den Menschen in meinem Leben – hier sind jene, die alles über mich wissen, und dort alle anderen. Es ist vielleicht ungesund, so eine Trennlinie zwischen Menschen zu ziehen, mit denen ich die meiste Zeit verbringe. Wahrscheinlich versuche ich auf diese Weise, meinen Irrsinn in sein eigenes kleines Abteil zu sperren.

Ich habe vor ein paar Tagen ein Telefongespräch zwischen Paul und seiner Mutter mitbekommen. Die meisten Leute halten sie für eine nette, alte Lady, die immer Bonbons in der Tasche hat und niemals ohne Gastgeschenk auf einer Party erscheinen würde. Aber das ist sie nicht, glauben Sie mir. Sie traut mir nicht über den Weg. Das habe ich begriffen, als sie mich bat, ihr Bescheid zu geben, wenn ich im Begriff wäre, die Kontrolle über mich zu verlieren. Denn darauf sei sie vorbereitet.

Dann holte sie eine Dose Pfefferspray aus ihrer Handtasche und hielt sie mir vor die Nase. Was zum Teufel, Lady? Sie war nicht darauf vorbereitet, einen Krankenwagen zu rufen oder jemanden darüber zu informieren, dass ich aufgrund meiner belastenden psychischen Erkrankung gerade einen Anfall hatte. Die Ziege wollte mir *Pfefferspray ins Gesicht sprühen.* Ich erzählte meiner Mom nichts davon, weil sie Pauls Mutter schon jetzt nur in sehr kleinen Dosen erträgt. Wenn sie herausfinden würde, dass sie so etwas zu mir gesagt hat, würde das alles nur noch schlimmer machen.

Als meine Mom schwanger wurde, rief Pauls Mutter immer häufiger bei uns an. Normalerweise auf Pauls Handy, aber gelegentlich auch auf dem Festnetztelefon. Wir sind wahrscheinlich die einzige Familie, die die Nummernerkennung nicht eingeschaltet hat, und meine Mom bereut diesen Umstand jedes Mal bitterlich, wenn ihre Schwiegermutter anruft und sie mit unerwünschten Ratschlägen über das Baby vollquatscht. Zum Beispiel, dass sie einen Jungen auf jeden Fall beschneiden lassen muss. Dabei weiß sie ganz genau, dass meine Mutter strikt dagegen ist. Das war sie auch schon bei meiner Geburt. So, jetzt wissen Sie wirklich mehr über mich, als Sie jemals wollten.

Jedenfalls hörte ich Paul neulich am Telefon mit seiner Mutter reden und ich wusste, dass es um mich ging. Fairerweise muss ich zugeben, dass Paul ihr gegenüber sehr ehrlich war. Ich hörte ihn sagen: »Ja, wir haben alles im Griff. Nein, Mutter. Ich unterschätze gar nichts, und wenn du mir noch ein Mal vorwirfst, ich würde mich nicht um die Sicherheit meines Kindes kümmern, dann werde ich sehr ärgerlich. Hab dich lieb. Tschüss.«

Paul beendet alle Telefongespräche mit Familienmitgliedern mit »Hab dich lieb«.

Egal, wie sehr sie sich auch gestritten haben. Selbst nach einem Gespräch wie: *ICH HASSE DICH UND ICH HOFFE, DU WEISST, WELCHE SCHANDE DU ÜBER DIE FAMILIE GEBRACHT HAST* ... Hab dich lieb.

Da ich mit Maya leider nicht über Dinge reden kann, die unter den Oberbegriff *Wahnsinn* fallen, rede ich eben über Probleme, die nur am Rande damit zu tun haben. Zum Beispiel das Baby. Blöd ist nur, dass Maya es sehr leicht schafft, mich zu ignorieren, wenn sie gerade lernt. Sie hört zwar alles, was ich sage, und speichert es irgendwo im hinteren Teil ihres perfekt organisierten Gehirns ab, aber sie lässt sich durch nichts aus der Konzentration bringen, bis sie mit einem Thema durch ist. Sie kann stundenlang schweigend über ihren Notizen brüten, ohne sich von irgendetwas stören zu lassen.

Das hat sie sich antrainiert, weil sie eines Tages einen Doktortitel haben will. Sie will aber kein Arzt werden, der Patienten behandelt, sondern in die Forschung gehen. Sie mag Menschen nicht und kann es überhaupt nicht leiden, sich auf zwischenmenschlicher Ebene mit ihren Problemen zu beschäftigen. Und ja, bevor Sie fragen, das weiß ich schon lange. Maya mag den Singular: »Mensch«. Menschen in Gruppen findet sie schrecklich.

Mithilfe meines Medikaments kann ich meine Probleme vor ihr verbergen. Zumindest das eine große. Falls sie es merkwürdig findet, dass ich chronische Kopfschmerzen habe und an Schlaflosigkeit leide, sagt sie es nicht. Diese Symptome sind für sich betrachtet ja noch kein Hinweis auf meine Krankheit.

Sie ist mitfühlend, wenn sie will, aber sie ist es auf ihre ganz eigene Maya-Art. Sie weist dich auf ein Problem hin und stimmt dir dann darin zu, dass es wirklich total beschissen ist. Wie an dem Tag, an dem wir nach dem Akademischen-Team-Training über das Baby sprachen.

»Das erste Kind wird immer vollkommen anders erzogen als das zweite«, sagte sie. »Und weil ihr beide unterschiedliche Väter habt und der Altersunterschied gigantisch ist, wird der Unterschied enorm sein. Ich meine, theoretisch könntest du eine zweite Vaterfigur für dieses Kind sein. Du solltest dich auch darauf vorbereiten, dass dieses Kind mit so ziemlich allem durchkommen wird. Alles, was man dir als Kind verboten hat, wird Baby 2.0 ohne Einschränkung tun dürfen.« Sie nahm ihre Brille ab und schaute mich sehr ernst an. »Als ich klein war, hatte ich einen Hausarbeitsplan. Meine Mom schrieb da alles rein, was ich tun musste, bevor ich fernsehen oder Nachtisch essen durfte. Als meine Brüder geboren wurden, ist der Plan im Müll gelandet. Weil sie zu zweit waren, warfen meine Eltern alle bislang geltenden Verhaltensregeln über Bord, denn sie hatten zu viel damit zu tun, die beiden zu füttern und sauber zu halten.

Es hat ewig gedauert, bis sie aufs Töpfchen gegangen sind. Jetzt sind sie beinahe sechs, aber es passieren immer noch Unfälle. Im Bad, das ich mir mit ihnen teile, riecht es komisch und im Mülleimer liegen immer wieder schmutzige Unterhosen. Meine Mom belohnt die beiden dafür, wenn sie sich nicht in die Hose scheißen. Kein Witz. Sie lobt sie in den Himmel, wenn sie sich nicht die Hosen vollmachen.

Stell dich darauf ein, Adam. Baby 2.0 wird irgendwann dafür ausgezeichnet werden, dass es ins Klo kackt. Akzeptiere das am besten gleich, das macht die Sache einfacher.«

Extrem hilfreiche Nicht-Ratschläge, wie Sie sehen.

Am Dienstag nach der Schule hatten wir unseren letzten akademischen Wettkampf für dieses Schuljahr. Dwight war in Hochform, Maya löste eine ziemlich komplexe Gleichung und ich saß glücklich auf der Ersatzbank. Keine Halluzinationen.

Nach dem Wettkampf blieben wir alle noch sitzen, während ein paar Zwölftklässler das Equipment einpackten und die Stühle zusammenklappten. Clare und Rosa redeten über den Schulball, der im Mai stattfinden würde, und Maya und Dwight diskutierten über eine Hausaufgabe. Ich hörte ihnen schon seit fünf Minuten nicht mehr zu. Meine Freunde reden manchmal über sehr langweiligen Scheiß.

Ohne ihre Diskussion zu unterbrechen, legte Maya mir beiläufig eine Hand auf den Oberschenkel. Niemand bemerkte es. Es war eine natürliche und völlig unschuldige Geste, aber irgendetwas an der Art, wie sie es tat ... fühlte sich gut an. Als würde sie mich in Besitz nehmen. Ich schätze, man sollte eigentlich nicht wollen, dass jemand einen für sich beansprucht, aber das ist mir wirklich egal. Ich bin ihr *Mensch*.

Jepp, mir geht's gut.

27

DOSIERUNG: 5 mg. Dosis gesteigert.

13. März 2013

Doc, als Erstes will ich Ihnen sagen, dass Sie seit ein paar Wochen ziemlich müde aussehen. Ich weiß nicht, was bei Ihnen zu Hause los ist oder ob meine Therapiesitzungen anstrengender für Sie sind als sonst, aber Sie sollten wirklich mehr schlafen. Ihre Augen sind ganz rot und Sie sehen furchtbar aus. Ich nehme an, dass Sie bereits wissen, was die anderen Ärzte gesagt haben. Die Testergebnisse waren nicht eindeutig, also machen sie alles noch mal, aber sie haben meiner Mom und mir gesagt, dass das Medikament mir möglicherweise mehr schadet als nützt.

»Adam, wir überwachen deine Vitalfunktionen und halten alle radikalen Veränderungen fest. Leider sind wir zu dem Schluss gekommen, dass du langfristig kein guter Kandidat für diese Behandlung sein wirst, obwohl die Wirkung anfangs sehr positiv war. Es wäre dem Erfolg der Studie nicht zuträglich, wenn wir deine Daten weiterhin verwenden, denn du bist zwar nicht in deinen anfänglichen Zustand zurückgefallen, zeigst aber bereits Anzeichen für eine Medikamentenresistenz. Wir werden die Dosis verringern und das Medikament ausschleichen.«

Ich fand ziemlich hart, auf welche Weise sie es mir sagten. »Dem Erfolg der Studie nicht zuträglich« – als wäre ich eine Laborratte. Mit einem Krebspatienten, dem sie sagen müssten, dass die Chemo nicht anschlägt, wären sie anders umgegangen, weil Krebs nun mal sexy ist. Damit will ich nicht behaupten, Krebs sei besser als Schizophrenie, oder dass Krebskranke cooler sind als Leute mit anderen Krankheiten. Natürlich finde ich Krebs auch nicht sexy, das ist ja wohl klar. Ich meine damit, dass niemand Angst vor Krebspatienten hat. Wenn man Krebs hat, bekommt man Mitgefühl. Man tut seinen Mitmenschen leid und manche Leute organisieren sogar einen Marathon, um Geld für die Behandlung zu sammeln.

Es ist anders, wenn die Leute vor deiner Krankheit Angst haben, denn dann bekommt man zwar ein wenig Mitgefühl, aber keine Unterstützung. Natürlich wünscht dir niemand etwas Böses – sie wollen nur möglichst nicht in deiner Nähe sein.

Ein Kind mit Krebs wird von der Make-A-Wish-Stiftung besucht, weil das Krebs-Kind daran sterben wird, und das ist traurig. Das Schizo-Kind wird auch irgendwann sterben, aber davor wird es massenweise mit Medikamenten vollgestopft werden, sich mit allen überwerfen, die ihm jemals etwas bedeutet haben, und höchstwahrscheinlich auf der Straße enden. Dann hat es nur noch eine Katze, von der es nach seinem Tod aufgefressen wird. Auch das ist traurig, aber das Schizo-Kind bekommt keinen Wunsch erfüllt, denn die Krankheit selbst bringt es nicht aktiv um.

Es ist sonnenklar, dass uns nur die kranken Menschen

am Herzen liegen, die einen tragischen, zeitkritischen Tod sterben.

Ich bekam Angst, als die Ärzte mir sagten, dass sie das Medikament eventuell absetzen wollten. Mom sagte zwar, das letzte Wort sei noch nicht gesprochen und wir würden auf jeden Fall ein Medikament finden, das so wirkt, wie ich es brauche, aber ich glaube, sie wollte mich nur beruhigen. Sie versuchte, mich aufzuheitern und mir Zuversicht zu geben, weil Mütter das eben tun, aber ich hatte trotzdem Angst, und manchmal mache ich ziemlich dumme Sachen, wenn ich nervös oder ängstlich bin.

Es begann mit den komischen Hautfetzen an meinem Nagelbett, dem Zeug, das aussieht wie ausgefranste Milchhaut. Ich zog daran. Als ich rotes Fleisch und Blut sah, zog ich weiter, weil diese Art Schmerz sehr befriedigend sein kann. So wie damals, als ich mir drei Milchzähne zog, die nicht einmal locker waren, weil es sich gut anfühlte, sie auszureißen. Natürlich tat es weh, aber auf eine gute Art, wie wenn man an einer Aphthe im Mund saugt oder einen Pickel ausdrückt.

Also zog ich mir einen Streifen Haut vom Nagelbett bis zum ersten Knöchel ab. An diesem Punkt hörte ich auf, weil ich ziemlich stark blutete und wusste, dass ich etwas Schlimmeres nicht mehr würde verstecken können. Meine Mom würde genau wissen, dass ich mir etwas angetan hatte, wenn da mehr wäre als ein Pflaster an meinem Finger. Sie merkt immer sofort, dass etwas mit mir nicht stimmt, auch wenn sie sich oft nicht daran erinnern kann, wo sie ihr Handy hingelegt hat. Ein Pflaster war unauffällig. Wegen einem Pflaster würde ich meine Küchenmesser-Privilegien nicht verlieren.

Ich weiß nicht genau, ob ich nur deswegen nervös war, weil ich vielleicht das Medikament absetzen musste. Vor ein paar Tagen hatte ich beim Einkaufen außerdem jemanden gesehen, dem ich seit über einem Jahr nicht mehr begegnet war.

Erinnern Sie sich noch an Todd? Den ehemals besten Freund, von dem ich Ihnen erzählt habe? Er wohnt ein paar Straßen von mir entfernt und im Kindergarten hatten wir beide die gleiche Batman-Brotdose. Wir sind immer zusammen Rad gefahren.

Als ich vor anderthalb Jahren meine Diagnose bekam, erzählte ich ihm alles. Danach war er noch ein paar Tage lang mein bester Freund und verhielt sich mir gegenüber nicht anders als vorher. Dann bekam meine Mom einen Anruf von seiner Mutter. Ich hörte nicht, was Todds Mutter sagte, aber Mom benutzte Ausdrücke, die ich noch nie aus ihrem Mund vernommen hatte. Sie hörte Todds Mutter noch ein paar Sekunden lang zu und sagte dann: »Vor ihm muss man keine Angst haben.« Ihre Worte kamen als leises, gefährliches Zischen aus ihr heraus, und als sie auflegte, zitterte sie wie Espenlaub. Ich stand im Flur und beobachtete sie durch den Türspalt. Wir sprachen nie über den Anruf, aber ich hatte sofort begriffen, dass ich Todd nicht wiedersehen würde.

Auf jeden Fall stand er jetzt dort im Supermarkt. Zuerst bemerkte ich ihn gar nicht; das war Rebecca. Ich folgte ihrem Blick und sah ihn vor dem Frühstücksflockenregal stehen. Er drehte abwesend den Schlüssel für den Acura seiner Mom zwischen Daumen und Zeigefinger, während er die Müsliauswahl studierte. Also besaß er inzwischen einen Führerschein und erledigte gerade den Einkauf. Er hatte sich nicht sehr verändert, abgesehen davon, dass er sich einen Bart wachsen ließ. Wären wir noch Freunde gewesen, hätte ich ihm gesagt, dass er aussah, als würde sein Kinn schimmeln. Aber das waren wir nicht mehr, also sagte ich nichts.

Er trug ein Anime-T-Shirt mit einer obskuren japanischen Comicfigur drauf und in den Kindersitz seines Einkaufswagens hatte er eine offene Tüte Gummibärchen gelegt. Es ärgert mich, wenn Leute im Supermarkt Sachen essen, bevor sie sie bezahlt haben.

Bei unserer letzten Begegnung hatte er so getan, als sei alles in Ordnung. Wir redeten über die Dinge, über die wir sonst auch redeten, und spielten Computerspiele. Aber nach dem Anruf seiner Mom sah ich ihn nie wieder.

Insgeheim redete ich mir ein, dass seine Mutter ihn dazu gezwungen hatte, mich abzuservieren, aber Todd machte eigentlich immer Sachen, die seine Mutter ihm verbot. Er versteckte Süßkram unter den Dielen seines Schlafzimmers, weil seine Mom ihm nicht erlaubte, Industriezucker zu essen. Er schlich sich ständig aus dem Haus. Er kaufte sich Playboy-Hefte. Ich hatte ihn schon kiffen sehen. Also war mir eigentlich klar, dass es nicht an ihr lag.

Während ich dort stand und ihn ansah, machte ich mir eine Liste im Kopf mit all den Dingen, die ich ihm sagen wollte, all den Gemeinheiten, die ich je über ihn gedacht hatte. Aber dann schaute Rebecca mich an und schüttelte den Kopf. Sie zeigte Todd den Stinkefinger und ich lächelte.

Ich ging an die Kasse und bezahlte die vier Sachen, für die ich gekommen war. Ich weiß, dass er mich gesehen hatte, weil hinter mir nur drei Leute standen. Ich bin ziemlich auffällig. Er wusste auf jeden Fall, dass ich es war.

Am Ausgang drehte ich mich noch einmal nach ihm um und sah, wie Todd angestrengt in die andere Richtung blickte. Er wollte unbedingt den Augenkontakt vermeiden. Also verließ ich den Laden und sagte niemandem, dass ich ihn gesehen hatte. Vor allem nicht Maya, denn dann hätte ich ihr erklären müssen, warum wir nicht mehr befreundet waren.

Ich frage mich, ob er irgendwann mal irgendwelchen Fremden erzählen wird, dass er früher einen schizophrenen Freund hatte. Und dass es wegen der Schwere der Krankheit nicht möglich für ihn gewesen sei, die Freundschaft aufrechtzuerhalten. Wahrscheinlich werden sie traurig nicken und vielleicht sogar Mitleid mit ihm haben, weil sie denken, dass es nett von ihm gewesen war, es wenigstens zu versuchen.

Ich hatte kurz Lust, den Acura seiner Mom auf dem Parkplatz mit meinem Schlüssel zu zerkratzen, aber dann ging ich einfach nach Hause. Rebecca schlug neben mir ein paar Räder.

28

DOSIERUNG: 4,5 mg. Ausschleichung beginnt.

20. März 2013

Mir geht's gut.

Wie Sie wissen, haben meine Ärzte entschieden, das Medikament nicht gleich abzusetzen, sondern ganz allmählich *auszuschleichen*. Wir werden weder die Dosis erhöhen noch das Medikament wechseln, was mich sehr erleichtert. Bisher hat sich keine wirklich gefährliche Nebenwirkung manifestiert, und die Bluttests sind immer noch nicht eindeutig, also hat meine Mom darauf bestanden, dass ich so lange die Mindestdosis bekomme, bis die nächste Behandlung beginnt. Keine Ahnung, wie gut Sie über die scheußlichen Nebenwirkungen Bescheid wissen, die auftreten, wenn man ein Medikament, an das man sich gewöhnt hat, zu schnell absetzt. Ich sage nur: ein umgekippter Eimer gequirlter Kacke. Wundervoll.

Die anderen Ärzte haben erst mal wöchentliche Blut- und Urintests angeordnet, aber das ist nicht wirklich ein Problem. Wahrscheinlich sprechen sie auch viel mit Ihnen.

Wissen Sie, was mir an Ihnen gefällt, Doc? Bei Ihnen

muss ich nie in einen Becher pinkeln. Deshalb mag ich Sie am liebsten.

Ach ja, Jesus zu sein ist der Hammer. Unsere letzte Probe für die *Stationen des Kreuzwegs* ist nächste Woche. Ich glaube, ich bin in die Rolle hineingewachsen.

Ich senke den Kopf, wenn Pontius Pilatus sich die Hände in Unschuld wäscht. Das Mädchen, das Veronika spielt, drückt mir ein Schweißtuch ins Gesicht, auf dem ich mit meinem Blut einen Abdruck hinterlasse. Ich lasse mich von zwei römischen Soldaten an ein Kreuz nageln, ohne zu schreien (vor ein paar Jahren sah man ein, dass es für das Publikum nur schwer anzuschauen ist, wie ein schreiender Jesus ans Kreuz genagelt wird). Dann sterbe ich würdevoll, nachdem ein dritter Soldat mir mit einem Speer in die Seite gepikst hat und verkündet, dass ich wahrhaftig der Sohn Gottes bin. Wie eine alte Dame, die beim Metzger in ein Kotelett pikt und *Ist das frisch?* fragt.

Dwight, der Erzähler, betet mit der Gemeinde und ich erstehe von den Toten auf. Ja, ich bin bereit für meinen Auftritt als Jesus. Es ist schön, eine Ablenkung vom Baby zu haben.

Paul ist mit all den Babyvorbereitungen völlig überfordert. Wenn ich ihn beschreiben müsste, würde ich sagen, er sieht aus wie ein verbogener Regenschirm. Er sieht schon erschöpft aus, wenn er am Morgen zur Arbeit geht, wirkt aber auch erleichtert, weil er das Haus ein paar Stunden lang verlassen darf. Meine Mom hat ihn dazu gezwungen, mit ihr zu allen Vorbereitungskursen zu gehen. Lamaze. Erste Hilfe für Babys. Stillberatung.

Die letzte Schwangerschaft meiner Mom ist schon eine Weile her. Offensichtlich.

Ehrlich gesagt glaube ich nicht, dass sie damit gerechnet hat, noch einmal Mutter zu werden. Sie dachte, ich würde ihr einziges Kind bleiben. Aber jetzt, da sie »in anderen Umständen« ist, richten ihre Freundinnen, die sie von der Arbeit oder aus dem Buchclub kennt, eine Babyparty aus. Sie kümmern sich um die Spiele, die Dekoration, die Einladungen und alles, was niedlich ist.

Ich kümmere mich um die Desserts. Rosa und blau gefüllte Windbeutel. Kekse in Form von Fläschchen. Karotten-Schichtkuchen, weil meine Mom den am liebsten isst. Und eine riesige Auswahl an Cupcakes.

Unser Haus ist zu einem Schrein lächerlicher Miniaturgegenstände geworden. Es kommen jetzt schon Geschenke an, obwohl die Party erst in ein paar Wochen stattfindet.

Da meine Mom das Geschlecht des Babys nicht vorher wissen will, ist alles in Gelb gehalten – die Farbe für Eltern, die ihre Babys nicht in irgendeine Schublade stecken möchten und gerne Leute verwirren, die durch einen Blick in den Kinderwagen sofort erkennen wollen, ob es sich um einen Jungen oder ein Mädchen handelt.

Mich wundert das. Jetzt, wo wir nicht mehr im Mittelalter leben, finde ich es eigentlich eine gute Idee, die wissenschaftlichen Errungenschaften zu nutzen, die uns zur Verfügung stehen. Aber als der Arzt fragte, ob Mom und Paul das Geschlecht des Babys wissen wollten, sagte meine Mom, dass *sie beide* sich überraschen lassen wollten.

Paul würde sich lieber nicht überraschen lassen, das kann ich Ihnen sagen. Ich weiß ganz genau, dass es ihn fertigmacht, nicht Bescheid zu wissen. Der Mann legt sich jeden Abend sein Outfit für den nächsten Tag zurecht und faltet seine Wäsche zu penibel sortierten Stapeln. Er hätte am liebsten für alles einen Plan, aber er widersprach meiner Mom nicht, weil er auf einmal ein Weichei geworden ist. Sie wird durch ihre Schwangerschaft noch mächtiger, weil sie bei jeder Kleinigkeit weinen muss und Paul darauf nicht klarkommt. Er würde ihr alles geben, damit sie sich nicht aufregt, was bedeutet, dass die beiden mit dem neuen Baby ein massives Disziplinproblem bekommen werden.

Meine Mom hat mich aufgefordert, Maya einzuladen, damit ich Gesellschaft habe. Pauls Mutter wird auch da sein, und obwohl sie niemandem von meinem Zustand erzählen darf, ist sie eine extrem unangenehme Person. Also wird Maya da sein.

Sie kam, als ich in der Küche stand und gerade Inventur machte. Sie schrieb eine Liste mit allen Zutaten, die ich brauchen würde, und wartete geduldig, während ich Küchengeräte aus den Schränken zog und wieder einräumte. Hin und wieder schaute sie zu mir hoch und lächelte und jedes Mal fiel mir ein, dass wir ganz allein im Haus waren. Wir mussten nicht mehr für das akademische Team lernen, hatten unsere Hausaufgaben bereits gemacht und waren völlig unbeobachtet.

Es war ganz einfach, sie an der Hand zu nehmen und sanft in mein Zimmer zu ziehen. Die Tür schloss sich lautlos hinter uns. Aber als ich mich in Richtung Bett bewegte, schüttelte sie den Kopf und zog mich stattdessen zu meinem Schreibtischstuhl.

Sie setzte sich auf meinen Schoß und schaute mich an. Irgendwann lag ihr Top auf dem Boden und der Reißverschluss meiner Hose war offen. Aber dann hörten wir, wie das Garagentor aufging, und zogen hektisch unsere

Kleider wieder an. Wir rannten runter in die Küche, bevor meine Mom die Tür öffnete.

Ich glaube, ich war noch nie zuvor in meinem Leben so sexuell frustriert wie in diesem Moment. Das kann ich nicht genug betonen. Ich fragte mich immer wieder, ob wir es getan hätten, wenn meine Mom nicht nach Hause gekommen wäre. Wenn wir zusammen sind, fühlt es sich immer so an, als sei sie auch bereit, aber vielleicht liegt das daran, dass ich ein Kerl bin und schon seit … na ja, seit einer ganzen Weile bereit bin.

Nachdem Maya gegangen war, warf mir Rebecca ein paar Stunden lang verschmitzte Seitenblicke zu. Sie hätte genauso gut grinsen können. Irgendwie wirkte sie sehr zufrieden mit sich. Sie wickelte eine Haarsträhne um ihren Zeigefinger und lächelte in sich hinein.

Meine Mom fragte mich, warum ich so abwesend wirkte. Ich bin ziemlich sicher, dass ich ihr keine Antwort darauf gegeben habe.

29

DOSIERUNG: 4,5 mg. Dosis unverändert. Verringerung ab nächster Woche.

27. März 2013

Ja, mir geht's gut. Die üblichen Kopfschmerzen. Die üblichen Halluzinationen. Nichts Neues zu berichten. Okay, das stimmt nicht ganz. Etwas *ist* neu.

In katholischen Schulen gibt es eine Menge Feiern und Aufführungen, für die die Schüler einen Teil ihrer wertvollen Unterrichtszeit opfern müssen. Wir verschwenden eine Unmenge Zeit darauf, in der Kirche herumzusitzen, damit unsere Klassenlehrerin sich nicht blamiert, wenn wir vor der gesamten Schule auftreten. Wir sind ihre Verantwortung. Wenn wir abkacken, ist sie daran schuld.

In diesem Fall war unser gesamter Jahrgang in der Kirche. Ich stand voll kostümiert auf der Bühne und trug sogar die lächerliche falsche Dornenkrone, denn dies war die Generalprobe für die *Stationen des Kreuzwegs*. Das Ganze war ein riesiges Ärgernis, vor allem, weil Schwester Catherine darauf bestanden hatte, dass ich die gesamte Zeit über stehen musste, um den Schmerz unseres Heilands besser nachfühlen zu können. Schließlich sind ein

Wadenkrampf und eine juckende Stirn vergleichbar damit, vor einer Gruppe von Leuten ermordet zu werden, die dich schon dein ganzes Leben lang kennen.

Als wir die letzte Station geprobt hatten, war es schon Spätnachmittag. Alle unwichtigen Soldaten und Erzähler waren bereits zu ihrem Sporttraining aufgebrochen. Maya war mit den anderen Mädchen zum Umkleideraum gegangen, um ihre Uniform wieder anzuziehen. Ich stand einfach nur da, zupfte an meinem Bart und wartete darauf, dass ich endlich gehen durfte. Nächste Woche ist alles vorbei, dachte ich dankbar.

Schwester Catherine schaute mich wohlwollend an und gab mir dann den Schlüssel zu dem winzigen Lagerraum hinter der Kirche. Es gehörte zu meinen Aufgaben, mein übergroßes Kreuz nach jeder Probe dorthin zurückzubringen, den Raum abzuschließen und den Schlüssel in den Briefkasten beim Sekretariat zu werfen, wenn ich fertig war. Mein Kostüm ließ ich erst mal an. Der Lagerraum war so verlassen wie immer. Alle Requisiten und Kostüme befanden sich in fein säuberlich beschrifteten Kisten. Daneben lagen Trikots und alte Sportausrüstung.

Ich hängte das Kreuz an die zwei dafür vorgesehenen Haken und drehte mich zur Tür um, als ich Maya im Türrahmen stehen sah. Sie trug bereits wieder ihre Uniform und hielt ein blaues Leinentuch, ihr Maria-Magdalena-Kostüm, in der Hand. Ich erinnere mich noch ganz genau daran, wie sie in diesem Moment aussah, an jedes Detail. Aber ich weiß nicht mehr, was sie sagte, bevor sie die Tür hinter sich schloss und auf mich zukam. Ich weiß noch, wie ich begriff, dass sie mich auf dieselbe Art begehrte, auf die ich sie begehrte, und dass sie mich diesmal nicht zurückweisen würde. Trotzdem überließ ich ihr den ersten Schritt. Ich wollte, dass es ihre Idee war. Nicht, weil ich Angst hatte, ich könnte etwas tun, das sie nicht wollte, sondern weil es mir gefiel, ausgewählt zu werden. Und nicht von irgendwem – sondern von ihr.

Wir sprachen die ganze Zeit kein einziges Wort. Als wir uns ausgezogen hatten, mussten wir lachen, weil ich meinen Jesus-Bart ohne Lösungsmittel nicht abnehmen konnte. Also ließ ich ihn einfach dran. Einer der Vorzüge, dass ich so viel größer bin als sie, liegt darin, dass ich sie hochheben kann, als wäre sie federleicht. Das ist sie nämlich auch. Also hob ich sie hoch, küsste sie und drückte sie an meine Brust, bevor ich sie sanft auf das zusammengefaltete Kostüm legte, das ich gerade ausgezogen hatte.

Das Bizarre ist, dass ich nicht nervös war, obwohl ich wusste, dass wir beide noch Jungfrau waren. Vielleicht wäre ich nervös gewesen, wenn wir es vorher geplant hätten. Wenn ich Zeit zum Nachdenken gehabt hätte. Aber in diesem Augenblick hatte ich vor nichts Angst. Ich fürchtete mich nicht davor, keinen hochzukriegen, nicht lange genug durchzuhalten, nicht sexy oder nicht groß genug für sie zu sein. Ich machte mir keine Gedanken darüber, weil ich jetzt wusste, dass ich sie liebte, auch wenn ich es ihr noch nicht gesagt hatte.

Es war kein filmreifer Sex. Niemand schrie oder zerschlug irgendwelche Möbel, aber irgendwann spürte ich, wie ihr Körper sich aufbäumte, und ich lächelte erleichtert. Es war wie ein Traum, sie mit kurzen, aufgeregten Atemzügen kommen zu hören und in ihre weit aufgerissenen Augen zu blicken. Besonders, als sie meinen Namen sagte.

Einen Orgasmus zu haben ist ziemlich cool, aber Maya

einen Orgasmus zu schenken war der beste Moment meines Lebens.

Sogar danach hatten weder sie noch ich das Bedürfnis, zu reden. Wir lächelten uns einfach stumm an. Und es war überhaupt nicht schräg, obwohl meine Hand auf ihrer Brust und ihre Hand auf meinem Penis lag. Wir blieben lange so liegen, bis Maya auf ihr Handy schaute und mich dann mit Bedauern ansah.

»Ja, wir sollten gehen«, sagte ich. Wir zogen uns langsam an, schauten nach, ob die Luft rein war, und gingen dann zum Sekretariat, um den Schlüssel einzuwerfen. Ich trug wieder meine Schuluniform, aber der Jesus-Bart klebte mir immer noch im Gesicht. Jedes Mal, wenn Maya mich anschaute, verzog sich ihr Mund zu einem Grinsen.

Als sie mich zu Hause absetzte, hatten wir immer noch nicht über das gesprochen, was gerade passiert war, aber während der Fahrt hatte sie meine Hand gehalten. Und nachdem sie mir einen Abschiedskuss gegeben hatte, legte sie mir die Hand auf die Wange und sagte: »Bis morgen, ja?«

Ich nickte. Wir hatten in einem Lagerraum Sex gehabt. Einfach so.

Es ist wahrscheinlich echt seltsam, dass ich Ihnen das erzähle. Ich kenne niemanden sonst, der so detailliert über sein erstes Mal reden würde, aber ehrlich gesagt fühlt es sich gar nicht so schräg an. Na gut, es ist schräg, aber vielleicht geht es, weil ich diese Dinge nicht laut aussprechen muss. Ich glaube nicht, dass ich jemals dazu fähig gewesen wäre, jemandem in einem Gespräch davon zu erzählen. Diese Dinge aufzuschreiben schafft eine gewisse Distanz. Ich könnte diesen Eintrag zerknüllen und das Blatt zerstören, bevor jemand es lesen kann. Wenn Worte deinen Mund erst einmal verlassen haben, dann lassen sie sich nicht mehr überarbeiten. Was gesagt ist, ist gesagt.

Vielleicht beweist dieser Eintrag Ihnen ja, dass ich ein normales Leben führen kann.

DOSIERUNG: 4 mg. Dosis reduziert.

3. April 2013

Als meine Oma noch lebte, stellte sie mir immer ein Osterkörbchen zusammen. Es waren jedes Mal Marshmallow-Häschen drin, die ich nicht mochte, und riesige Zuckereier, die niemand mag. Aber sie legte auch immer gefüllte Schokoeier und Schokoladenosterhasen rein. Die aß ich dann schon am Ostersonntag, bevor meine Mutter aufwachte.

Nach dem Tod meiner Oma feierten wir Ostern nicht mehr. Es war schon ungewöhnlich genug, das Einzelkind einer italienischen Familie zu sein, aber inzwischen sind wir wahrscheinlich die einzige italienische Familie der Welt, die an Ostern nichts Besonderes veranstaltet.

Doch in diesem Jahr zwang meine Mom uns alle, den Gottesdienst zu besuchen. Wahrscheinlich macht sie der Gedanke daran, ein Heidenkind auf die Welt zu bringen, ein bisschen nervös. Die Wände der Vorhölle sollen ja angeblich mit den Schädeln ungetaufter Babys ausgekleidet sein.

Der Ostersonntag gehört zu den Gelegenheiten, wo

alle so tun, als seien sie praktizierende Katholiken, selbst wenn das absolut nicht stimmt. Für uns war es der einzige Tag im Jahr, an dem wir uns richtig ins Zeug legten, uns für die Kirche schick herausputzten und so taten, als seien wir mit allem einverstanden, was uns dort vorgesetzt wurde. Wahrscheinlich half es, dass dort nur Latein gesprochen wurde.

Die Messe kam mir viel länger vor als sonst und wesentlich unbequemer, denn als wir mit dem Rest der Leute, die nur an Feiertagen in die Kirche gehen, eintrafen, gab es nur noch Stehplätze. Jemand überließ meiner Mom seinen Sitzplatz, weil sie schwanger ist, aber Paul und ich mussten uns ganz hinten im Kirchenschiff an die Wand lehnen. Ich wurde schon vor der Predigt zappelig und vermied es angestrengt, in Richtung der Bleiglasfenster zu schauen. Rebecca saß seitlich neben dem Priester, in der Bank, in der normalerweise der Diakon Platz nimmt. Aus unerfindlichen Gründen gab es in dieser Messe keinen Diakon, also hatte sie die komplette Bank für sich. Sie fing meinen Blick auf und lächelte.

Ich entdeckte Maya, die mit ihrer ganzen Familie da war. Sogar ihre Mom war mitgekommen und sie sah aus wie eine etwas ältere Ausgabe ihrer Tochter. Als Maya mich ganz hinten in der Kirche stehen sah, wurde sie rot und drehte sich schnell wieder zum Altar um. Ich grinste wie ein Honigkuchenpferd, als sie das machte. Ich konnte nichts dagegen tun. Nicht, weil sie rot und verlegen geworden war, sondern weil ich sie dazu gebracht hatte, in der Kirche zu erröten. Mein Anblick hatte sie daran erinnert, was wir im Lagerraum gemacht hatten, und ich wusste, dass sie jetzt hier, im Gottesdienst, daran denken musste. Am Ostersonntag. Vor Gott und der Welt. Und ich hatte mein Jesus-Kostüm getragen.

Ich glaube, das würde sogar einen Heiligen ein bisschen selbstgefällig machen.

31

DOSIERUNG: 4 mg. Unverändert.

10. April 2013

Das Seltsame ist, dass ich mich nicht daran erinnern kann, wie ich letzte Nacht aufgestanden bin. Ich weiß noch, dass ich eine Zeit lang in meinem Schlafzimmer stand und Rebecca beim Schlafen zuschaute und dann auf den Flur ging, um mir die Beine zu vertreten. Ich war irgendwie unruhig.

Seltsam war auch, dass ich mein Handy nicht mitgenommen hatte. Das merkte ich noch, bevor ich den Mafiaboss sah, der in *meinem* Wohnzimmer auf *meiner* Couch herumlümmelte, vor sich Cannoli und einen Cappuccino. Er wirkte nicht so manisch wie zuvor, als er in der Schule das Feuer eröffnet hatte. Er betrachtete mich ganz entspannt, während die beiden Schlägertypen hinter ihm unsere Bücherregale durchstöberten.

»Es ist spät. Du solltest längst schlafen.«

»Ich sollte dich eigentlich auch nicht sehen.« Ich hatte keine Lust auf einen Vortrag.

»Cannolo?«, fragte er und hielt mir ein Gebäckstück entgegen. Es roch köstlich. So verrückt bin ich immer noch. Ich konnte den Cappuccino und die Cannoli so gut riechen, als hätte ich sie gerade in einer Bäckerei gekauft oder sogar selbst gemacht. Der Puderzucker zerstob in der Luft, als er einen Bissen nahm. Kleine Krümel fielen auf den Teppich.

»Nein, danke«, sagte ich.

»Wie du meinst.« Er stopfte sich den Rest des Cannolo in den Mund und wischte seine Zuckerfinger an der Häkeldecke ab, die von meiner Urgroßmutter stammte. Ich ärgerte mich einen Moment lang und das muss sich auf meinem Gesicht abgezeichnet haben, denn auf einmal grinste er höhnisch.

»Dafür würdest du mich am liebsten anbrüllen, was?«

»Ich habe kein Wort gesagt.«

»Das ist auch gar nicht nötig. Ich habe noch nie jemanden getroffen, der so verspannt ist wie du. Wie hast du eigentlich diesen Riesenstock in deinen Hintern gekriegt, Junge?«

Als ich nicht antwortete, nahm er ein paar Amarettini von der Untertasse seines Cappuccinos und zerdrückte sie zu winzigen Bröckchen, die er absichtlich auf den Boden vor seinen Füßen fallen ließ. Dies ist der Punkt, an dem Sie mich unterbrechen würden, um zu fragen: *Aber Adam, inzwischen muss dir doch längst klar gewesen sein, dass er nur eine Halluzination war.* Das ist richtig, Professor. Mir ist auch klar, dass unter meinem Bett keine Monster lauern. Aber ich lasse meine Füße trotzdem nicht über die Bettkante baumeln. Es ist schwierig, irgendwas mit absoluter Sicherheit zu wissen, vor allem, wenn einen gerade eine ganz reale Halluzination anstarrt.

»Wie lange willst du dieses Schmierentheater noch

durchziehen? Glaubst du, deine kleine Flip-Freundin geht dir noch an die Wäsche, wenn sie herausfindet, dass du ein Schizo bist?« Ich wusste nicht mehr genau, ob Flip eine Beleidigung war oder nicht, aber ich verzog trotzdem das Gesicht.

»Deiner Mom hat es nichts ausgemacht«, sagte ich dann.

Die Männer hinter ihm ließen bedrohlich die Muskeln spielen, aber der Boss musste laut lachen.

»Jawollja!«, prustete er und wischte sich den Zucker von den Lippen. »Wir sind ein Teil von dir, *paisano*. Jeder Einzelne von uns ist ein Stück von dir und du versteckst uns, als wären wir Abfall.«

»Ihr seid nicht echt.«

»Bullshit«, sagte er. »Für die anderen vielleicht nicht. Aber für dich sind wir schon immer echt gewesen.«

Ich schwieg.

»Und was ist mit ihr?« Er nickte in Richtung meines Schlafzimmers, wo Rebecca noch immer schlief. »Willst du sie auch rausschmeißen?«

»Sie macht mich nicht verrückt«, sagte ich.

»Keiner von uns hat dich verrückt *gemacht*.« Er lachte.

»Wenn ich euch nicht sehe, dann kann ich normal weiterleben.«

»Du meinst also, nur weil du uns nicht sehen kannst, existieren wir nicht mehr? Ich glaube, so funktioniert das nicht.«

»Ich gehe wieder ins Bett.«

»Tu das, Jungchen. Aber vergiss nicht, was ich gesagt habe. Du kannst nicht ewig so weitermachen. Kein Medikament kann uns alle verschwinden lassen.«

Ich ging zurück in mein Zimmer und legte mich wieder ins Bett. Rebecca war nicht aufgewacht. Im Schlaf tastete sie nach meiner Hand und ich drückte sie fest. Sie tat es mir nach.

32

DOSIERUNG: 3,5 mg. Dosis reduziert.

17. April 2013

Mir geht's gut. Diese Woche waren hauptsächlich Rebecca und der Chor anwesend. Die *anderen* habe ich seit Tagen nicht gesehen.

Wie die Schwangerschaft meiner Mutter läuft? Ich bin ein schrecklicher Sohn. Ich weiß, ich sollte jetzt sagen, dass Mom geradezu strahlt und dass sie schöner ist als je zuvor. Aber vor ein paar Tagen habe ich gesehen, wie sie eine Riesenpackung Dorito-Chips alleine aufgegessen hat und danach in Tränen ausbrach, was ohne Kontext ziemlich erschreckend ist. Außerdem hat sie in der vergangenen Woche zweimal die Fernbedienung in den Kühlschrank gelegt. Paul ist der Überzeugung, dass sie »Schwangerschaftsdemenz« hat, aber das sagt er höchstens im Flüsterton. Und ich bin mir ziemlich sicher, dass sie mal Knöchel hatte. Jetzt gehen ihre Beine direkt in ihre Füße über. Als ich das Paul sagte, schaute er mich warnend an, widersprach aber nicht.

Maya meint, ihre Mom hätte eigentlich nie Stimmungsschwankungen gehabt. Oder merkwürdige Gelüste. Sie sei einfach nur dicker geworden, bis die Kinder auf die Welt kamen. Dies bestätigt mich in meinem Glauben, dass Maya ihr roboterhaftes Verhalten ausschließlich von ihrer Mutter geerbt hat. Vielleicht ist sie ja ein Klon.

Meine Mom will, dass ich bei der Geburt dabei bin, aber Paul hat schon gesagt, dass er sich eine Ausrede für mich überlegen wird. Gott sei Dank gibt es Paul. Der Mann wächst mir immer mehr ans Herz. Ich glaube nicht, dass ich es schaffen würde, in dem emotionalen Durcheinander der Geburt immer noch so zu tun, als sei das alles einfach magisch und wundervoll. Ohne mich zu übergeben. Es wird schon schwierig genug werden, mich nicht zu gruseln, wenn sie mir das Baby zum ersten Mal in den Arm legen.

Neugeborene sind nicht süß. Sie sind hässliche, runzlige rosafarbene Larven, die keinem Elternteil ähnlich sehen, egal, was wohlmeinende Verwandte behaupten. Verglichen mit Tierbabys sind Menschenbabys optisch echte Nieten. Ich glaube, ich würde mich schneller emotional an ein Baby-Schnabeltier binden als an einen Menschen.

Maya stimmt mir da zu. Sie sagt, dass es ein Foto gibt, auf dem sie ihre beiden Brüder direkt nach deren Geburt mit bitterernster Miene in den Armen hält.

»Ich hatte Angst vor ihnen.«

»Vor Babys?«, fragte ich.

»Wart's nur ab«, sagte sie düster. »Sie sind zerbrechlich und Furcht einflößend. Winzige Monster, die dir die Energie aussaugen. Jedes Geräusch, das sie von sich geben, hat eine Bedeutung, und sie brauchen ständig etwas. Essen, Windeln oder Schlaf.« Sie zog eine Grimasse.

»Heißt das, du willst keine Kinder?«

»Wahrscheinlich nicht«, sagte sie. Ich wartete auf eine ausführlichere Erklärung, aber die kam nicht, also fragte ich sie, warum. »Weil du, sosehr du dich auch bemühst, nie wissen kannst, ob sie ein gutes Leben haben werden. Es kann immer sein, dass sie Drogen nehmen, krank werden oder mich einfach dafür hassen, dass ich ihnen eine gute Mutter sein wollte.«

»Über so was machst du dir Sorgen?« Ich war total erstaunt. Aber irgendwie gefiel mir ihre Einstellung. Sie war erfrischend realistisch.

»Wenn ich keine Kinder kriege, kann ich mir die Sorgen sparen. Wie geht's deinem Kopf?«

»Gut«, log ich.

Sie hat natürlich recht. Maya steht zwar nicht auf Gefühlsduselei und kinderlieb scheint sie auch nicht zu sein. Aber sie merkt immer, wenn etwas los ist, und reagiert stets angemessen. Wie ein freundlicher Roboter. Sie hat ein feines Gespür für meine Stimmung und weiß immer ganz genau, wann sie mir Löcher in den Bauch fragen kann und wann es besser ist, zu warten, bis ich ihr aus eigenem Antrieb etwas erzähle. Sie ist vielleicht nicht sehr nett, aber sie ist *gut*.

Und das sage ich nicht nur, weil ich mit ihr schlafe.

Unser erstes Mal war vor ungefähr drei Wochen und seitdem war jedes Mal wieder eine ganz neue Erfahrung. Beim ersten Mal hatten wir beide noch keinen Schimmer, was wir da taten. Logischerweise.

Ich glaube, wir waren nicht nervös; falls Maya sich Sorgen gemacht hatte, war mir das überhaupt nicht aufgefallen. Beim zweiten Mal kletterte Maya wieder durch mein Schlafzimmerfenster, und anstatt mich stundenlang an den Rand des Wahnsinns zu treiben, stieg sie zu mir ins Bett, zog mir die Pyjamahose aus und rollte mir das Kondom über, denn ich war sofort dafür bereit. Ich weiß nicht, wie eine Person in fast allen Bereichen ihres Lebens so streng reglementiert und in einem einzigen Bereich so völlig frei sein kann. Es passt einfach nicht zusammen, dass Maya, die ihre Schulhefte farblich kodiert und meine Kopfschmerzen analysiert, sich beim Sex ungehemmt fallen lassen kann, ohne Angst davor, dass uns unsere Eltern erwischen. Aber meinetwegen muss auch nicht alles an ihr Sinn ergeben. Ich will, dass sie einfach Maya ist, und mit dieser Maya will ich schlafen.

Das dritte Mal war ganz anders. Natürlich fühlte ich mich auch beim ersten Mal total eng mit ihr verbunden und ihr Blick entführte mich auch da schon in eine andere Welt – so gut das in einem Lagerraum eben möglich ist. Aber nun war es wieder anders. Diesmal konnten wir uns bei Tageslicht nach Herzenslust anschauen. Es gab nur uns zwei und niemand störte uns. Nicht einmal meine unsichtbaren Freunde, und ich weiß bis heute nicht, warum sie mir diese Privatsphäre gewährten.

Vielleicht sollte ich das nicht sagen, aber sie ist nicht immer so schön wie an jenem Nachmittag. Ich sollte sagen, dass sie *immer* schön ist und dass es völlig egal ist, was sie anhat, aber das gehört zu den Dingen, die Männer sagen, weil die Wahrheit einfach nicht nett wäre. Manchmal sieht Maya ein bisschen aus wie ein frisch geschlüpfter Leguan mit zusammengekniffenen Augen und aufgedunsenen Wangen, zum Beispiel morgens, wenn wir zur ersten Stunde vor unserem Kursraum auf die Schulglocke warten.

Aber an diesem Nachmittag sah sie in meine Bettdecke gewickelt viel schöner aus, als sie angezogen jemals ausgesehen hatte.

Wir konnten nicht aufhören, uns zu berühren. Ich entwickelte allmählich großes Interesse an den Körperteilen, die sonst nur wenig Aufmerksamkeit bekommen. Wie ihre Handgelenke oder die sehr empfindliche Stelle an ihrer Kniekehle. Ich genoss es, zu wissen, dass nur ich sie dort berühren durfte. Manchmal schwiegen wir lange und zufrieden, während sie meinen Bauch streichelte und ich ihr Haar um meinen Zeigefinger wickeln durfte. Sie roch wundervoll, nicht nach Parfüm oder Duschgel, sondern nach ihr.

Ich hatte das Gefühl, ich könnte ihr alles erzählen, zum Beispiel, was ich wirklich in der Kirche sah, wenn ich dort die Augen schließen musste, oder warum ich so schreckliche Kopfschmerzen hatte und oft nicht schlafen konnte. Alle Ängste, die mich je gequält hatten. In diesen Momenten war ich mir sicher, dass sie mich verstehen und sich nichts zwischen uns ändern würde, aber etwas hielt mich dennoch zurück. Ich wollte ihr all das nicht erzählen, wenn ich glücklich war. Es hätte uns beide traurig gemacht und dann wäre dieser Nachmittag nicht der Tag gewesen, an dem ich Maya mein Herz geöffnet hatte, sondern der Tag, an dem sie herausfand, dass ich krank und kaputt war.

Als sie gehen wollte, hielt ich sie zum Spaß davon ab, ihre Kleider anzuziehen. In dem daraus resultierenden Ringkampf hatte ich einen unfairen Vorteil. Arme Maya.

Mom und Paul kamen eine halbe Stunde nachdem

Maya gegangen war nach Hause. Sie hatten Pizza mitgebracht und Paul und ich ignorierten meine Mom höflich, die darauf bestand, dass zwei XL-Pizzen viel zu viel für uns waren, und dann eine Pizza ganz alleine aufaß. Danke, Paul. Ohne ihn wären wir wahrscheinlich verhungert.

In dieser Nacht kam Maya wieder in mein Schlafzimmer, aber statt in mein Bett zu steigen, nickte sie mit dem Kopf in Richtung Fenster und kletterte am Spalier wieder nach unten. Ich folgte ihr zur Einfahrt und dann zu dem kleinen Park am Rand unseres Viertels. Es war kühl; sie trug keinen Pullover und schien zu frieren. Sie schaute zu mir herüber, grinste mich an und rannte dann los, auf die Baumreihe am Ende des Parks zu. Als ich noch klein war, durfte ich nur bis zu diesem Punkt gehen, wenn ich alleine unterwegs war, und aus irgendeinem Grund spürte ich diese alte Grenze in mir.

Ich folgte ihr auf die andere Seite der Bäume, wo die Straße eine Kurve macht und in die Schnellstraße mündet. Maya rannte immer weiter. Sie war weit, weit vor mir, und als ich nach ihr rief, reagierte sie nicht. Ich rannte ihr nach.

Und dann sah ich sie direkt auf die stark befahrene Schnellstraße laufen.

Ich schrie ihren Namen, aber sie verwandelte sich in Dampf, als ein Lastwagen durch sie hindurchfuhr.

Es dauerte einige Zeit, bis ich begriff, was gerade passiert war. Ich hatte keinen einzigen Moment an ihrer Echtheit gezweifelt. Es war mir nicht seltsam vorgekommen, dass sie vor mir wegrannte. Sie hatte ihre Schuluniform getragen und nicht einmal das hatte mich stutzig gemacht.

Ich hatte nur einen Gedanken im Kopf gehabt: Ich muss ihr folgen.

Konnte es sein, dass Maya nicht real war? Ich kletterte in mein Zimmer zurück und bekam die ganze Nacht den Gedanken nicht mehr aus dem Kopf, dass ich sie erfunden hatte. Mir tat alles weh, weil ich geradezu besessen von der Idee war, dass sie vielleicht nicht existierte. Mit meiner Mom wollte ich nicht darüber reden, denn falls ich meine Freundin wirklich halluziniert hatte, wollte ich nicht, dass sie davon erfuhr. Ich war mir beinahe sicher, dass meine Mom schon mal nach ihr gefragt hatte. Sie war zum Abendessen und zum Lernen bei uns gewesen. Mom wusste, dass Maya existierte. Sie wusste es, auf jeden Fall. Aber die kleine Stimme in meinem Kopf fragte immer wieder: *Bist du sicher?*

Ich kam früh in der Schule an und wartete mit hämmernden Kopfschmerzen auf Maya. Als sie endlich eintraf, wartete ich darauf, dass jemand etwas zu ihr sagte. Irgendetwas. Jemand anderes musste sie vor mir sehen und auf sie reagieren.

Zum Glück ging Schwester Helen an ihr vorbei und ich hörte sie sagen: »Guten Morgen, Maya.«

»Wir kriegen noch Ärger, wenn du mich in der Schule so abknutschst«, sagte Maya, als ich sie endlich wieder absetzte. »Es gibt Regeln, weißt du? Du darfst mich nicht immer und überall anfassen.« Sie grinste und verschränkte ihre Finger mit meinen.

Ich weiß nicht, was dieser Eintrag Ihnen sagen wird. Wahrscheinlich, dass man mich nicht alleine lassen sollte, und vielleicht auch, dass ich stärkere Medikamente brauche. Mir wäre es am liebsten, wenn Sie mich nach der

Lektüre einfach für einen hormongesteuerten Teenager halten würden. Tun Sie doch einfach so, als sei das alles, was ich bin. Das wüsste ich sehr zu schätzen.

33

DOSIERUNG: 3,5 mg. Dosierung und Verhalten unverändert.

24. April 2013

Sie brauchen sich nicht so anzustrengen. Wenn Sie in diesen Sitzungen Ihr Mittagsschläfchen nachholen, würde das niemand merken. Ich verpetze Sie sicher nicht.

Ich fühle mich geehrt, dass Sie sich wieder einmal so große Mühe gegeben haben, zu mir durchzudringen, aber eine Kunstausstellung? Riskant, selbst wenn ich, na ja, *normal* wäre. Es hätte durchaus sein können, dass Sie nur Ihre Zeit verschwenden.

Meine Mom fand es toll, dass Sie mit mir dort hingegangen sind. Sie hätten hören sollen, wie sie von Ihrem innovativen Therapieansatz geschwärmt hat und davon, dass Sie mich offenbar wirklich erreichen. Aber mir wäre es lieber gewesen, wenn mir die Kunstwerke selbst gefallen hätten. Der Umstand, dass jemand wie ich diese Bilder gemalt hat, macht sie nicht schöner und den Künstler nicht weniger verrückt. Ich hätte wie üblich beinahe alles ruiniert, weil ich die erste Ausstellung, in die Sie mich geschleppt haben, nicht besonders toll fand.

Aber zu meiner Verteidigung muss ich anmerken, dass es nur Penisblumen waren. Riesige Gemälde von schlaff herabhängenden Penissen mit Blumenkronen um die Eichel. Die traurigsten Blumen, die ich jemals gesehen habe.

Ich würde wirklich gerne angemessen auf diese Kunst reagieren, also sagen Sie mir doch bitte, was ich empfinden soll. Das wäre super. Ich nehme mal an, es sollte mich trösten, dass diese Künstler anderen Menschen zeigen können, was sie in ihrem Kopf sehen. Richtig? Und weil sie alle schizophren sind, soll mich ihre Fähigkeit anrühren, über die Grenzen ihrer Krankheit hinauszuwachsen und etwas Schönes zu erschaffen.

Das Bild von der brilletragenden Katze im Garten soll mich dazu ermutigen, den Wahnsinn in mir zu akzeptieren. Aber eigentlich denke ich nur: *Wen interessiert diese Katze?* Und die Antwort ist: Niemanden. Niemand interessiert sich für diese Katze. Nicht einmal der Künstler hat sich wirklich für diese Katze interessiert.

Ich glaube, ich weiß, was los ist. Mein letzter Eintrag hat Ihnen Angst gemacht. Diese Woche haben Sie anders gewirkt als sonst, wenn Sie mein Gekritzel lesen. Sie sahen aus, als hätten Sie Angst davor, dass mir die Dinge allmählich entgleiten. Aber glauben Sie wirklich, dass die Lösung dafür ist, mir Kunstwerke anderer Schizophrener zu zeigen?

Ich fand die Bilder gruselig.

Warum malt der eine so viele unförmige Penisse mit Blumenhüten? Und der Typ, der die ganzen Katzen gemalt hat, der ist wirklich durch den Wind. Ich fände es gut, wenn der Künstler bei seinem Bild stehen und mir sagen würde, was zum Teufel er sich dabei gedacht hat.

Wenn die Katze in Wahrheit ein U-Boot ist und die Penisse Leute darstellen sollen, dann wüsste ich das gerne, denn diese Bilder ohne Erklärung und Kontext einfach so zu betrachten ist ziemlich dämlich.

Und ich kann es nicht ausstehen, wenn andere Leute einem sagen, was der Künstler mit seinem Werk ausdrücken wollte. Zum Beispiel die Ausstellungskuratorin, die vor dem Bild mit der schlaffen Penisblume stand und den Besuchern erklärte, die Blume symbolisiere die Abtrennung des Künstlers von der Welt der Wissenschaft, nachdem er seine Diagnose erhalten hatte.

Es ist eine welke Blume mit einem Penis als Stiel. Das könnte alles Mögliche bedeuten, oder auch nur, dass er eben gerne traurige Penisse malt und das mit Blumen überdecken wollte.

Soll doch lieber der Künstler kommen und sagen: Ja, so konnte ich die Traurigkeit ausdrücken, die mich übermannt hat, als mir meine Professur an der Notre Dame aberkannt wurde, weil ich nackt auf dem Campus herumgelaufen war. Das wird natürlich schwierig, wenn der Künstler bereits tot oder zu verrückt zum Reden ist, aber dann sollten wir die Bilder einfach so betrachten. Und nicht so tun, als verstünden wir sie.

Ich will es nur von ihm hören. Ich will nicht, dass irgendjemand, der keine Ahnung hat, was seine Werke bedeuten, für ihn spricht. Der Künstler hat wahrscheinlich den ganzen Rest seines erbärmlichen Lebens versucht, die Leute dazu zu bringen, ihm zuzuhören. Aber das taten sie nicht, weil er verrückt war. Also malte er eben. Und statt ihm zu erlauben, ganz genau zu erklären, was seine Werke bedeuten, überlassen sie diese Aufgabe einer Lady mit einem Bachelor in Kunstgeschichte und einem hässlich grünen Blazer.

Aber vielleicht waren die Freak-Künstler ja gar nicht der eigentliche Grund für unseren Ausflug. Vielleicht wollten Sie mir vor allem die andere Ausstellung zeigen. Die Kochkunst-Ausstellung.

Ich habe noch nie zuvor solches Essen gesehen. Die Kuchentürme waren ziemlich beeindruckend. Und die Reihen perfekter Obsttörtchen, die wie Edelsteine leuchteten. Sie gehören wirklich in eine Ausstellung. Noch nie habe ich so schönes Gebäck gesehen.

Alles war unglaublich bunt. Als hätten die Köche und Bäcker LSD eingeworfen und ihre Zutaten mit psychedelischer Farbe bemalt. Aber mir hat es gefallen. Ich fand es toll, wie fein säuberlich alles aufgereiht war. Eine Armee aus Nahrungsmitteln.

Was mir am besten daran gefällt, ist, dass ich das auch kann. Im Gegensatz zur meisten anderen Kunst ist dies hier zugänglich für mich. Diese Kunst war schön, weil sie echt war.

Na ja, wie dem auch sei. Danke, dass Sie mit mir dort waren.

DOSIERUNG: 3,5 mg. Unverändert.

1. Mai 2013

Ja, mir geht's gut. Wie schon gesagt, fühle ich mich besser, wenn ich backe, weil ich mich dann durch nichts ablenken lasse.

Und Windbeutel klingen vielleicht einfach, sind aber ziemlich kompliziert zu machen. Selbst wenn der Teig gelingt, weißt du nie, ob genug Füllung drin ist. Ich musste ein paar aufschneiden, bis ich wusste, dass sie mir gelungen waren.

Dabei hatte ich Publikum. Rebecca beobachtete mich von ihrem Hocker aus und lächelte hin und wieder die Zutaten an. Sie runzelte die Stirn, als die Mafiosi in die Küche stürmten und ein paar Salven in die Decke feuerten. Putzbrocken fielen krachend ins Spülbecken.

»Du kannst mich nicht ewig ignorieren«, sagte der Mafiaboss. Aber ich füllte einfach weiter meine Windbeutel und irgendwann stellte er sich in eine Zimmerecke und beobachtete die Feierlichkeiten.

Ihnen ist wahrscheinlich klar, dass ich mich vorher nicht besonders auf diese Babyparty gefreut hatte. Ich musste zwar weder das Essen servieren noch die Gäste unterhalten oder an einem der absurden Spiele teilnehmen, aber auch das Ereignis selbst entsprach nicht gerade meiner Vorstellung von Spaß. Aber ich hatte meine Mom noch nie so sehr auf eine Party hinfiebern sehen und meine Desserts waren fantastisch.

Pauls Mutter wurde sofort ins Wohnzimmer bugsiert und zu den restlichen Gästen gebracht, bevor sie ihren rassistischen, homophoben Mund – der zufällig aussieht wie ein Hundeanus – aufmachen konnte.

Sie nickte mir knapp zu und wurde dann von Moms Freundin Mauve in die Feierlichkeiten eingebunden. Ja, Mauve ist ein lächerlicher Name, der nicht auf meiner Vorschlagsliste stehen wird, wenn es ein Mädchen werden sollte. Pauls Mutter saß stocksteif auf der Couch und begann sofort, auf Janice, die ehemalige Chefin meiner Mom, einzureden. Janice ist der netteste Mensch der Welt. Ich hätte sie gerne gewarnt, aber dafür hätte ich ins Wohnzimmer gehen müssen und dazu war ich nicht bereit. Ich musste einfach hoffen, dass Janices Freundlichkeit auch einen längeren Kontakt mit Pauls Mutter unbeschadet überstehen würde.

Maya stürmte ein paar Minuten später ins Haus. Sie trug das wahrscheinlich scheußlichste Sommerkleid, das ich je gesehen habe, was ich ihr nicht sagte. Ich wartete, bis meine Mom sie begrüßt hatte, bevor ich ihr winkte. Dann reichte ich ihr einen Teller mit Windbeuteln und wir beobachteten das Partygeschehen wie zwei Besucher in einem exotischen Zoo.

Dwights Mom kam herein und sie sah aus wie ein blasser, dürrer Storch. Sie winkte uns zu und mischte sich dann unter die quietschenden Frauen, die meine Mutter umringten. Ich hatte Dwight von der Party erzählt und gesagt, er könne auch gerne kommen, falls er nichts Besseres vorhätte. Wie zum Beispiel Nadeln in seine Augen stecken oder Durchfall bekommen, oder ABSOLUT ALLES andere.

Aus unerfindlichen Gründen lehnte er dankend ab.

Ich musste mir schon wieder Still-Geschichten anhören, weil meine Mom eine Milchpumpe geschenkt bekam. Und dann kritisierte eine Frau in einer Ecke des Zimmers eine Dame, die in der anderen Ecke saß, weil die Milchpulver benutzt hatte, und schon drohte die Stimmung zu kippen. Alle wirkten peinlich berührt. Sogar Maya, die normalerweise überhaupt nicht auf so etwas achtet, beugte sich vor und sagte mit leiser, unheilschwangerer Stimme: »Blut im Wasser. Die Haie kreisen.«

Aber Mauve war ein echter Profi. Genau in diesem Moment forderte sie alle zu einem neuen Spiel auf, während meine Mom ihre Geschenke auspackte. Bei dem Spiel ging es darum, die Marke eines geschmolzenen Schokoriegels in einer Windel zu identifizieren. Ich werde niemals verstehen, was daran witzig sein sollte.

Mein Kopf schmerzte hin und wieder, aber es war nicht allzu schlimm. Maya lenkte mich ab, indem sie mich über die Gäste ausfragte und ein paar roboterhafte Bemerkungen machte.

»Tja, du wirst wahrscheinlich nicht mehr viel schlafen, wenn das Kind da ist. Wenn es weint, dann wachst du wahrscheinlich auf. Ging mir jedenfalls mit meinen Brüdern so.«

»Danke, Maya.«

»Und wenn es dann mal schläft, bist du noch viel nervöser. Ist das nicht irre?«

»Wie bitte?«

»Du wirst jedes Mal, wenn du am Kinderzimmer vorbeigehst, nachschauen, ob es noch atmet.«

»Babys atmen nicht?« Das war eine ernst gemeinte Frage. Ich hatte keine Ahnung, wozu Babys fähig waren.

»Sie atmen sehr flach. Manchmal ist es schwer zu erkennen.«

»Na toll.«

Es ist nicht immer die beste Idee, mit Maya über solche Sachen zu reden. Sie ist ein bisschen zu sachlich und zu direkt. Ich will nicht, dass die Leute mir etwas vorlügen, aber ich fände es auch in Ordnung, wenn ich nicht hören müsste, dass ich mir Sorgen um ein Kind machen werde, das nicht mein eigenes ist. Sie hätte es ein bisschen schönreden können. Als ich ihr das sagte, antwortete sie nur achselzuckend: »Aber das *ist* dein Kind. Deine Mom und Paul werden dir viel mehr Verantwortung übertragen, als Geschwister normalerweise bekommen. Du bist alt genug und sehr vernünftig. Du kriegst das schon hin.«

Und da war es, das schlechte Gewissen. Ich würde nicht so mithelfen können, wie ich sollte. Und ich konnte nicht der große Bruder sein, den meine Mom für ihr Baby brauchte.

Obwohl ich wirklich gut klarkomme und das Medikament immer noch funktioniert, werden sie mich nie mit ihrem Baby allein lassen. Das Kind wird von Anfang an wissen, dass ich anders bin. Vielleicht fühlt es sich irgendwann sogar verpflichtet, sich um mich zu kümmern.

Solche Gedanken quälten mich bis zum Ende der Party.

Maya sagte zwar nichts, aber ich spürte, dass sie gerne gewusst hätte, worüber ich nachgrübelte. Trotzdem sagte ich es ihr nicht. Also änderte sie das Thema.

»Übrigens, bald ist Schulball. Du gehst mit mir hin, oder?«, fragte sie und zog eine Augenbraue hoch.

»Sollte *ich* dich das nicht fragen?«

»Eigentlich schon.«

»Warum hast du es dann gemacht?« Ich hatte den Schulball komplett vergessen.

»Oh, entschuldige. Leg los.« Sie lehnte sich abwartend zurück.

»Jetzt ist die ganze Romantik hin.«

Sie verdrehte die Augen. »Dann frage *ich* eben noch mal: Willst du mit mir zum Schulball gehen?«

»Mir fehlt immer noch die Romantik, Maya.«

»Sei kein Dödel«, sagte sie, aber ihre Lippen zuckten.

»Okay, von mir aus.«

Sie küsste mich und nannte mich einen Idioten. Dann verließ sie die Feier mit einem Tablett voll Nachtisch, nachdem sie sich von meiner Mom verabschiedet hatte.

Pauls Mutter schaute ihr skeptisch nach. Sie sprach das Wort »Filipina« langsam und überdeutlich aus, ließ dabei jede Silbe genüsslich über ihre verschrumpelte Zunge gleiten, bevor das Wort ihrem Mund entschlüpfte. Ich versuchte, sie zu ignorieren.

Alle waren begeistert von meinen Desserts. Und alle jubelten, als Paul »unerwartet« mit einem Strauß Rosen auftauchte, die meine Mom dankend annahm und in eine Vase stellte, die bereits mit Wasser gefüllt war. Das war Mauves Idee gewesen und meine Mom hatte eingewilligt, obwohl sie Schnittblumen hasst.

Als alle Gäste gegangen waren, begann Pauls Mutter zu reden.

»Nun ja, ihr habt wirklich einiges bekommen. Wir hatten nicht so viel Babyausstattung nötig, als mein Paulie ein kleiner Junge war.«

Meine Mom nickte zustimmend und verzog das Gesicht nur ein bisschen, als sie den Namen »Paulie« hörte. Sie findet es furchtbar, wenn erwachsene Männer immer noch ihre niedlichen Babynamen tragen.

»Ist es nicht allmählich an der Zeit, dass ihr euch um die Wohnsituation nach der Geburt des Babys kümmert?«, fragte Pauls Mutter mit der nervenden Quakstimme, in die sie immer verfällt, wenn sie etwas Unangenehmes sagt. Meine Mom und Paul versuchten gerade, die Babyschaukel zusammenzubauen, die sie bekommen hatten, und schienen ihre Worte gar nicht zu registrieren. »Ihr könnt nicht einfach so tun, als würdet ihr mich nicht hören.«

»Das tun wir nicht, Mutter. Wir warten nur darauf, dass du zum Punkt kommst«, sagte Paul.

»Wo wird er wohnen, wenn das Baby da ist?« Sie schaute mich bei diesen Worten vielsagend an und ich schwöre, ich hörte meine Mutter wie eine wütende Katze fauchen.

Das war's.

Vor diesem Moment war es ein angenehmer, von Gelächter erfüllter Nachmittag gewesen. Aber das hatte jetzt ein Ende.

»Ich hoffe sehr, dass du nicht über meinen Sohn redest.«

Meine Mom ist nett. Meistens. Aber sie kann auch sehr schnell verdammt furchterregend werden.

»Nein, natürlich nicht«, sagte Paul. Er starrte seine Mutter wütend an. Sie blieb völlig ungerührt.

»Natürlich tue ich das«, sagte sie. »Wenn ihr das Leben meines Enkelkindes in Gefahr bringen wollt ...«

Und ab diesem Punkt wurde es ziemlich hitzig. Sehr hitzig, um genauer zu sein. Ich hatte nicht einmal Zeit, wegen ihrer Anschuldigung wütend zu werden, weil meine Mom sofort durchdrehte und meinem ungeborenen Geschwisterchen ein paar erstaunlich saftige Kraftausdrücke beibrachte. Ich war ziemlich stolz auf sie. Paul musste seine Mutter aus dem Haus zerren, bevor meine Mom sie umbringen konnte.

Danach saß ich eine Weile schweigend mit ihr am Küchentisch. Sie drückte mir die Hand, ich erwiderte den Druck. Aber wir sprachen nicht. Ich glaube, wenn sie versucht hätte, zu reden, hätte sie geweint.

Als Paul zurückkam, ging meine Mom ohne ein Wort in ihr gemeinsames Schlafzimmer und knallte die Tür hinter sich zu.

Paul seufzte und holte sich ein Bier und ich stellte ihm die Frage, über die er sich wahrscheinlich gerade Gedanken machte. »Hast du Angst davor, dass dein Kind vielleicht so wird wie ich?«

»Wie du? Nein.«

»Bist du da sicher?«

»Adam, es ist nicht dein Einfluss, über den ich mir Sorgen mache. Ich glaube, wir wissen beide, dass meine Mutter selbst an ihren normalsten Tagen doppelt so verrückt ist wie du.«

Etwas Unkorrekteres hätte er kaum sagen können und vermutlich wurde ihm das in dem Moment klar, da die Worte seinen Mund verließen. Aber wir lachten trotzdem und waren froh, dass meine Mom den Augenblick nicht mit durchaus angebrachter Empörung ruinierte. Doch irgendwo in meinem Hinterkopf dachte ich nur: *Das werden wir ja sehen.*

35

DOSIERUNG: 3 mg. Dosis zur Ausschleichung reduziert.

8. Mai 2013

Mir geht's gut.

Eine der vielen Auszeiten, die unseren Schulalltag erträglicher machen, ist der jährliche Besuch der Kolumbusritter. Maya sagt, dass sie alle katholischen Schulen des Bundesstaats abklappern und schon an die St. Agatha gekommen sind, als sie noch klein war. Es waren drei alte Männer mit Pergamenthaut und Knubbelknien aus der hiesigen Ortsgruppe, die in ihren marineblauen Anzügen mit Anstecknadel dicht beieinanderstanden. Dwight als Kolumbusknappe musste vor der Tafel neben ihnen stehen. Auch er trug einen marineblauen Blazer mit Anstecknadel.

Er sah aus, als wäre er am liebsten im Erdboden versunken. Ian und ein paar andere Jungs standen ebenfalls vorne, aber Ian wirkte nicht verlegen. Er sah nur gelangweilt aus.

Diese alten Kerle machen es einem allerdings nicht leicht, sie zu verachten. Sie setzen sich für wohltätige Zwecke ein und stecken eine Menge Geld in die lokale Wirtschaft. Außerdem handelt es sich zum größten Teil um harmlose, alte Männer, die dem Verein beigetreten sind, weil ihre Väter das wollten. Sie sind viel zu alt, um großen Schaden anzurichten. Und trotzdem. Irgendwie sind sie unheimlich.

Ich erinnere mich noch an die Plakataufsteller, die sie vor unserem Supermarkt platziert hatten. Meine Mom schüttelte abwehrend den Kopf und schob mich schnell zum Auto, bevor einer der Ritter uns einen Button anbieten konnte. Sie mochte diese Leute nicht. Ich glaube, das liegt daran, dass diese Leute sich immer als familienfreundlich präsentieren, damit aber nur Familien meinen, die genauso sind wie ihre eigenen. Und vielleicht auch daran, dass sie so gerne das 3. Buch Mose zitieren.

Der älteste und gebrechlichste der drei öffnete den Mund und begann zu reden. Einen Augenblick lang war ich davon überzeugt, dass seinen Lippen nur eine Staubwolke entweichen würde, aber für einen alten Mann war er ziemlich rüstig.

»Wir sind heute hier«, sagte er mit einer Stimme, die wie die Aufnahme eines Flugschreibers klang, »um mit euch über die Möglichkeit zu reden, Kolumbusknappen zu werden. Oder Knappinnen natürlich.« Er grinste ein Mädchen in der ersten Reihe an und erzählte uns dann von der Geschichte der Organisation und dem Essay-Wettbewerb, den sie jährlich ausrichtete.

Ich habe folgendes Problem. Ich fühle mich immer schuldig, wenn ich schlecht über alte Leute denke, egal, wie sehr ich sie verabscheue. Als wäre ich darauf programmiert worden, das Alter als eine Tugend zu respektieren, von Pauls bösartiger Mutter einmal abgesehen. *Du sollst Respekt vor Älteren haben.* Sollte es nicht lieber heißen: *Du sollst Respekt vor allen haben*?

Aber jedes Mal, wenn ich in ihre traurigen, elenden, alterstrüben Augen blicke, vergesse ich, dass alt sein einen nicht automatisch zu einem guten Menschen macht. Hohes Alter ist für sich betrachtet nicht unbedingt eine bewundernswerte Eigenschaft. Manchmal bedeutet es nur, dass man zu stur war, um sich von irgendetwas töten zu lassen.

An diesem Punkt hatten meine Gedanken sich wahrscheinlich schon selbstständig gemacht. Rebecca setzte sich kerzengerade auf und griff nach meiner Hand. Sie weiß immer schon vorher, dass gleich etwas passieren wird. Eine Sekunde später kamen zwei Männer ins Zimmer und ich begriff, wovor sie Angst hatte.

Ich habe sie erst ein paarmal gesehen und hatte schon beinahe vergessen, wie sie aussahen. Diese beiden tauchen eigentlich nie auf, wenn ich allein bin, und sie sind alles andere als diskret. Gerade eben hatten sie die Tür so heftig aufgetreten, dass sie gegen die Wand knallte und nicht vorhandene Bücher aus den Regalen fielen. Auf die Gefahr hin, zu philosophisch zu klingen: Ich weiß, warum diese Halluzinationen mich besuchen. Sie tun es immer dann, wenn ich gerne aufbegehren würde, aber nicht kann.

Die beiden Gentlemen sind groß, etwas älter und tragen dreiteilige Anzüge. Der eine ist dünn, der andere fett. Und beide sind Briten, weil mein Unterbewusstsein anscheinend mit einem britischen Akzent jede Auseinandersetzung gewinnen kann.

Der dünne Mann heißt Rupert, der dicke Basil.

Ihre Namen tauchten genauso unvermittelt und ohne Erklärung in meinem Kopf auf wie die beiden.

Rupert sprang auf Schwester Catherines Schreibtisch und begann, Blätter auf den Boden zu kicken. »Nicht zu glauben, dass so etwas in einer Schule stattfinden darf. Solltet ihr nicht lieber etwas Nützliches lernen?«

»Wäre sicher nicht falsch«, sagte Basil und stopfte sich einen Muffin in den Mund. »Aber diese Gentlemen sind offensichtlich schon halb tot. Jammerschade.«

»Mein Gott, es muss schrecklich sein, wenn man so alt ist. Ständig klemmt man sich die verschrumpelten Klöten irgendwo ein.«

Basil spuckte seinen Muffin aus.

»Hey, Ru. Hör auf damit, das ist ja ekelhaft.«

»Hör ihnen doch mal zu«, sagte Rupert, die Lippen zu einem Lächeln gekräuselt. »Die Kolumbusritter. So etwas Lächerliches habe ich noch nie gehört. Wissen die überhaupt, wer Kolumbus war? Nicht gerade ein Vorbild, so viel ist sicher. Und das Essay-Thema ist die *wahre Botschaft der katholischen Kirche.*« Er rollte sich lachend vom Schreibtisch auf den Boden. »Worin besteht die deiner Meinung nach?«

»Dass man sich nicht dabei erwischen lassen sollte, wenn man kleine Jungs vergewaltigt?«, schlug Basil vor.

»Oder vielleicht, wie man unauffällig einen Papst feuert, der in der Priesterschaft einen geheimen Pädophilenring toleriert?«, schrie Rupert. Er schwang jetzt an der Deckenlampe hin und her. Basil holte eine Packung Kaubonbons aus der Tasche.

»Haaaaallloooo! Adam!«, rief Rupert mit Falsettstimme. »Was ist denn dein Beitrag zur Diskussion? Wir wären nicht hier, wenn du keinen hättest. Wahrscheinlich bist du sogar genau derselben Meinung wie wir.«

Diese Halluzinationen sind am schlimmsten. Sie geben nicht auf, bis du auf sie reagiert hast. Natürlich werden Sie einwenden, dass *ich* derjenige war, der eine Reaktion einforderte, da diese Visionen ja ein Teil von mir sind. Aber sie ließen mich einfach nicht in Ruhe. Sie jonglierten. Tranken aus einem Flachmann und sangen »Danny Boy«. Ich hasse dieses Lied. Rupert ließ sogar die Hosen fallen und streckte Schwester Catherine seinen nackten Hintern ins Gesicht.

Der alte Mann sprach immer noch weiter. Phrasen wie »Eure Pflicht als junge Katholiken« und »Den Glauben gegen die Unmoral verteidigen« flossen über mich hinweg. Seine rissigen, faltigen Lippen öffneten und schlossen sich, während ich im Augenwinkel zwei britischen Gentlemen dabei zusah, wie sie den Kursraum demolierten. Der Trick war, so zu tun, als gelte meine volle Aufmerksamkeit den Greisen vor der Tafel. Das Problem ist nur, dass Rupert und Basil sich nicht lange ignorieren lassen.

»Du warst viel lustiger, als du noch dachtest, wir wären echt«, sagte Basil und schüttelte traurig den Kopf.

»Ist sie das?« Rupert pfiff anerkennend. Er ging zu Mayas Schreibpult. »Das Mädel, das du ... du weißt schon ...« Er machte eine obszöne Geste. Die beiden lachten. »Und bei deinem ersten Mal warst du als Jesus verkleidet. Chapeau, mein Herr.«

»Ein zauberhaftes Geschöpf, so viel steht fest«, sagte Basil. Sein Bauch quoll ihm über den Gürtel.

Das war der Moment, in dem ich aufstand, mir den Toilettenpass nahm und das Klassenzimmer verließ. Alle drehten sich zu mir um, als ich eilig zur Tür marschierte. Ich spürte, wie Mayas Blicke sich in meinen Hinterkopf brannten. Ian schaute mich voller Interesse an. Der alte Mann verlor kurz den Faden seiner Rede, fing sich aber beinahe sofort wieder. Schwester Catherine versuchte nicht, mich aufzuhalten, doch ihre blonden Augenbrauen verschwanden fast in ihrer empört gerunzelten Stirn.

»Die müsste auch mal wieder vögeln«, flüsterte Basil kopfschüttelnd.

Ich ging direkt zum Waschraum und spritzte mir Wasser ins Gesicht. Natürlich folgten sie mir. Ein bisschen Privatsphäre, um meine Gedanken zu ordnen, war offenbar zu viel verlangt.

Rebecca lehnte sich an die Wand und starrte die beiden wütend an.

»Es nützt überhaupt nichts, uns so anzusehen«, sagte Rupert und streckte ihr die Zunge heraus. »Adam leidet an dieser Schule unter verbaler Verstopfung. Du weißt es. Ich weiß es. Basil weiß …« Er schaute sich suchend nach ihm um. »Wirklich, Basil? Ausgerechnet jetzt?« Basil benutzte das Pissoir neben der Tür.

»Ich musste mal«, grunzte er.

»Hast du nicht genug davon, ständig den Mund zu halten?«, fragte Rupert mich.

»Nein«, flüsterte ich.

»Oooooh, er kann reden!«, sagte Basil. »Na endlich.«

»Bitte geht weg«, sagte ich.

»Warum? Damit du dich weiter anlügen kannst?«

»Bitte geht«, sagte ich noch einmal. Ich hielt mich am Rand des Waschbeckens fest und versuchte, nicht umzukippen. Die Kopfschmerzen brandeten wie Wellen gegen meine Schläfen. Einen Moment lang dachte ich, ich wäre okay, aber dann spürte ich die Säure in meiner Kehle, drehte mich um und kotzte auf das Pissoir neben mir. Rebecca eilte herbei und legte mir eine Hand auf den Rücken. Rupert verdrehte die Augen.

»Hör zu, mein Freund«, sagte er dann und fuhr sich mit den Händen durchs Haar. »Du bist viel zu groß, um dich wie ein ängstliches Mäuschen zu benehmen.«

»Du hast gute Ideen und deine Meinung ist hörenswert. Aber ich glaube, du hast im Unterricht seit Anfang des Schuljahres noch kein einziges Wort gesagt«, meinte Basil und steckte sich ein Bonbon in den Mund. Hoffentlich hatte er sich die Hände gewaschen.

»Bitte«, flehte ich. »Ich kann das hier nicht. Ich sollte euch nicht sehen.« Der Raum begann sich um mich zu drehen und ich merkte, dass mir die Kontrolle entglitt. Wieder spürte ich das Pulsieren meiner Schläfen und die Säure in meiner Kehle. Rupert wirkte verletzt.

»Du weißt nicht mehr, was du sagst«, seufzte er. »Du willst lieber schön ruhig sein und deine Pillen nehmen, bis nichts mehr von dir übrig ist. Bis alles, das an dir schön, kreativ und interessant ist, sich in nichts aufgelöst hat. Du bist erbärmlich.«

»HAUT ENDLICH AB!«, schrie ich aus voller Kehle.

Mein Timing war sehr schlecht. Ein Drittklässler kam genau in dem Moment, als ich losbrüllte, in den Waschraum. Auf jemanden zu treffen, der gerade in einem Jungenklo herumschreit, hätte ihn wahrscheinlich schon genug geschockt. Aber ich kann mir vorstellen, dass meine Größe und die Tatsache, dass ich bei seinem Eintreten mit beiden Fäusten auf das Waschbecken einschlug, das

Ganze noch Furcht einflößender machten. Einen Moment lang dachte ich, er würde gleich in Tränen ausbrechen; dann drehte er sich um und verschwand.

Noch bevor die Tür hinter ihm ins Schloss knallte, sah ich Ian, der mich ausdruckslos anstarrte, dann schnell auf etwas in seiner Tasche drückte und sich zu der Kotzepfütze auf dem Pissoir drehte. Er wirkte nicht einmal selbstgefällig. Ich zitterte und er hatte die Augen vor Ekel weit aufgerissen. Vielleicht sogar vor Angst.

Rebecca griff nach meiner Hand und wir gingen schweigend aus dem Waschraum. Ian schob ich mit der Schulter aus dem Weg. Wir liefen so lange weiter, bis wir zu Hause ankamen. Es ist schon erstaunlich, dass deine eigenen Halluzinationen dich manchmal verletzen können, ohne dich zu berühren oder Dinge zu sagen, die du nicht sowieso schon wusstest. Als ich den Flur entlangging, konnte ich die beiden immer noch aus dem Augenwinkel sehen. Ihre Anzüge waren nur verschwommene Formen.

Feigling, flüsterten sie.

36

DOSIERUNG: 2,5 mg. Ausschleichung. Adam steht unter engmaschiger Beobachtung potenzieller Negativreaktionen auf Dosisverringerung.

15. Mai 2013

Manchmal verarbeite ich erst, was Sie zu mir gesagt haben, wenn ich wieder zu Hause bin. Wie letzte Woche. Sie haben mich nach dem anstehenden Schulball gefragt und mir erzählt, wie nervös Sie vor Ihrem ersten Highschoolball waren. Ich habe Sie ausgeblendet, weil ich keine Zeit habe, mir über solche Dinge Sorgen zu machen.

Seien Sie nicht traurig. Ich habe auch Dwight ausgeblendet, als er mir sagte, dass er mit Clare gehen wollte. Ich meine, ich habe wahrscheinlich genickt oder so, aber ich habe nichts Erhellendes zur Konversation beigetragen. Kann sein, dass ich »Wir seh'n uns dann dort« gesagt habe.

Danach tat ich so, als hörte ich zu, wie Maya über ihr Kleid sprach. Ich glaube, sie hat mir gesagt, es sei blau und trägerlos. Ein so feminines Gespräch hatte ich noch nie mit ihr geführt, doch statt anzuerkennen, dass solch ein Moment so selten wie das Monster von Loch Ness war, ignorierte ich auch sie. Ich nickte, hörte ihr zu und ließ sie in dem Glauben, dass ich mal wieder Kopfschmerzen hatte. Aber zum ersten Mal seit Monaten hatte ich tatsächlich keine. Meinem Kopf ging es gut.

Maya sagt nie das, was andere Mädchen sagen, wenn sie sich Sorgen machen. Sie fragt mich nicht aus und vor allem fragt sie nicht *Bist du sauer auf mich?*.

Das würde ihr niemals in den Sinn kommen, denn 1. findet sie es noch schlimmer als ich, ausgefragt zu werden, und 2. wusste sie, dass sie nichts falsch gemacht hatte.

Als ich nach Hause kam, zog ich zum ersten Mal seit Monaten meine Jalousien hoch und sperrte das Fenster weit auf. Meine Mom sagt, dass ich schon als Kleinkind darauf bestanden habe, die Jalousien meines Zimmers unten zu lassen. Sobald ich die Zugschnur erreichen konnte, zog ich sie runter.

Ich setzte mich auf meinen Schreibtischstuhl und beobachtete für eine ganze Weile die Leute draußen. Abends ist unsere Straße immer sehr voll. Meist sind es Kids, aber es sind auch viele Jogger unterwegs und alte Ladys, die mit ihren Hunden Gassi gehen. Es ist ziemlich laut dort draußen, das hatte ich ganz vergessen. Das Geräusch von Schritten auf dem Asphalt ist nervig und das Knirschen von Fahrradreifen auf Kies ist so unangenehm wie Fingernägel auf einer Tafel. Aber dann fiel mir wieder ein, dass ich mein Fenster nicht geöffnet hatte, um die Außenwelt zu hören. Ich wollte sie mir nur genau anschauen.

Es dauerte ein paar Sekunden, bis ich so weit war, aber ich wusste, dass es draußen auf mich wartete. Neben den Bäumen, die den Gehweg säumten, sah ich es besonders deutlich. Die hohen Grashalme vor meinem Haus begannen sich zu bewegen, als ob winzige Kreaturen zwischen ihnen hindurchkrabbelten. Ich konnte die Ränder des Wahnsinns schon immer finden, wenn ich nur genau genug hinschaute.

Die Sonne ging unter und die Straße, vor der ich mich immer zu verstecken versuche, veränderte sich. Die Lampen fluteten den Asphalt mit orangefarbenem Licht unter den riesigen Jacarandabäumen, die überall ihren violetten Blütenabfall verteilen. Dann rührten sich da auf einmal keine Gestalten mehr, die ich anstarren konnte, und die wenigen Autos, die an unserer Einfahrt vorbeiglitten, schienen sich in Zeitlupe zu bewegen, als wüssten die Leute, die unser Haus passierten, dass mit mir etwas nicht stimmte.

Ich versuchte, sie denken zu hören.

Warum glotzt er so aus dem Fenster? Was sieht er sich an?

Ich bin nicht paranoid.

Maya schickte mir noch ein paar Nachrichten wegen ihres Kleides, aber ich antwortete nicht, was sehr ungewöhnlich für mich ist. Ich hatte ihr gesagt, dass sie einen Smoking für mich aussuchen sollte und dass ich ihn noch vor Samstag abholen würde.

Aber heute Abend war etwas anders als sonst.

Ich schaue auf mein Viertel hinaus und warte darauf, dass noch etwas passiert. Bis es dann endlich so weit ist. Diesmal kommt es sehr subtil. Keine bekannten Gestalten stürmen über die Straßen und die Stimmen bleiben stumm, aber der Boden unter meinen Füßen beginnt zu wogen. Ich spüre, wie er atmet. Sogar die Dunkelheit ist intensiver als sonst. Alles ist lebendig.

Der Duft des Nachtjasmins vor meinem Fenster erinnert mich an Maya. Sie sagt, es sei ihr absoluter Lieblingsduft, und einen Augenblick lang fühle ich mich beinahe gut, bis ich mich wieder daran erinnere, was mir bevorsteht.

Mein heutiges Treffen mit den Ärzten verlief nicht sehr gut. Sie stellten mir eine Menge Fragen, aber diesmal schien sich niemand für meinen Sexualtrieb zu interessieren. Im Gegensatz zu 65 Prozent aller Schizos in der Studie geht es mir mittlerweile nicht mehr stetig besser, was sie schon wussten, weil meine Ergebnisse auf eine abgeschwächte Wirkung der Behandlung hindeuteten. Mein Körper wird allmählich gegen das Medikament immun.

Sie haben das Datum festgesetzt, an dem ich keine Pillen mehr bekomme. Sie können mir nicht zu einer Weiterführung der Behandlung raten, da ich schon einmal Herzprobleme als Nebenwirkung hatte.

Also starrte ich aus dem Fenster und hörte das Summen, mit dem immer neue Nachrichten von Maya auf meinem Handy eintrafen, weil ich nicht antworten wollte. Rebecca berührte meine Hand.

»Wie fühlt es sich an, zuzusehen, wie deine Welt in sich zusammenfällt, und zu wissen, dass du nichts dagegen tun kannst? Ich stelle mir das sehr seltsam vor.« Das war Rupert, der mit einer brennenden Zigarette im Mund gelangweilt auf meinem Bett lag. Basil hockte an die Wand gelehnt auf dem Boden, schnarchte und kratzte sich im Schlaf an seinem Sack.

»Lass ihn in Ruhe«, sagte Jason.

»Wieso?«, fragte Rupert. »Schau ihn dir doch an. Er ist sowieso schon wütend. In ihm brodelt so viel Wut, dass sie beinahe aus ihm herausbricht.« Er kam zu mir, legte mir die Hände auf die Schultern und schaute mir in die Augen. »Er würde am liebsten herumschreien und alles kaputt machen.«

»Das ist nicht gerade hilfreich«, murmelte Jason.

»Wir sind nicht dazu da, ihm zu helfen«, sagte der Mafiaboss, der auf einmal neben dem Fenster stand. »Wir sind nicht dazu da, um irgendetwas zu tun. Wir sind einfach nur hier. Immer hier.«

»Ich weiß!«, schrie ich auf. »Ich halte das nicht mehr aus, verdammt! Hört auf zu reden! Ihr alle. Bitte seid still.«

Danach war es ruhig und es waren nur noch Rebecca und ich im Zimmer. Wir hörten den singenden Stimmen zu und ich machte mich daran, Mayas Nachrichten zu beantworten.

37

DOSIERUNG: Unbekannt.

22. Mai 2013

Es ist was Schlimmes passiert.

Krankenhäuser riechen komisch. Nach Pisse und Desinfektionsmittel.

Ich muss Ihnen sagen, dass ich nicht mehr der Mensch bin, den Sie kennen. Das wissen Sie zwar schon, aber ich verspüre den Drang, es Ihnen trotzdem zu sagen, nur damit Sie wissen, dass ich es auch weiß. Ich nehme nicht mehr dasselbe Medikament, also bin ich ziemlich müde. Das andere Zeug, das sie mir jetzt geben, fühlt sich komisch an. Ich habe ins Bett gemacht, als ich hier ankam. Das ist eine der coolen Nebenwirkungen. Man spürt nicht mehr richtig, dass man pinkeln muss.

Mir war nicht klar, dass Sie meiner Mom von unseren stummen Sitzungen erzählt haben, aber irgendwie hätte ich es mir auch denken können. Sie lässt nicht wirklich zu, dass jemand etwas vor ihr geheim hält. Ich bin mir sicher, dass Sie es nicht geschafft hätten, diesen kleinen Teil unserer Beziehung zu verschweigen, selbst wenn Sie gewollt hätten. Meine Mom weiß Bescheid. Deshalb schicke ich diesen Eintrag per Mail, anstatt Ihnen meine Zeilen persönlich in die Hand zu drücken.

Meine liebe Mom. Selbst wenn alles den Bach runtergeht, will sie, dass ich weiter zur Therapie gehe. Das ist Teil ihrer andauernden Mission, an deren Ende mein Wohlbefinden steht. Wahrscheinlich, weil sie sich dafür verantwortlich fühlt, dass ich so kaputt bin. »Wie geht's meinem Jungen?«, hat sie gefragt. Als hätte sich nichts verändert.

Sie hat mir meinen Laptop mitgebracht und gesagt, ich solle genau dasselbe machen wie sonst auch. Als ich meinte, dass ich normalerweise nur die Fragen beantworte, die Sie mir in der vorigen Sitzung gestellt haben, hat sie gesagt, dann solle ich mir eben Fragen ausdenken.

Ich sagte darauf so etwas wie: »Den Rest meines Lebens habe ich mir ja auch ausgedacht. Warum sollte das hier also anders sein?« Tja, sie fing an zu weinen und ich weinte auch. Und Rebecca, die schon vorher geweint hatte, zerfloss geradezu in Tränen.

»Ich weiß nicht, was ich deiner Meinung nach schreiben soll.«

»Sag ihm einfach, was passiert ist.«

»Das hast du ihm doch schon gesagt.«

»Er sollte es aber von dir hören.«

»Gehört hat er mich genau genommen noch ...«

»Schreib es einfach auf, Adam!«

So streng hat sie noch nie mit mir geredet und ich spürte die Reue, die sofort in ihr aufstieg, weil sie die Stimme gegen mich erhoben hatte. Aber irgendwann kam Paul ins Zimmer und nahm sie mit, um eine Tasse Tee zu holen. Kräutertee. Sie will erst wieder Earl Grey trinken, wenn das Baby auf der Welt ist. Wegen des Koffeins, Sie wissen schon. Mütter geben für ihre Kinder eine ganze Menge auf.

Schlussendlich musste ich mir dann doch nichts ausdenken. Danke übrigens, dass Sie mich besucht haben. Ich weiß nicht genau, was ich im Moment alles bekomme, aber an der Art, wie Sie mein Patientenblatt gelesen und dabei den Kopf geschüttelt haben, erkenne ich, dass es ziemlich heftiges Zeug ist. Deshalb war ich auch so weggetreten. Ich bewundere immer noch, wie Sie es schaffen, zu reden, während ich schweige. Sie haben mich nach wie vor nicht aufgegeben. Die Pause, die Sie nach Ihren Fragen einlegen, ist so optimistisch und zuvorkommend, dass mich das beinahe traurig macht. Und: Respekt. Die Whiteboards waren eine ziemlich gute Idee.

Als Sie mir eines gaben und begannen, auf dem anderen zu schreiben, war ich tatsächlich ein bisschen beeindruckt. Okay, wenn Ihnen das schon vor ein paar Monaten eingefallen wäre, hätten wir wahrscheinlich einen riesigen Durchbruch erzielt, aber besser spät als nie, richtig? Ihnen zu schreiben, während ich vor Ihnen sitze, war schräg. Ihre Handschrift ist übrigens fürchterlich. Oh, und falls das alles nicht wirklich passiert ist, sagen Sie es mir bitte.

ICH: Sind Sie echt?

DOC: Jepp

ICH: Wie kann ich mir da sicher sein?

DOC: Gar nicht, leider

ICH: Warum sind Sie hier?

DOC: Ich wollte nachsehen, wie es dir geht

ICH: Aber im Moment sind Sie dazu nicht verpflichtet, Doc

DOC: Ich weiß

ICH: Fühlen Sie sich schuldig?

DOC: Das ist das falsche Wort

ICH: Haben Sie Angst?

DOC: Nein

ICH: Sind Sie enttäuscht?

DOC: NEIN!

ICH: Was dann?

DOC: Wütend

ICH: Auf mich?

DOC: Natürlich nicht

ICH: Auf wen dann?

DOC: Das Universum

ICH: Ich bin auch wütend

DOC: Willst du darüber reden?

ICH: Nein

Als wir beide losgelacht haben, war das mein erstes Lächeln seit meiner Einlieferung. Danke dafür, Doc.

Aber vielleicht müssen wir allmählich den Tatsachen ins Auge blicken. Ich befinde mich nicht auf dem Weg der Besserung. Das Wundermittel, das mein Leben verändert hat, war leider nicht so wundersam wie erhofft.

Sie wollen erfahren, was auf dem Schulball passiert ist, dabei wissen Sie es schon. Eigentlich müsste es mich ärgern, dass ich Ihnen Dinge erzählen soll, die Sie längst wissen, aber ich bin gerade so derartig high, dass ich es einfach tun werde. Ich nehme an, ich soll in meinen eigenen Worten davon berichten, damit Sie meine Akte ein für alle Mal schließen und mit einem scharlachroten »V« für »verrückt« kennzeichnen können. Los geht's.

Ich wusste, dass sie bald den Hahn zudrehen würden, also habe ich mir für den Schulball ein paar ToZaPrex aufgespart. Ich merke es erst einen Tag später, wenn ich eine Dosis auslasse, also habe ich zwei Wochen lang nur jeden zweiten Tag eine genommen.

Ich holte alle Pillen, die ich aufgespart hatte, aus der hintersten Ecke meines Wandschranks und nahm sie auf einmal, weil ich der Überzeugung war, dass ich so sämtliche Nebenwirkungen loswerden würde, an denen ich in letzter Zeit gelitten hatte.

Mom und Paul hatten schon entschieden, dass ich nicht zum Schulball gehen durfte. Das war einer dieser Es-ist-zu-deinem-Besten-Momente. Mom weinte und trug mir auf, Maya zu informieren, was ich im Nachhinein wahrscheinlich hätte tun sollen. Stattdessen sagte ich ihnen, ich hätte Maya schon längst alles erklärt. Aber in Wahrheit hätte ich es niemals übers Herz gebracht, sie so zu enttäuschen.

Ich log also alle an und ging zum Ball.

Ich ließ mich von Maya abholen, als Mom ein Schläfchen machte. Sie fragte nicht, warum meine Mom nicht in der Diele stand und um eine Million Erinnerungsfotos bettelte. Normalerweise wäre ihr das aufgefallen, aber wahrscheinlich war sie ebenfalls abgelenkt.

In unserem grünen Van entsprachen wir nicht unbedingt dem Inbegriff der Coolness, als wir vor der Schule ausrollten, aber Maya ist so etwas egal. Sie hatte keine Lust gehabt, eine Limousine zu mieten. Unnötiger Luxuskram ist ihr unangenehm und der Van war absolut ausreichend.

Dwight und Clare warteten schon in der Schule auf uns und Maya sagte, dass wir nach dem Ball alle zusammen noch irgendwo Dessert essen würden.

Lassen Sie mich an dieser Stelle noch einmal betonen, dass mir nicht aufgefallen war, was für ein Kleid Maya trug, und ich mir nicht einmal die Zeit genommen hatte, meine Krawatte gerade zu rücken. Ich war voll und ganz damit beschäftigt, mich nicht zu übergeben. Meine erstaunlich aufmerksame Freundin merkte das nicht, weil sie an diesem Abend ausnahmsweise mit sich selbst beschäftigt war.

Und das werfe ich ihr auch nicht vor. Tanzveranstaltungen sind für Mädchen wesentlich aufwendiger als für Jungs. Sie hatte sich wahrscheinlich den ganzen Tag auf heute Abend vorbereitet. Ich hatte mich innerhalb von zwanzig Minuten ausgehfertig gemacht, während meine Mom auf der Couch schnarchte.

Als wir aus dem Auto stiegen, ging ich zu ihr, um das Ansteckstäußchen an ihrem Kleid zu befestigen, das ich ganz hinten im Kühlschrank vor Mom und Paul versteckt hatte. Ich sagte dabei noch irgendetwas Banales über die Schlange für die Fotos oder die Eintrittskarten in ihrer Handtasche, als ich mitten im Satz verstummte.

Viele Frauen sehen im Abendkleid toll aus, also ist es wahrscheinlich nicht fair, zu sagen, dass Maya das schönste Mädchen war, das jemals auf dieser Welt existiert hat. Aber es entsprach der Wahrheit. Sie sah aus wie ein Engel.

Ich beschreibe sie Ihnen, falls Sie noch nie einen Engel gesehen haben und weil ich so high bin. Über Engel zu reden ist irgendwie tröstlich.

Ihr normalerweise glattes Haar umspielte ihr Gesicht

in weichen Wellen. Ihr Kleid war hellblau, ohne jeden Glitzerschnickschnack. Ein eleganter Schnitt, schulterfrei. Unter ihren Brüsten verlief ein glänzendes Stoffband, das auf ihrem Rücken zu einer Schleife gebunden war. Im richtigen Winkel sah es wirklich aus, als hätte sie Flügel.

Und ganz offensichtlich war ich nicht der Einzige, der dieser Meinung war. Eine Menge Leute drehten sich nach uns um. Na gut, einige überlegten wahrscheinlich, wie sie Maya vor dem gigantischen Troll retten konnten, der hinter ihr stand, aber hauptsächlich wirkten alle schwer beeindruckt.

Haben die Ärzte Ihnen gesagt, dass ich zwei Tage lang am Bett festgeschnallt und stark sediert war? Heute habe ich zum ersten Mal wieder die Hände frei.

Aber ich schweife ab. Ich hatte kein Problem damit, dass ich gelogen hatte, weil ich zum Ball gehen wollte. Natürlich wusste ich nicht, wie lange es dauern würde, bis meine Mom aufwachte oder Paul nach Hause kam und merkte, dass ich nicht da war. Aber ich wusste, dass sie mich nicht in Verlegenheit bringen würden, wenn sie hierherkämen. Sie würden einfach zur Schule fahren, in der Turnhalle warten, bis der Ball vorbei war, und mich die ganze Zeit über mit ihren Blicken ermorden. Aber schlimmer würde es nicht werden. So weit, so gut. Dass es *meine* Reaktion war, über die ich mir hätte Sorgen machen müssen, kam mir nicht in den Sinn.

Maya tat so, als wären ihr Bälle und Kleider und Mädchenkram egal, aber sie umklammerte meine Hand ganz fest. Sie war glücklich.

Kann die Geschichte hier enden?

Da dies meine Notizen sind und ich ganz offensichtlich

Probleme habe, finde ich, dass die Geschichte an dieser Stelle enden sollte, weil wir beide glücklich waren und alles super lief. Obwohl natürlich nicht alles super lief. Wenn ich ganz brav bin, könnten wir dann so tun, als sei alles, was nach diesem Moment passiert ist, eine Halluzination gewesen? Wir könnten doch so tun, als würde der Schulball erst nächste Woche stattfinden, oder? Wenn wir alle zusammen daran glauben, wird es wahr.

Ich kann Sie beinahe sehen. Sie haben das traurige Lächeln im Gesicht, das Sie immer dann aufsetzen, wenn Sie etwas lesen, das Ihnen einen weiteren Beweis dafür liefert, dass ich definitiv für immer eingesperrt werden sollte. Sie sollten daran arbeiten, Ihren Gesichtsausdruck neutral zu halten. Denn ich wäre glücklicher, wenn Ihnen das alles scheißegal wäre. Ich finde, das sollten sich die meisten Leute zu Herzen nehmen. Ein neutraler Gesichtsausdruck würde dem, was sie wirklich empfinden, deutlich näher kommen. Niemand kann derartig viel Mitgefühl haben, das ist unmöglich.

Ich *bin* zwar verrückt, aber sogar ich weiß, dass die Geschichte nicht hier enden kann. Die Pillen fingen nach ein paar Minuten an zu wirken und ich spürte es sofort. Ich hatte zu viele auf einmal genommen. Maya dachte, ich sei nur nervös, weil ich Menschenmengen nicht mag, aber ich schwitzte stark und hatte Atemprobleme. Das war ein Warnzeichen. Ich hätte eigentlich schon auf dem Weg ins Krankenhaus sein müssen, aber dann lief eine Engtanz-Nummer, und der Teil von mir, der ein normaler Junge sein wollte, zog Maya auf die Tanzfläche. Wir winkten Dwight und Clare zu, die neben uns ungelenk hin und her schwankten.

Katholische Schulbälle sind ziemlich unspektakulär. Von der Decke der Aula hingen Girlanden und im Dunkeln leuchtende Sterne und der DJ hatte ein Strobo-Licht und zehn Bildschirme dabei, die abstrakte Neonbilder über die Tanzfläche schickten. Gelegentlich schob eine Nonne zwei Kids auseinander und flüsterte irgendetwas davon, zwischen sich Platz für Jesus zu lassen. Dennoch schmiegte sich Maya an mich und ich versuchte zu vergessen, dass ich nicht normal war. Durch sie gelang es beinahe, aber irgendwann fanden sie mich schließlich.

Alle meine unsichtbaren Freunde waren da. Das klingt netter als Halluzinationen, stimmt's? Ich konnte sehen, dass sie alle an der Wand lehnten, während ich mit Maya tanzte. Sie schauten mich ernst an und mir wurde klar, dass ich ihnen leidtat. Keiner von ihnen wollte mir Angst machen. Sie wollten nicht einmal hier sein.

Aber die Stimmen schon.

Ich hörte etwas zersplittern, als ich mit Maya tanzte. Vielleicht ein Glas, aber woher das Geräusch kam, konnte ich nicht feststellen. Ich drehte den Kopf in die Richtung, in der ich es vermutete, und muss dabei Maya versehentlich mit mir gezogen haben, denn sie fragte mich, ob alles in Ordnung sei.

»Mir geht's gut.«

»Komm, wir setzen uns hin. Dir geht es nicht gut«, sagte sie.

»Nein. Ich will weitertanzen.«

»Du hast Kopfweh. Setzen wir uns kurz hin.«

»Mir geht's gut.«

Ich ließ mich von ihr zu einem Tisch am hinteren Ende des Saals ziehen, während eine unsichtbare Brandung in meinen Ohren toste und mir den Atem raubte. Ich sank auf den nächsten Stuhl.

»Gehen wir. Mit dir stimmt etwas nicht. Du bist total verschwitzt.«

»Mir geht's gut. Alles in Ordnung.« Aber schon während ich es sagte, war mir klar, dass sie mir auf keinen Fall glauben würde. Sie wusste vielleicht nicht, was genau mit mir nicht stimmte, aber ein akutes Problem erkannte sie sofort. Meine Hände zitterten bereits, als ich Ian bemerkte, der am anderen Ende der Tanzfläche stand und uns anstarrte.

In diesem Moment hörten alle zehn Bildschirme am Rand der Tanzfläche auf zu blinken und die Musik verstummte. Ein völlig anderes Video flimmerte jetzt durch die Turnhalle. Ein Video von mir.

Auf den Bildschirmen kotzte ich perfekt ausgeleuchtet in ein Pissoir, schlug mit den Fäusten auf das Waschbecken ein und schrie dem Drittklässler mit wirrem Blick und zitternden Händen »HAUT ENDLICH AB!« entgegen. Jemand hatte das Ganze aufgenommen.

Und auf einmal bekam ich keine Luft mehr.

»Adam?«, flüsterte Maya und legte mir die Hand auf den Rücken. »Was ist los mit dir?«

Dann setzten die Stimmen ein.

Worauf wartet er denn noch? Er muss abhauen. Jetzt wissen alle Bescheid. Er muss hier weg.

Ian hatte das getan. Er hatte schon oft angedeutet, dass er mein Geheimnis kannte, aber jetzt besaß er die Beweise dafür. Und auch der Rest der Schule hatte mich ganz genau gesehen. Ich war ein Freak, der vor der gesamten Schülerschaft bloßgestellt worden war. Vor Maya.

Ich sah Ian auf uns zurennen und mein Körper begann zu vibrieren. Ich wusste, dass ich abhauen musste, aber bevor ich mich umdrehen konnte, verwandelte er sich in etwas anderes, etwas Dunkles und Unnatürliches, das sich über den Boden schlängelte und mit einem Satz in meine Brust sprang.

Ich selbst kann mich nicht wirklich detailliert an alles erinnern, was danach passiert ist, also sage ich Ihnen, was meine Mom mir erzählt hat. Offenbar hat sie es von Schwester Catherine gehört, die kurz nach mir zum Krankenhaus kam, um für mich zu beten. Ich stand so neben mir, dass ich nicht mehr wirklich weiß, was passiert ist.

Das Ganze von meiner Mom zu hören war schlimmer, als mich selbst daran erinnern zu müssen. Ich musste immer wieder um Details bitten, bis sie mir irgendwann die ganze Geschichte erzählte.

»Du hast sehr lange geschrien, bevor du jemand in deine Nähe gelassen hast«, sagte sie.

Davon weiß ich nichts mehr, warum also schäme ich mich trotzdem bis auf die Knochen dafür? »Wen habe ich angeschrien?«

»Ich weiß es nicht«, sagte sie. Aber an der Art, wie sie es sagte, erkannte ich, dass ich ins Leere geschrien hatte.

»Habe ich jemanden verletzt?«

»Nein«, flüsterte sie und berührte mein Gesicht.

»Lügnerin«, sagte ich. Sie hatte ihr Zitronengesicht gemacht.

»Du hast sie umgestoßen, mein Schatz. Aber es geht ihr gut.«

Ich weiß noch, dass ich den Arm ausstreckte, um etwas

daran zu hindern, gegen mich zu prallen. Ich stieß es weg und rannte dann so schnell ich konnte in die entgegengesetzte Richtung davon. Ich hatte keine Ahnung gehabt, dass es Maya gewesen war.

Ich hatte die Kontrolle verloren und Maya zu Boden gestoßen. Und während ich damit beschäftigt war, den Verstand zu verlieren, gab es niemanden, der ihr sagen konnte, was los war. Niemanden, der es ihr erklären konnte.

»Weiß sie es?«, fragte ich. Meine Mom nickte und wischte mir die Tränen von der Wange. Dann hielt sie eine Weile meine Hand fest.

»Ich habe es ihr gesagt, mein Schatz.«

Ich weinte lange, aber ich wurde nicht wütend. Ich sagte meiner Mom nicht, dass sie nicht das Recht gehabt hatte, Maya alles zu erzählen. Sie hatte mir so viele Gelegenheiten gegeben, es ihr selbst zu sagen, und ich hatte es nicht geschafft. Also erledigte meine Mom am Ende die Drecksarbeit für mich. Im Moment wollte ich nur noch, dass sie mir wieder und wieder versicherte, dass Maya okay war und ich sie nicht verletzt hatte. Jedes Mal, wenn sie das tat, fühlte es sich nicht real an, also musste ich es noch einmal hören. Abgesehen davon sagte sie nichts zum Schulball. Weder dazu, dass ich die Medikamente genommen hatte, obwohl ich das nicht durfte. Noch dazu, dass ich sie und Paul angelogen und mich in Gefahr gebracht hatte. Ich habe Ihnen ja schon gesagt, dass meine Mom einem das Gefühl geben kann, wichtig zu sein. Und das kann sie tatsächlich. Aber sie ist auch die Art Mensch, bei der man sich gerne hilflos fühlt, weil es schön ist, wenn sich jemand so um einen kümmert.

Etwas später sagte sie mir, dass das Baby gerade strampelte, und fragte mich, ob ich mit ihrem Bauch reden wollte. Ich schüttelte nur den Kopf und fragte nach Paul. Er wartete auf dem Flur, weil er uns nicht stören wollte.

Es muss schwer sein, jemandem die Hand zu drücken, der festgeschnallt ist. Und seinem Kind erzählen zu müssen, was passiert ist, als es den Verstand verloren hat, gehört sicher zu den schlimmsten Dingen, die man als Elternteil tun muss.

Meine Mom sagte, dass Maya versucht hatte, mich auf der Intensivstation zu besuchen, was jedoch gegen die Krankenhausregeln verstoße. Nur Familienbesuche. Seit ich hier liege, habe ich mich geweigert, sie zu sehen. Genauer gesagt will ich nicht, dass sie mich sieht.

Aber ihre Mom habe ich getroffen.

Wissen Sie noch, dass sie Krankenschwester ist? Sie kam ins Zimmer und überprüfte meine Infusion, sagte aber kein Wort, während sie arbeitete. Ich wollte eigentlich auch nichts sagen, aber ich kam nicht dagegen an. Maya hat ihre Augen.

»Können Sie ihr sagen, dass es mir leidtut?«, flüsterte ich ihr zu.

»Das kannst du ihr selbst sagen.«

»Ich kann sie nicht wiedersehen. Nicht so.«

Sie schaute mich an.

»Nichts an deiner Krankheit hindert dich am Reden. Du kannst es ihr selbst sagen.«

»Hören Sie«, sagte ich. »Sie wissen doch jetzt, was ich habe, und Sie verstehen viel mehr davon als sie. Sie wissen, dass es keine Heilung gibt und ich für den Rest meines Lebens im Arsch sein werde. Wollen Sie wirklich, dass sie einen solchen Freund hat?«

Sie musterte mich einen Moment lang und ging dann mit ihrem Instrumententablett in Richtung Tür.

»*Das*«, sagte sie, »ist nicht meine Entscheidung.«

Dann schloss sie die Tür hinter sich und ließ mich alleine darüber nachdenken, wie nett und freundlich Maya im Vergleich zu ihrer Mutter wirklich war.

Später entsann ich mich wieder selbst an Fragmente von dem, was passiert war. Sogar in meinem derangierten, mit Drogen vollgepumpten Zustand erinnere ich mich daran, wie Maya aussah, als ich sie zu Boden stieß. Komisch, wie sich einem solche Details ins Gedächtnis brennen. Wie fassungslos sie wirkte, als sie fiel. Ihre Augen waren weit aufgerissen und sie hatte sich mit den Armen aufgestützt und mich vom Boden aus angestarrt. Ich muss ausgesehen haben wie ein Monster. Und dann rannte ich los.

Weit kam ich natürlich nicht. Es überrascht mich ehrlich gesagt, dass ich es bis zu dem Waschraum zwischen Kirche und Aula schaffte, bevor ich mich übergeben musste. Die Wörter an den Wänden waren immer noch dort und ich fragte mich, ob sie sich einfach nicht wegputzen ließen oder ob die Nonnen sie absichtlich als Mahnung stehen gelassen hatten:

JESUS LIEBT DICH.

Sei kein Homo

Irgendwie passte das. Zusammen genommen klingt es wie ein Konditionalsatz. Getrennt klingt es wie das Gespräch zwischen einem netten Kerl und einem gemeinen Arsch.

Und am interessantesten ist, wie sich die Bedeutung umdrehen lässt, wenn man nur ein einziges Wort hinzufügt. JESUS LIEBT DICH ABER SEI KEIN HOMO. Es kommt alles auf die Lesart an.

»Jesus liebt dich« heißt im Grunde genommen »Sei, wie du bist«. »Sei kein Homo« ist ein Urteilsspruch. Die Sätze widersprechen sich, genau wie alles andere im Leben, schätze ich. Man hört etwas, das einem Hoffnung gibt, und etwas anderes, das sie wieder wegnimmt.

Sei, wie du bist.

Aber nicht so. Auf keinen Fall so.

Daran dachte ich, während ich mich noch einmal übergab.

Aber danach war ich nicht mehr bei Sinnen.

Ich hörte Schritte. Ich weiß noch, dass Rebecca im Krankenwagen meine Hand hielt. Und ich fand es merkwürdig, dass ich nicht meine Mom, sondern Paul hörte. Irgendwie spürte ich unbewusst, dass er weinte.

Er sagte ständig, dass alles wieder gut werden würde.

»Ich rufe deine Mom an, sobald wir im Krankenhaus sind. Mach dir keine Sorgen, ich bin bei dir.«

Ich ließ zu, dass er meine Hand nahm. Was hätte ich auch dagegen tun sollen? Er ergriff die Hand, die Rebecca bereits hielt. Sie schaute mich einen Moment lang an, als wolle sie mich dazu auffordern, etwas zu sagen. Die Frage zu stellen, von der wir beide wussten, dass sie mir auf der Zunge lag.

»Du bist nicht echt, oder?«

Es ergibt keinen Sinn, aber als Rebecca daraufhin den Kopf schüttelte, wurde mir das Herz so schwer, als hätte ich es zum ersten Mal begriffen.

»Ich bin echt, Adam.«

Natürlich war Paul derjenige, der antwortete. Ich sagte nichts mehr und ließ ihn einfach meine Hand halten.

Ich wette, Sie sind der Meinung, dass all diese Monate der Therapie und experimentellen Behandlung verschwendet waren, weil ich jetzt noch verrückter bin als vorher. Wenigstens wurden Sie trotzdem bezahlt, falls Sie das tröstet. Und es war wirklich nett von Ihnen, mich im Krankenhaus zu besuchen. Das habe ich schon mal gesagt, oder? Ich finde es auch schön, mir stets sicher sein zu können, dass Sie keine Halluzination sind. Diese Frisur und diese Hosen kann nicht einmal ich mir ausdenken.

38

29. Mai 2013

Feigling.

Das habe ich gedacht.

Ja, Maya ruft immer noch an, schickt Nachrichten und versucht, mich zu besuchen, aber ich habe ihr nicht geantwortet und die Schwestern gebeten, sie nicht zu mir zu lassen. Nicht nach dem Tag, an dem ich aufwachte und sie an meinem Bett sitzen sah.

Ich war ziemlich high von dem Zeug gewesen, das sie mir gegeben hatten, also wusste ich erst mal nicht, was ich denken sollte. Ich beschloss, lieber nachzufragen.

»Bist du echt?«, fragte ich.

»Ja«, sagte sie. Ich sah, dass sie geweint hatte. Ihre Augen waren gerötet und sie rang die Hände, als seien ihre Finger eiskalt und blutleer. Dann schaute sie mich wieder an und da entdeckte ich ihn. Den kleinen Funken Erkenntnis, der vor dem Schulball nicht da gewesen war. Dieser kleine Funken bedeutete, dass sie jetzt Bescheid wusste. Und daran würde ich nie wieder etwas ändern können.

»Wie lange hast du vermutet, dass mit mir etwas nicht stimmt?«, fragte ich. Leugnen war sinnlos, das wussten wir beide. Sie wischte sich mit ihrem Ärmel die Tränen aus dem Augenwinkel.

»Ich wusste nicht, was es war«, sagte sie. »Mir sind nur die Kopfschmerzen aufgefallen. Und manchmal sah es so aus, als würdest du … dir irgendetwas einbilden.« Sie schaute zu mir hoch und meine Kehle brannte. Aber ich würde nicht vor ihr weinen, egal, wie sehr ich es wollte. Auf keinen Fall. »Warum hast du es mir nicht gesagt?«, fragte sie.

»Ich wollte nicht, dass du weißt, wie kaputt ich bin.« Auf einmal wurde mir deutlich bewusst, wie ich aussehen musste. Meine Augen waren gestern blutunterlaufen gewesen und ich fragte mich, ob sie heute denselben Anblick boten. Mein Haar war verfilzt und ungewaschen und ich spürte, wie mir der Schweiß über den Nacken lief.

»Aber wie konntest du so etwas nur vor mir geheim halten?«, fragte sie weiter.

»Ich habe es vor allen geheim gehalten.«

»Aber ich dachte …« Sie zögerte. »Ich dachte, ich wäre anders.«

Sie suchte in meinem Gesicht nach etwas. Nach Vernunft vielleicht, oder nach Verständnis, ich weiß es nicht. Aber als sie den Blick senkte und wieder zu weinen begann, wusste ich, dass sie es nicht gefunden hatte. Ich holte tief Luft.

»Nein«, sagte ich. »Du bist nicht anders. Auch du hättest auf jeden Fall vor mir Angst gehabt.«

»Adam, das ist nicht fai-«

»Fair?«, schrie ich unvermittelt. »Glaubst du wirklich, irgendetwas hier ist fair? Glaubst du, dass Fairness irgendwas damit zu tun hat, wie es mir geht?«

Sie schüttelte den Kopf, während ihr die Tränen über die Wangen strömten. Ich hatte ihr Angst gemacht, das hatte ich sofort gemerkt, als ich die Stimme erhob. Sie war vor mir zurückgewichen. Weil ich sie dazu gebracht hatte. Ich war wirklich ein Monster.

»Bitte lass uns darüber reden, wenn es dir wieder besser geht, Adam. Du hast eine Menge durchgemacht.«

»Wenn es mir wieder besser geht«, murmelte ich bitter. »Mein Wahnsinn ist nicht heilbar, Maya.«

»Lass mich doch helfen.«

»Nein!«, schrie ich, wieder ganz bewusst. »Du hast schon viel zu viel für mich getan.«

»Bitte, Adam ...«, weinte sie und zum ersten Mal klang sie so klein, wie sie aussah.

»Geh einfach«, sagte ich. »Es ist besser, wenn du einfach gehst.«

Es war egal, dass ich auf einmal alle Stimmen durcheinanderschreien hörte und dass die Kugeln aus den Waffen der Mafiosi mich in meinem Bett zusammenzucken ließen. Ich drückte den Schwesternknopf und Maya stand auf und ging, immer noch weinend, hinaus.

Das war der Moment, in dem ich realisierte, dass ich erst jetzt unrettbar verloren war. Als ich sie zum Weinen gebracht hatte.

Ich war ehrlich gesagt erleichtert darüber, dass meine Mom Maya die Wahrheit gesagt hatte. Jetzt muss ich es nicht mehr tun. Ich muss sie nie mehr wiedersehen, wenn ich nicht will. Ich kann sogar so tun, als hätte ich sie nie gekannt. Schlussendlich ist es egal. Ich bin sowieso nicht gut für sie.

Es ist irgendwie süß, dass Sie immer noch ziemlich dumme Fragen stellen. Sie haben mich gebeten, Ihnen zu erzählen, was die Stimmen gerade zu mir sagen. Das klingt wie etwas, das meine Mom mich fragen würde. Ich weiß ehrlich gesagt gar nicht, ob ich es Ihnen sagen kann, weil es manchmal nicht mal Wörter sind. Manchmal sind es nur Kratzgeräusche, die sich im Nichts verlieren. Manchmal klingen die Stimmen einfach wütend und den Tonfall kann ich nicht wirklich beschreiben. Sogar Rebecca ist anders als sonst.

Ich muss noch ein paar Tage im Krankenhaus bleiben und das scheint sie sehr nervös zu machen. Wenn Leute ins Zimmer kommen, versteckt sie sich oft. Ich sage ihr zwar immer, dass niemand sie sehen kann, aber dann schüttelt sie nur den Kopf.

Das Gute an diesem Ort ist, dass ich wieder schlafen kann. Wundervoller Schlaf. Ich hatte vergessen, wie gut es sich anfühlt, für zehn Stunden dem Diesseits Lebewohl zu sagen. Beschissen ist nur das Aufwachen danach.

Ja, es zerreißt mir das Herz, dass ich nicht zurück an die Schule kann. Es ist furchtbar. Mir kommen die Tränen, wenn ich daran denke, dass ich nie wieder eine scheinheilige kleine Predigt über erfundene Geister und Menschen, die sich in Gottes Namen geißeln, ertragen muss.

Nein, ich bin nicht traurig. Ich flenne nicht den ganzen Tag vor mich hin. Ich tue mir nicht selbst leid und ich habe nicht die Absicht, Ihnen zu erzählen, was ich gerade wirklich denke, weil ich 1. nicht weiß, was Sie mit dieser Information machen würden, und 2. keine Lust dazu habe.

Ich bin jetzt wieder zu Hause, aber das wissen Sie ja schon. Am Montag tauchte Dwight bei mir auf. Er trug seine Tennisklamotten und war so blass wie immer.

»Willst du den ersten Aufschlag?«

Ich starrte ihn nur stumm an.

»Hallo?«, fragte Dwight.

»Alter, ich kann heute nicht mit dir Tennis spielen. Hat deine Mom dir ... alles erzählt?« Ich wusste, dass unsere Mütter bereits miteinander gesprochen hatten, aber die Situation war trotzdem höchst absurd. *Nein, ich kann gerade nicht mit dir spielen. Im Moment bin ich nämlich verrückt.*

»Ja, hat sie.«

»Warum bist du dann hier?«

»Es ist Montag. Montags spielen wir Tennis.« Er stellte seinen Rucksack ab und begann, Dinge herauszuholen.

»Okay, aber du verstehst nicht ...«

»Doch, ich verstehe sehr gut.«

»Warum bist du dann hier?«

»Es ist Montag«, wiederholte er, als wäre nichts passiert und seine Antwort vollkommen einleuchtend.

»Und ich bin ein schizophrener Spinner, der Halluzinationen hat und Stimmen hört.«

»Ich weiß. Meine Mom hat es mir gesagt.« Er zog abwartend die Augenbrauen hoch.

»Dwight. Ich gehe nicht mit dir zum Tennisplatz.«

»Gut«, sagte er. »Deshalb habe ich das hier mitgebracht.« Er holte eine Wii aus dem Rucksack und schloss sie an den Fernseher im Wohnzimmer an. »Wir spielen einfach hier.«

»Ich bin ein grottenschlechter Gamer, Alter.«

»Du bist auch ein grottiger Tennisspieler. Willst du den ersten Aufschlag?«

Bevor ich noch etwas sagen konnte, schaltete er das

Spiel an und reichte mir einen weißen Controller. Ich starrte etwa zwanzig Sekunden lang auf das Ding, bevor ich es ihm aus der Hand nahm.

Und dann spielten wir eine Weile Tennis in meinem Wohnzimmer. Jason saß hinter uns, den nackten Hintern in die Couchpolster geschmiegt. Rebecca hatte neben ihm Platz genommen. Die beiden schauten uns so fasziniert zu, als hätten sie noch nie ein so spannendes Tennismatch gesehen.

Danach aßen wir Oreos und Dwight packte sein Zeug zusammen. Wir verloren kein weiteres Wort darüber, dass ich verrückt war. Fast so, als spielte es keine Rolle.

Ich vermisse das Backen. Alle Messer und scharfen Gegenstände wurden aus der Küche entfernt und befinden sich an einem mir nicht bekannten Ort. Sie sind sozusagen im Zeugenschutzprogramm für Kochutensilien.

Alles, womit ich mich möglicherweise verletzen könnte, ist verschwunden. Ich wüsste zwar nicht, was ich mir mit meinem Kuchenpinsel antun sollte, aber der ist auch nicht mehr da.

Wir bestellen jeden Abend Essen, weil Mom nicht mehr lange am Stück stehen kann. Pizza, Thai, Italienisch. Das Essen ist nicht schlecht, aber ich koche nun mal sehr gern. Es hat mich glücklich gemacht. Ich verstehe, warum das nicht mehr möglich ist. Ich wünschte nur, ich könnte irgendetwas anderes tun. Ich fühle mich total nutzlos und deshalb habe ich auch Paul angeschrien.

Tun Sie nicht so überrascht, das ist eine Beleidigung für uns beide. Ich gehöre nicht zu den tapferen Menschen, die still vor sich hin leiden. Wenn es mir schlecht geht, dann kriegen das alle mit. Dafür sorge ich. Er versuchte, mir zu erklären, warum ich nicht kochen durfte, und ich beschuldigte ihn, mir vergiftetes Essen gegeben zu haben. Er fragte mich, warum um alles in der Welt ich glaubte, dass er so etwas tun würde.

»Weil du nicht mein Vater bist. Dein Kind wird normal und perfekt sein, völlig gesund und glücklich. Warum zur Hölle solltest du jemanden wie mich in diesem Haus haben wollen? In deiner Situation würde ich mich auch vergiften!«

Paul anzuschreien machte mir bewusst, dass ich ein Arschloch war, und zwar aus mehreren Gründen. Erstens, weil ich immer noch nicht auf Mayas Nachrichten geantwortet hatte, seit sie bei mir im Krankenhaus gewesen war. Meine Mom hat meine Wünsche bislang respektiert und ihr gesagt, dass ich im Moment niemanden sehen will. Aber ich wusste, was ich zu tun hatte. Und obwohl es eine ziemlich feige Aktion war, ihr eine E-Mail zu schreiben, brachte ich unter den gegebenen Umständen nichts Besseres zustande.

Liebe Maya,

es tut mir leid. Es gibt nichts, das ich sagen könnte, um alles wiedergutzumachen, aber ich möchte trotzdem, dass du es weißt.
Ich wollte nicht, dass du von meiner Krankheit erfährst, weil ich nicht wollte, dass du Angst vor mir bekommst. Das war selbstsüchtig, aber ich konnte die Vorstellung nicht ertragen, dass du anders mit mir umgehen würdest. Ich hätte besser aufpassen müssen. Es war falsch,

mich in dich zu verlieben, und das hätte ich von Anfang an wissen müssen. Kein Medikament wird mich jemals heilen können.

Ich hätte es dir sagen müssen. Du verdienst etwas Besseres als mich und ich hoffe von ganzem Herzen, dass du es findest.

Ich liebe dich

Adam

Auf diese Weise hatte ich ihr das erste Mal gesagt, dass ich sie liebe. Ich bin so ein Arschloch.

Als ich auf *Senden* drückte, tat ich so, als ginge die Mail an eine mir völlig fremde Person. Das funktionierte eine Zeit lang beinahe. Ich setzte mich neben Rebecca, Rupert, Basil und ein paar andere bekannte Halluzinationen, die keine Namen haben, auf den Boden meines Zimmers. Jason lehnte an meiner Schranktür und der Mafiaboss saß auf meinem Schreibtischstuhl und starrte mich sehr kritisch an, weil er sich niemals auf den Boden setzen würde.

Ich hätte ihnen gern gesagt, dass sie nicht echt waren. Ich hätte sie am liebsten angeschrien und ihnen die Schuld daran gegeben, dass ich Maya verloren hatte. Aber ich war einfach zu müde.

»Ru?«, fragte ich.

»Ja, Kumpel?« Er beugte sich zu mir.

»Könnt ihr mir etwas vorsingen?«

Meine Stimmen waren verstummt und ich wusste nicht, wann sie wiederkommen würden. Ich hatte keine Ahnung, ob Rupert und Basil auf Kommando singen würden und ob sie außer »Danny Boy« noch andere Lieder kannten. Ich weiß nicht viel über das Privatleben meiner unsichtbaren Freunde. Aber ich fragte, weil ich mir ein Lied wünschte und weil ich *Was soll's?* dachte. Ich wollte einfach alles fühlen, was in meiner Reichweite lag.

Also summte ich mit, während Rupert einen Song namens »The Parting Glass« sang. Den hatte ich irgendwann mal in einem alten Film gehört. Basil pfiff die Melodie. Rebecca hielt meine Hand. Und zum ersten Mal versuchte der Mafiaboss nicht, irgendjemanden abzuknallen.

39

5. Juni 2013

Jaja, mir geht's gut.
Meine Mom zwingt mich immer noch dazu, Ihnen zu schreiben, obwohl unsere Therapiesitzungen schon lange vorbei sind. Schlaflosigkeit war für mich immer die schlimmste Nebenwirkung der Wunderdroge, aber ich würde lieber nicht mehr schlafen, als mich weiter mit dem Zombie-Scheiß herumzuschlagen, auf dem ich jetzt drauf bin. Aufgrund meiner Müdigkeit registrierte ich erst, dass Maya einfach in unser Haus marschiert war, als sie direkt vor mir stand. Sie sah anders aus als in meiner Erinnerung. Irgendwie erschien sie mir unwirklich, als könnte sie jederzeit in Flammen aufgehen. Aber das kann auch am Medikament gelegen haben.

Paul und meine Mom kamen sofort angerannt, als sie losbrüllte. Genauer gesagt kam Paul angerannt. Meine Mom watschelte den Flur entlang und hielt ihren Bauch mit beiden Händen fest.

Ich hatte Maya noch nie so wütend gesehen. Wenn sie mir nicht eine Heidenangst eingejagt hätte, wäre der Anblick wunderschön gewesen.

»Du hast mir keine Wahl gelassen!«, schrie sie.

Ich sagte nichts, weil ich mir nicht sicher sein konnte,

dass sie echt war. Paul war derjenige, der sie fragte, was mit ihr los sei. Sie gebot ihm mit einer knappen Geste zu schweigen und Paul gehorchte. Das war schon ziemlich beeindruckend. Dann drehte sie sich wieder zu mir um und wiederholte sich.

»Du hast mir keine Wahl gelassen.«

»Welche Wahl?«

»Du bist einfach davon ausgegangen, dass du weißt, was ich will.«

»Maya, so einfach ist das nicht.«

»Das ist egal.«

»Wie kann das egal sein?«

»Adam, du bist das größte Arschloch, das mir je begegnet ist!«, brüllte sie.

»Ich weiß.«

Das nahm ihr einen Moment lang den Wind aus den Segeln. Ich sah, dass sie wirklich auf Streit aus war. Aber ich hatte keinen Grund, ihr zu widersprechen. Und um ehrlich zu sein, schockierte es mich nicht, dass sie mich anschrie. Nur, dass sie fluchte.

»Du hast mich belogen.«

»Es tut mir leid.«

»Es braucht dir nicht leidzutun. Mach es einfach nicht wieder.«

»Na ja, das ist nicht …«

»Ich bin noch nicht fertig.«

Sie wirkte beinahe besessen. Aus dem Augenwinkel sah ich, wie meine Mom sich am Küchentisch auf einen Stuhl hievte, während Paul am Kühlschrank lehnte. Ich hatte damit gerechnet, dass sie Maya mit meinen besten Wünschen aus dem Haus geleiten würden, aber es sah so aus, als müsste ich das Ganze selber regeln. An Privatsphäre war nicht zu denken.

»Warum hast du es mir nicht gesagt?«

Ich glaube, an diesem Punkt schaute ich Hilfe suchend meine Mutter an, die nur den Kopf schüttelte und dann zu Boden blickte.

Halt mich da raus, bitte.

»Komm schon, Maya. Du weißt, warum. Ich habe es dir erklärt.«

»Ich verdiene etwas Besseres als eine faule Ausrede und eine E-Mail, Adam. Sag es mir.«

»Ich kann es nicht erklären.« Das war eine Lüge, aber ich wollte nicht ehrlich sein.

»Versuch es.« Sie hatte die Lippen zu einem schmalen Strich zusammengepresst. Also versuchte ich es.

»Du weißt über das experimentelle Medikament Bescheid, das ich genommen habe, richtig? Das, von dem meine Mom dir erzählt hat.«

Sie nickte.

»Ich dachte, wenn das wirkt, muss ich dir niemals die Wahrheit sagen.«

»Und die Wahrheit lautet?«

»Ich werde wahrscheinlich immer Dinge sehen und hören, die nicht wirklich da sind, und die Medikamente werden nicht immer so wirken, wie sie sollen. Es ist möglich, dass wir nie wieder eines finden, das so gut wirkt wie das experimentelle Medikament. Aber das kann ich nicht mehr nehmen, weil es zu gefährlich ist. Ich bekomme jetzt für eine Weile einen Medikamentencocktail, bis sie die richtige Mischung finden ... und ich werde vielleicht nie wieder halbwegs normal sein.«

»Irgendwann finden sie schon die richtige Mischung. Das stehen wir gemeinsam durch.«

»Ich kann dich aber nicht darum bitten, das mit mir durchzustehen. Das wäre nicht fair.«

Sie schien völlig vergessen zu haben, dass Mom und Paul immer noch im Zimmer waren. Ich hatte vergessen, wie gut es sich anfühlte, sie zu küssen, und ein Teil von mir realisierte erst in diesem Moment, wie sehr ich sie vermisst hatte. Sie strich mir das Haar aus dem Gesicht, als wir uns voneinander lösten.

»Es muss auch nicht fair sein. Die wenigsten Leute bekommen faire Bedingungen. Und wer hat dir erlaubt, zu entscheiden, was ich verkraften kann und was nicht?«

»Na ja, ich.«

»Du bist ja auch ein Idiot.«

»Maya …«

»In der E-Mail hast du geschrieben, dass du mich liebst. Ist das wahr?« Ich wollte Nein sagen. Ich hätte Nein sagen sollen. Aber ich konnte sie nicht länger anlügen.

»Ja.«

»Dann würde ich sagen, das ist im Moment das Einzige, was zählt, weil ich dich nämlich auch liebe.«

Daraufhin sagte ich das wahrscheinlich Blödeste, das ich je von mir gegeben habe.

»Es ist mir egal, ob du echt bist oder nicht.«

Ergibt das alles für Sie irgendeinen Sinn? Ich weiß, dass wir uns zurzeit nicht mehr treffen und dass wir unsere regelmäßigen Sitzungen nur wiederaufnehmen werden, wenn meine anderen Ärzte einen Cocktail finden, der für mich funktioniert. Aber ich frage mich schon manchmal, wie Sie wirklich über all das denken, was ich Ihnen aufgeschrieben habe. Ich kann nicht mit Sicherheit sagen, ob diese Therapie mir nun geholfen hat oder nicht, aber ich habe ja auch nicht richtig mitgemacht. Also hat sie mir wohl zumindest nicht geschadet.

40

12. Juni 2013

»Was siehst du gerade?« Das ist Mayas neue Lieblingsfrage.

»Nichts.«

»Bist du sicher?«

»Nein. Natürlich bin ich nicht sicher. Ich bin verrückt.«

»Würdest du es mir sagen, wenn du etwas sehen würdest?«

»Vielleicht.« Sie hasst es, wenn ich so ausweichend antworte.

»Und die Stimmen, hörst du die gerade?«

»Ja.«

»Wie klingen sie?«

»Im Moment klingen sie genau wie du.«

»Idiot.«

»Offen gestanden dachte ich, du bist vielleicht netter zu mir, wenn du weißt, dass mit mir etwas nicht stimmt.«

»Tja, dann bist du wohl verrückt *und* dumm.«

Meine Freundin ist nicht nett. Sie backt mir keine Kekse und redet mir nicht mit honigsüßer Stimme nach dem Mund. Zwar spricht sie immer noch ziemlich oft über Dinge, die nicht besonders hilfreich sind. Aber sie kommt jeden Tag nach der Schule zu mir und schmiegt sich an mich, während sie ihre Hausaufgaben macht. Manchmal sagt sie gar nichts, sondern arbeitet nur. Und hin und wieder schaut sie mich an und kneift die Augen zusammen, als würde sie versuchen, den Nebel des Wahnsinns zu erkennen, der mir aus den Ohren quillt. Wenn ihr das nicht gelingt, wendet sie sich wieder ihrer Arbeit zu.

Ich habe ein schlechtes Gewissen, weil ich mich von ihr lieben lasse. Welch eine Überraschung, ich weiß. Sagen Sie mir bitte nicht, dass das unnötig ist, und sagen Sie mir um Himmels willen bloß nicht, dass niemand sich von seinem Partner lieben »lässt«. Genau das tue ich nämlich. Ich lasse mich von ihr lieben, wie ein Mädchen sich von einem Kerl zum Essen einladen lässt. Ich wehre mich nicht dagegen. Ich akzeptiere einfach, dass es passiert, lehne mich zurück und lasse es geschehen. Weil ich sie mehr brauche als alles andere auf der Welt. Das ist ungesund, stimmt's? Sie sollten mir sagen, dass das ungesund ist. Machen Sie schon. Ich tue mal so, als hätten Sie es gesagt.

Hin und wieder spreche ich beiläufig das Thema Sex an. Wieso auch nicht? Ich bin eh schon ein Arschloch, also kann ich doch auch mal so was raushauen. Nur damit sie weiß, dass alles noch genauso funktioniert, wie es soll, und dass wir könnten, wenn sie wollte.

Aber sie will nicht. Erst, wenn wir das richtige Medikament für mich gefunden haben. Und damit hat sie recht, aber trotzdem spreche ich es hin und wieder mal an. Einen Versuch ist es allemal wert und so bekommt die Suche nach dem perfekten Medikament einen zusätzlichen Kick.

Sie hat mir versichert, dass sich zwischen uns nichts geändert hat, und damit liegt sie größtenteils richtig. Sie behandelt mich nicht anders als früher, aber sie erkundigt sich kaum noch nach meinen Kopfschmerzen. Jetzt recherchiert sie die neuesten Medikamente und tauscht ihre Ergebnisse mit meiner Mom aus. Das ist schräg.

Ich werde Ihnen nicht sagen, dass es mir heute gut geht, weil es nicht stimmt. Aber es könnte schlimmer sein.

Es ist schön, jemanden »Ich liebe dich« sagen zu hören, der nicht hier sein müsste.

Heute war ein schlechter Tag. Ich habe Paul schon wieder grundlos angeschrien. Ich wusste nicht, warum ich so wütend war, dass ich einen Mann wüst beschimpfte, der überhaupt nichts falsch gemacht hatte. Die Stimmen flüsterten: *Vielleicht sollten wir darüber nachdenken, ob es einen Ort gibt, an dem er besser aufgehoben ist.* Dabei hatte Paul diesmal nichts dergleichen gesagt.

Ich merkte, dass ich ihn verletzt hatte, aber es war mir egal. Ich zitterte und er fühlte sich an wie ein Fremder, der in mein Haus eingedrungen war. Er liebte mich nicht und er wollte auch nicht mein Bestes. Er wollte nur, dass ich Ruhe gab.

Später kam Mom in mein Zimmer und legte einen Brief neben das Erdnussbutterbrot, das sie mir vor Stunden gemacht hatte. Sie durfte eigentlich nicht herumlaufen – der Arzt hatte ihr Bettruhe verordnet –, aber Paul kaufte gerade ein, also kam sie schnell herein, küsste mich auf die Stirn und ging wieder.

Sie wusste, dass ich keine Lust hatte, mit ihr zu reden. Ich hatte in letzter Zeit eigentlich auf gar nichts Lust. Schon gar nicht darauf, einen Brief zu lesen. Andererseits wollte ich natürlich wissen, was drinstand.

Er war ein paar Monate alt, datiert auf den 20. Dezember 2012.

Paul hatte ihn an die Erzdiözese geschrieben:

Eigentlich sollte ich diesen Brief gar nicht schreiben müssen. Die Diözese hat keinerlei Dokument vorgelegt, welches Ihnen das Recht geben würde, die psychische Krankheit eines Minderjährigen ohne gewalttätiges Vorleben öffentlich zu machen. Stattdessen basiert Ihre Argumentation auf Angst und Vorurteilen. Ich würde Ihnen zur Vorsicht raten – dieser Habitus ist auf dem besten Weg, zum Markenzeichen der katholischen Kirche zu werden.

Ich empfinde tiefe Trauer für die Menschen von Newtown, Connecticut. Sie sind die Opfer eines sinnlosen Verbrechens geworden, verübt von einer verlorenen Seele. Mein Mitleid mit dem Todesschützen reicht nur so weit, dass ich mir wünschte, er hätte die medizinische Betreuung erhalten, die er so dringend gebraucht hätte. Aber das bedeutet mit Sicherheit nicht, dass ich seine Tat entschuldige oder gar gutheiße.

Ich habe Ihnen bereits in meinen vorigen Briefen erklärt, welche Anstrengungen meine Familie unternimmt, diese Krankheit zu behandeln und den notwendigen Umfang der medizinischen Betreuung von Adam zu ermitteln. Wir haben dies nie falsch dargestellt. Alle Behandlungsschritte wurden sorgfältig dokumentiert und weitergeleitet, und zwar nicht, weil wir gesetzlich dazu verpflichtet gewesen wären, sondern weil es in Adams Interesse ist, dass

die Erwachsenen in seinem Umfeld so gut informiert sind wie möglich.
Sie haben damit gedroht – ja, gedroht –, Adam der Schule zu verweisen, weil einer von Ihnen bereits vertrauliche Informationen an einen einflussreichen Elternteil weitergegeben hat. Jemand, der der Meinung ist, das Problem der Schizophrenie müsse offen zur Sprache kommen.
Vielleicht hält diese Person es ja für angemessen, Adam der Schule zu verweisen oder das Problem seiner Anwesenheit mit einer Abstimmung zu lösen? Vielleicht ist sie aber auch erst dann zufrieden, wenn er in einen Käfig gesteckt und wie ein Tier im Zoo begafft wird.
Als ich Adam kennenlernte, war er elf Jahre alt. Er hätte mich restlos ablehnen können, doch das hat er nicht getan. Er ließ mich in sein Leben und hat mich dadurch gelehrt, dass Elternschaft heißt, zu dem Menschen zu werden, den die Kinder am meisten brauchen. Im Moment braucht mein Sohn meinen Schutz vor engstirnigen Menschen, die sich von ihrer Angst leiten lassen.
Ich glaube fest daran, dass Sie das Richtige tun und angemessen auf diesen Brief reagieren werden.

Gott segne Sie,
Paul Tivoli
Partner, SKINNER, HOLTON, HORROCKS & TIVOLI

Bevor Sie mich fragen können, was dieser Brief mir bedeutet, erkläre ich Ihnen einfach, dass es nicht außergewöhnlich ist, dass ich geweint habe, denn ich weine gerade ziemlich viel. Mein neues Medikament ist sehr stark und die häufigsten Nebenwirkungen sind Lethargie, emotionale Ausbrüche und Libidoverlust. Also sind Tränen für mich gerade ganz normal, aber ich hätte nie gedacht, dass mich dieser Brief derart berühren würde. Er hat mich noch nie zuvor als seinen Sohn bezeichnet. Als würde ich zu ihm gehören.

Meine Mom schlief schon, als ich mich aus meinem Zimmer schleppte, aber Paul war noch wach. Er geht momentan sehr spät ins Bett.

Ich beobachtete ihn dabei, wie er sich ein Erdnussbutterbrot schmierte, und mir wurde bewusst, dass er damit die Grenzen seiner Kochkenntnisse erreicht hatte. Er legte die Brotscheiben nicht mal deckungsgleich aufeinander, als er die Hälften zusammendrückte. Wie ein Kleinkind ohne Aufsicht.

Als er mich im Türrahmen stehen sah, sagte er »Hey«, als hätte ich ihn nicht vor ein paar Stunden grundlos angeschrien. Als wäre ich einfach nur so in die Küche gekommen. Ich erwiderte seinen Gruß. Dann herrschte Schweigen. Ein paar Sekunden blieb ich reglos stehen. Ich wusste genau, wie verrückt ich aussehen musste. Es machte mich kirre, wie normal Paul in seinem losen Hemd mit seinem schlampig gemachten Sandwich wirkte.

Er schnitt es in zwei Dreiecke und reichte mir eine Hälfte mit einer Serviette. Ich nahm sie an und wir aßen schweigend. Als ich fertig war, zog ich seinen Brief aus der Hosentasche und schob ihn über den Tresen zu ihm hin.

»Es tut mir leid«, sagte ich.

Eigentlich hätte ich *Tut mir leid wegen vorhin* sagen

müssen, aber ich hatte mich für ein universell anwendbares *Sorry* entschieden. Es tut mir leid, dass ich verrückt bin. Es tut mir leid, dass ich dich angeschrien habe. Es tut mir leid, dass niemand dir beigebracht hat, wie man ein Sandwich macht. Es tut mir leid, dass alles so schwer ist.

Er schaute mich einen Augenblick lang an, atmete dann aus und lächelte.

»Ist in Ordnung, Adam.«

Und für einen Moment hatte ich das Gefühl, dass das stimmte. Er drückte meine Schulter und ging zu Bett.

Meine Mom hatte recht. Mahlzeiten sollten immer etwas bedeuten. Sogar Pauls mieses Erdnussbutterbrot.

41

19. Juni 2013

Ich war nicht im Kreißsaal, als sie geboren wurde. Paul ließ sich eine Ausrede für mich einfallen, weil er ein netter Kerl ist, und Mom war viel zu abgelenkt, um zu bemerken, wer dabei war und wer nicht. Eine Zeit lang saß ich mit dem Biest, also Pauls Mutter, im Wartezimmer.

Sie drückte allen aufs Auge, dass sie auf ihr erstes Enkelkind wartete, als wäre sie eine nette alte Dame. Die Leute lächelten, gratulierten ihr und freuten sich und gingen dann weiter. Wenn gerade niemand in der Nähe war, warf sie mir einen gemeinen Blick zu, der mir alle Lebensfreude nehmen sollte. Aber das funktionierte nicht. Ich lächelte sie einfach an.

»Kannst du sie hören?«, flüsterte ich.

»Wen?«, fragte sie und vergewisserte sich rasch, dass uns niemand zuhörte.

»Die Engel. Sie singen wieder und sie sind so schön. Siehst du sie denn nicht?«

Und dann verzerrte ich mein Gesicht zu einer gruseligen Psycho-Maske. Wie Nicolas Cage in fast all seinen Filmen.

Danach sagte sie kein Wort mehr. Ich war zum ersten Mal froh darüber, dass ich verrückt bin.

Ich habe mich übrigens getäuscht. Andere Babys sind hässliche, unförmige Fleischklumpen. Aber sie nicht.

Paul legte sie sofort in meine Arme und sie war wunderschön, rosa und winzig.

Sie schrie aus voller Kehle, als Paul sie mir gab, aber sobald sie mich ansah, wusste sie Bescheid. Sie wusste genau, wer ich war. Und plötzlich war es egal, dass das Zimmer komisch roch oder dass Pauls Mutter ihrem Sohn ängstlich bedeutete, er solle mir um Himmels willen das Baby wieder abnehmen. Wir waren jetzt zu zweit und das fühlte sich großartig an. Es ist toll, ihr großer Bruder zu sein. Erstaunlich, wie schnell man jemanden lieben kann.

Pauls Mutter verkündete, dass die Kleine aussähe wie Paul, aber weil ich gute Laune hatte, verzichtete ich darauf, sie als Schwachkopf zu bezeichnen.

Maya stattete ihr ein paar Stunden später ebenfalls einen Besuch ab. Sie wollte sie zwar nicht in den Arm nehmen, aber sie wirkte auch nicht angewidert. Eine große Auszeichnung. Sie legte ihren Finger in die winzige Faust und lächelte.

»Wie heißt sie?«

»Sabrina«, sagte ich. Maya gefiel der Name. Er war auf genau die richtige Art und Weise hübsch, ein Name, in den sie hineinwachsen würde. Ich wollte eigentlich nicht daran denken, wie sie in ihn hineinwuchs, weil die Vorstellung, dass sie bald ein kleines Mädchen sein würde, sehr verstörend war. Das bedeutete nämlich, dass sie eines Tages eine Frau werden würde. Und dann würde sich vielleicht alles verändern. Ich wollte mich daran erinnern, wie sie mich in diesem Moment anschaute.

Dwight kam ebenfalls vorbei und schenkte Sabrina einen riesigen Teddybären mit einem pinkfarbenen Tutu. Er hielt sie zwanzig Minuten lang im Arm und redete die ganze Zeit mit ihr, bis sie eine neue Windel brauchte und er sie meiner Mom zurückgeben musste. Aber er wirkte überhaupt nicht angeekelt davon. Er war voller Ehrfurcht und das konnte ich gut nachvollziehen.

Meine Halluzinationen kamen auch vorbei, was ein bisschen nervte, aber sie hatten nichts Böses im Sinn. Sie lungerten einfach hinter dem Bett meiner Mom herum und schnitten für das Baby Grimassen. Sie konnte sie zwar nicht sehen, aber ich wollte ihnen den Spaß nicht verderben. Ich wollte niemandem den schönen Tag vermiesen, dazu war ich viel zu müde.

Ich dachte, meine Visionen würden sich mit dem neuen Medikament vielleicht verändern, aber das passierte nicht. Die Einzige, die nach wie vor verändert wirkte, war Rebecca. Sie zuckte oft zusammen, und wenn jemand eine Tür oder ein Fenster öffnete, versteckte sie sich hinter dem nächsten Gegenstand. Wenn das Baby weinte, warf sie sich zu Boden und machte die Augen zu.

Ich hätte sie gerne getröstet oder ihr gesagt, dass sie keine Angst haben musste, aber das Zimmer war voller Leute und das Medikament, das ich gerade ausprobierte, schien ganz gut zu wirken. Ich wusste, dass ich nicht mit ihr sprechen durfte, und fühlte mich trotzdem schuldig, als ich sie zu Boden fallen sah. Sie sah sehr einsam aus.

Heute war Ian bei mir.

Ich dachte mir schon, dass er irgendwann auftauchen würde. Alle wussten, dass er das Video auf dem Schulball abgespielt hatte, also stand er vermutlich ziemlich unter Druck, wenigstens irgendetwas zu tun.

Als ich ihn vor der Tür stehen sah, hätte ich ihm am liebsten eine gescheuert. Obwohl die Sache bereits einen Monat zurücklag, war ich immer noch wütend auf ihn. Ich hätte sein kleines Rattengesicht gern zwischen meinen Händen zerquetscht und ihn dann über das Geländer der Veranda geschubst, aber ein Teil von mir hatte die Vermutung, dass er nicht real war.

»Ja bitte?«, sagte ich.

»Ich wollte mich entschuldigen«, sagte Ian, streckte mir eine Papiertüte entgegen und trat nervös von einem Fuß auf den anderen. Ich erlebte zum ersten Mal, dass er unsicher war, aber irgendwie hielt ich ihn trotzdem nicht für eine Halluzination.

»Okay«, sagte ich.

»Okay?«, sagte er fragend.

»Ich meine, dann fang an«, sagte ich. Er zog eine Grimasse.

»Und?«

»Was und?«

»Tut es dir leid?«

»Sonst wäre ich ja wohl kaum hier.«

Ich schaute zu dem Auto, das am Bordstein parkte. Eine Frau saß neben dem Fahrersitz. »Hat sie dir gesagt, dass du herkommen sollst?«, fragte ich und zeigte auf die Frau, die offensichtlich seine Mutter war.

»Nein. Ich habe bloß noch keinen Führerschein«, sagte Ian. Ich versuchte, mir meine Überraschung über diese Neuigkeit nicht anmerken zu lassen. Ich fragte ihn nicht nach dem Grund, weil ich ehrlich gesagt keine Lust hatte, etwas mit ihm gemeinsam zu haben.

»Warum genau bist du jetzt hier?«, fragte ich und tat so, als hätte ich ihn das erste Mal nicht gehört.

»Um mich zu entschuldigen«, sagte er atemlos. Er sah jetzt wirklich aus, als wäre er am liebsten im Erdboden versunken, und es verschaffte mir eine gewisse Befriedigung, zu sehen, wie er sich wand.

»Okay, dann tu das doch auch«, sagte ich, lehnte mich gegen den Türrahmen und schaute auf die Straße hinaus.

»Hör zu, ich wollte dir bloß eins auswischen«, sagte Ian. »Ich wusste nicht, dass du so krasse Medikamente nimmst. Davon hatte ich keine Ahnung.«

»Aber du wusstest, dass ich krank bin? Und was genau ich habe?«

Er nickte.

»Und du dachtest, es wäre lustig, meinen Zusammenbruch mit der gesamten Schule zu teilen?«, fragte ich. Dafür, wie gerne ich ihm eben eine gelangt hätte, klang meine Stimme erstaunlich ruhig.

»Nein, so war das nicht ...«, begann er.

»Mein Stiefvater hat die Anzeige gegen dich übrigens fallen gelassen. Ich habe ihn darum gebeten. Falls du also nur hier bist, weil du dir deshalb Sorgen machst, dann ...«

»Deshalb bin ich nicht hier«, unterbrach mich Ian, schaute mich dabei aber nicht an.

»Warum zur Hölle *bist* du dann hier?«, fragte ich. Er zuckte zusammen und ich unterdrückte ein Lächeln.

»Weil ich dir einen mitgeben wollte, aber nicht so, wie es gelaufen ist. Ich wollte nicht, dass du ins Krankenhaus kommst. Ich bin zu weit gegangen und das tut mir leid.« Während er sich mit der Entschuldigung abmühte, wurde seine Stimme immer leiser. »Okay?« Er schob mir die

Papiertüte entgegen, die er in den Händen gehalten hatte. Ich öffnete sie.

»Kekse?« Mit vor Staunen offenem Mund starrte ich ihn an. »Hast du die gebacken?«

Nichts hätte mich auf diesen Moment vorbereiten können. Er hatte mir allen Ernstes Kekse gebacken, um sich bei mir zu entschuldigen. Genauso gut hätte er auf die Knie sinken und um Vergebung flehen können. Das hier war noch schlimmer, als ihn nackt zu sehen.

Am liebsten hätte ich losgelacht.

»Deine Freundin hat mir gesagt, ich soll dir welche backen«, sagte Ian.

»Aber … wie bitte?« Ich kapierte überhaupt nichts mehr.

In diesem Augenblick stellte Dwight den Toyota seiner Mutter an der Straße ab und scheuerte dabei mit einem schrillen Quietschgeräusch seine Felgen am Bordstein. Er stieg aus dem Auto, sah Ian, kam schnurstracks auf uns zu und baute sich an meiner Seite auf.

»Was macht der denn hier?«, fragte Dwight, als sei Ian gar nicht da.

»Er wollte sich entschuldigen«, antwortete ich, machte die Papiertüte auf und zeigte Dwight die Kekse. Er griff in die Tüte, holte sich einen Keks heraus und biss mit einem wütenden Blick auf Ian hinein.

»Na ja, das war's auch schon«, murmelte Ian und ging so schnell wie nur möglich zu dem Auto zurück.

»Ian«, rief ich ihm nach, als er an der Tür angelangt war. »Danke.«

Er nickte.

»Hey, Alter«, sagte Dwight. »Halt dich lieber ans Schwimmen. Deine Kekse schmecken beschissen.«

Während Ian ins Auto stieg, schaute Dwight mich mit Unschuldsmiene an. »Was denn? Ich bin auf deiner Seite, Mann.«

Später schickte ich Maya eine Nachricht.
ICH: Hast du Ian gesagt, er soll mir Kekse backen?
> MAYA: Als er zu mir kam und mit mir reden wollte, habe ich ihm gesagt, wenn er in der Hölle verrottet, Maden durch seine Augenhöhlen krabbeln und Blutegel an seinen Achseln saugen, dann würde das immer noch nicht reichen, um wiedergutzumachen, was er dir angetan hat.

ICH: Hm. Dann hat er dich wohl falsch verstanden.
> MAYA: Dann habe ich ihm gesagt, er soll sich bei dir entschuldigen. Und wenn er nur einen Hauch Menschlichkeit in sich hätte, würde er dir Kekse backen.

Diese Aussage war außergewöhnlich schräg.
ICH: WARUM?
> MAYA: Erstens hat er sich am Valentinstag über dich lustig gemacht, weil du mir Kekse gebacken hast. Er sagte, die seien sicher eine Entschuldigung dafür, dass du ein Geizhals bist.

Daran erinnerte ich mich.
> MAYA: Und zweitens musste er an dich denken, während er Kekse für dich gebacken hat.

ICH: Äh … ja. Das ist bizarr.

    MAYA: Nein, das ist perfekt. Einen Keks essen kann jeder. Aber wenn man für jemanden backt, dann denkt man zwangsläufig während des Backens an diese Person. Er sollte an dich denken und sich dabei in Grund und Boden schämen.

ICH: Okay.

    MAYA: Du findest es immer noch bizarr, richtig?

ICH: Richtig. Aber die Idee mit den Maden und Blutegeln hat mir gut gefallen.

42

26. Juni 2013

Ich weiß noch, wie es war, als *Harry Potter und der Halbblutprinz* herauskam und ich verarbeiten musste, was darin passierte. Ich war so wütend wie noch nie zuvor beim Lesen. Harry hatte doch wirklich schon genug durchgemacht.

Wenigstens kam Dumbledore am Ende des letzten Bandes noch mal wieder. Wissen Sie noch? Möglicherweise nicht. Es war am King's-Cross-Bahnhof. Die Halluzination, in der er Harry sagte, dass er eine Wahl hätte. Und als Harry ihn fragte, ob alles hier echt sei oder sich nur in seinem Kopf abspiele, antwortete er, dass das eine das andere ja nicht ausschließen müsste.

Und er hat recht damit, finden Sie nicht? Es ist nicht wirklich wichtig, dass niemand anderes das wahrnehmen kann, was ich sehe. Das macht meine Erfahrungen nicht weniger real.

Realität ist subjektiv. Es gibt eine Menge Dinge, die nicht für jeden gleichermaßen real sind. Zum Beispiel Schmerz. Er ist nur für den real, der ihn gerade erlebt. Alle anderen müssen sich auf seine Aussage verlassen.

Es ist schön, zu wissen, dass Sabrina nie infrage stellen wird, ob etwas echt ist oder nicht. Sie wird niemals gegen unsichtbare Kreaturen kämpfen oder mit nicht existenten Leuten reden müssen, und bevor Sie fragen, woher ich das weiß, sage ich es Ihnen lieber selbst. Ich weiß es, weil wir Verrückten uns gegenseitig erkennen. Das ist wie die Mitgliedschaft in einem Geheimclub, dem niemand beitreten will. Wir können sehen, ob jemand zu uns gehört. Und Sabrina tut das nicht.

Wahrscheinlich werden Sie sagen, dass sie ein Baby ist und man das erst wirklich feststellen kann, wenn sie ein gewisses Alter erreicht hat. Ich *weiß*, dass sie noch ein Baby ist. Aber sie hat etwas Solides an sich. Vielleicht liegt es daran, dass sie Pauls Tochter ist. Sie hat schon jetzt seine unerschütterliche Gelassenheit geerbt. Und ich erkenne, dass sie weiß, wie wichtig es für ihre Familie ist, dass sie gesund bleibt und glücklich ist. Eine Menge Druck für ein so winziges Baby. Ich hoffe sehr, dass sie davon noch nichts spürt. Ich möchte gerne glauben, dass sie im Moment nur Liebe spürt. Von allen, und besonders von mir.

Der Rest hat noch Zeit und kann warten, bis sie bereit dafür ist. Sie wird stark genug sein, um damit klarzukommen.

Sie sind schon ganz aufgeregt. Sie wissen schon, all die Leute, die außer mir niemand sehen kann. Ich werde sie nicht mehr Halluzinationen nennen, denn das kommt mir irgendwie unfair vor. Sie sind einfach »korpo-real« beeinträchtigt. Ich glaube, das habe ich auch bei Harry Potter gelesen. J. K. Rowling ist ein verdammtes Genie. Wer das bezweifelt, ist wirklich verrückt.

Wenn wir immer noch unsere Sitzungen hätten, dann würden Sie jetzt vermutlich fragen, warum die Leute, die außer mir niemand sehen kann, so aufgeregt sind. Sie wollten ja schon immer mehr über sie erfahren. Wahrscheinlich sind sie aufgeregt, weil sie spüren, dass mit mir etwas passiert. Sie spüren das, so wie alte Menschen Regen in ihren Knochen spüren.

Rupert und Basil sitzen mit überkreuzten Beinen auf dem Boden und lachen über Witze, die nur sie beide hören können, und der Mafiaboss steht mit seiner Waffe da und schaut in Richtung Tür. Nur Rebecca wirkt nervös. Sie schaut mich immer wieder flehentlich mit großen, tränennassen Augen an. Aber so sieht sie zurzeit immer aus. Dann nehme ich ihre Hand und sage ihr, dass alles wieder gut wird, und zwar auch, wenn andere Leute dabei sind. Und das hängt mit etwas zusammen, das Maya gesagt hat, als ich ihr von meinen unsichtbaren Freunden erzählte.

»Rebecca ist also im Grunde genommen du«, sagte sie nachdenklich, rückte ihre Brille zurecht und schaute zum ersten Mal seit Stunden von meinem Monitor auf. Das Schuljahr ist vorbei, aber seit sie von meiner Krankheit weiß, recherchiert sie alle relevanten Medikamentenstudien, die sie online findet.

»Ja, ich glaube schon. Sie ist mehr oder weniger ich«, sagte ich.

»Ist sie gerade hier?«, fragte Maya.

»Jepp.« Rebecca machte Handstand an der Wand, während Maya an meinem Schreibtisch saß.

»Wenn sie Angst hat und du sie trösten willst, dann tu es doch einfach«, sagte sie. Die grünen Sprenkel in ihren Augen leuchteten heller als sonst.

»Und was ist, wenn andere Leute in der Nähe sind?«, fragte ich. »Dann merken die doch, dass mit mir etwas nicht stimmt.«

»Du bist der Einzige, der sich um sie kümmern kann«, sagte sie und ignorierte meine Frage.

»Maya, sie ist nicht echt!« Ich versuchte, nicht loszuprusten.

»Sie braucht dich. Und sie ist ein Teil von dir«, sagte Maya schlicht. »Hör auf, dich für etwas zu bestrafen, das du nicht kontrollieren kannst.«

»Du meinst, ich soll aufhören, *sie* zu bestrafen.«

»Das macht keinen Unterschied, das weißt du doch«, sagte Maya. »Sag ihr einfach, dass alles gut wird.« Und dann fügte sie hinzu: »Weil ich hier bin.«

Ich griff nach ihren Fingerspitzen und lächelte. »Da haben wir aber Glück«, sagte ich.

»Ja«, nickte sie und wendete sich wieder dem Bildschirm zu. »Das stimmt.«

Ich schaute sie an und ließ ihre Worte in mich einsickern.

Dann lächelte ich.

»Ich liebe dich dafür, dass dir kalt ist, wenn draußen 25 Grad sind«, sagte ich. »Ich liebe dich dafür, dass du anderthalb Stunden brauchst, um ein Sandwich zu bestellen. Ich liebe dich dafür, dass du eine Falte über der Nase kriegst, wenn du mich ansiehst, als sei ich verrückt –« Maya unterbrach mich mit einem Kuss, bevor ich das Filmzitat beenden konnte. Ihr Gesicht wurde ganz weich.

»Ich liebe dich auch«, sagte sie und berührte mein Gesicht. »Und jetzt sei mal kurz still, damit ich weiterlesen kann.«

Ich will Ihnen noch etwas sagen: Mir ist klar, dass es für einen Fremden nicht leicht ist, all das zu lesen, was mir so durch den Kopf geht. Es verändert Sie wahrscheinlich, so viel Zeit in den Köpfen anderer Leute zu verbringen. Das verstehe ich und ich bin sehr froh, dass Sie hier waren, um mein Geschreibsel zu lesen. Es ist nämlich oft ziemlich einsam, ich zu sein.

Ich habe immer so getan, als wären unsere Sitzungen nervig und langweilig und als hätte ich keine Lust darauf, aber das war gelogen. Das waren sie nicht. Und Sie auch nicht, Doc.

Sie sind gut in Ihrem Beruf. Und obwohl ich nicht so funktioniert habe, wie das alle gewollt hätten, war das nicht Ihre Schuld. Niemand war daran schuld und ohne Sie wäre es wahrscheinlich noch viel schlimmer geworden. Also danke.

Oh, und wissen Sie, was ich vollkommen vergessen habe? Ich habe meinen Kolumbusritter-Essay eingeschickt.

Ha! Ja, als ich aus dem Krankenhaus zurückkam, steckten die Unterlagen im Briefkasten, und obwohl mir klar war, dass ich nicht wieder an diese Schule zurückgehen würde, hatte ich irgendwie Lust, diese letzte Hausaufgabe noch zu erledigen. Nur zum Spaß. Ich habe nicht mal Maya davon erzählt.

Also beantwortete ich ihre dumme Frage – »Was ist die wahre Botschaft der katholischen Kirche?« – mit einer Weisheit, die ich in St. Agatha aufgeschnappt habe.

JESUS LIEBT DICH.

Sei kein Homo

Rupert und Basil lachten sich schlapp, als sie das lasen. Ich spürte, wie stolz sie auf mich waren, als sie mir auf den Rücken klopften.

Mehr habe ich nicht geschrieben. Verdammt. Ich hätte zu gern ihre faltigen alten Zwetschgengesichter gesehen, als sie das lasen. Falls sie meinen alten Lehrerinnen davon erzählen, würden die Nonnen sicher nur sagen, ich sei geisteskrank gewesen und die Ritter sollten für mich beten. Ich finde »verrückt« allerdings besser als »geisteskrank«. Klingt irgendwie würdevoller.

Ich hoffe, ich habe Sie heute Nachmittag nicht allzu sehr erschreckt, als ich in Ihr Büro kam. Ich hoffe auch, Sie denken nicht, dass ich jetzt mit Ihnen rede, weil ich aufgegeben habe. Das habe ich nämlich nicht. Mir ist nur klar geworden, dass ich keinen Grund mehr habe, gegen Sie zu kämpfen. Ich muss weder so tun, als würde ich Sie nicht brauchen, noch so, als wäre ich zu kaputt für die Arbeit mit Ihnen.

Mir ist auch klar, dass ich heute nicht mehr zu Ihnen gesagt habe als: »Gute Nachrichten. Ich bin immer noch verrückt, also behalten Sie Ihren Job.« Aber Sie wissen ja, eins nach dem anderen.

Leider ruft mich das Abenteuer, Doc. Es war mir ein echtes Vergnügen.

Aber jetzt muss ich wirklich meinen Zug kriegen.

Bis nächsten Mittwoch, ja?

NACHWORT DER AUTORIN

Ich bin keine Ärztin und ToZaPrex ist kein echtes Medikament. Adams Erfahrungen basieren lose auf dokumentierten Symptomen von Schizophrenie, aber bei der Beschreibung seiner auditiven und visuellen Halluzinationen habe ich mir viel künstlerische Freiheit erlaubt.

Adams Geschichte ist zwar Fiktion, aber Schizophrenie ist eine schwere und komplexe Krankheit, an der weltweit Millionen Menschen leiden. Es ist mir wichtig, besonders darauf hinzuweisen, dass die überwältigende Mehrheit der Menschen, die mit dieser psychischen Krankheit leben, nicht gewalttätig sind und keine Gefahr für andere darstellen. Die Störung kann sich auf unterschiedliche Arten manifestieren, und obwohl es bisher noch keine Heilung gibt, sind vielversprechende Therapien verfügbar.

Habt keine Angst, um Hilfe zu bitten, wenn ihr sie braucht. Ihr seid nicht allein.

DANKSAGUNG

Und los geht's!

Dank geht an Heather Flaherty, meine fantastische Agentin, die mich vor einem Leben als Versicherungskauffrau im Kundendienst bewahrt hat. Deine Direktheit, deine Güte und deine unerschütterliche Unterstützung haben mein Leben für immer verändert.

Danke an Chelsea Eberly, meine großartige Lektorin, die von Anfang an mit großem Einsatz für Adam gekämpft hat, und an all die talentierten Mitarbeiter von Random House, die dieses Buch erst möglich gemacht haben.

Mein erster Redaktionsrat: Kortney Bolton, Katie Skinner, Michael Skinner, Laura Horrocks, Brooke Tabshouri, Britt Booth und Jennifer Lowe. Danke, dass ihr meine ersten Leser wart. Euer Feedback hat mir den Mut gegeben, Adams Geschichte in die Welt hinauszuschicken.

Jennifer Longo und Peter Brown Hoffmeister danke ich dafür, dass sie die letzten Durchgänge betreut und Adams Geschichte mit freundlichen Worten unterstützt haben.

Dr. Edward Fang und Dr. Nancy Fang danke ich für das geduldige Beantworten meiner Fragen zu klinischen Studien und Intensivtherapie.

Meinen Schwiegereltern Doug und Margaret danke ich für ihre Liebe und ihre Unterstützung, dank derer ich trotz meines Mangels an gesundem Menschenverstand eine halbwegs lebenstüchtige Erwachsene wurde. *Mahalo* dafür, dass ihr mich vor mir selbst gerettet habt!

Meinen Eltern Mike und Linda danke ich für die Geschichten, die sie mir vorgelesen haben. Sie haben meinen Kopf mit so viel wundervollem Unsinn gefüllt, dass ich jetzt für nichts Praktisches mehr geeignet bin. Vielen Dank, meine Lieben. ☺

Und natürlich danke ich von Herzen meinem Ehemann Doug und meiner Tochter Alexandria dafür, dass sie mein Leben schöner machen.

Julia Walton machte ihren Abschluss in Creative Writing an der Chapman University in Orange, Kalifornien. Wenn sie nicht liest oder Kekse backt, frönt sie ihren anderen großen Leidenschaften – Fruchtgummis, Druckbleistiften und Frühstück in Hobbit-Ausmaßen. Sie lebt mit ihrer Familie in Huntington Beach, Kalifornien. Auf Instagram findet man sie unter *jwaltonwrites.*

Violeta Georgieva Topalova, geboren in Bulgarien, begann bereits während des Studiums mit dem literarischen Übersetzen und geht ihrem Beruf auch heute noch mit Begeisterung nach. Sie lebt mit Mann und Kind in einer kleinen Stadt in Süddeutschland. Unter anderem hat sie die *Infernus-Dilogie* von Jo Hogan und *Apollo – Der Wettlauf zum Mond* von Zack Scott übersetzt.

Die Originalausgabe erschien 2017 unter dem Titel *Words on Bathroom Walls*
im Verlag Random House Children's Books, New York.

Originalausgabe
1. Auflage 2020
© Atrium Verlag AG, Imprint Arctis, Zürich 2020
Alle Rechte vorbehalten
© Text: 2017 by Julia Walton
This translation published by arrangement with Random House Children's
Books, a division of Penguin Random House LLC.
Übersetzung: Violeta Topalova
Umschlaggestaltung: Herr K | Jan Kermes, Leipzig unter Verwendung
der Covermotive Mangpor2004 (Wand)
und rawpixel.com (Fliesen) / freepic.com
Satz: Pinkuin Satz und Datentechnik, Berlin
Druck und Bindung: GGP Media GmbH, Pößneck
Printed in Germany
ISBN 978-3-03880-039-2

www.arctis-verlag.com
www.facebook.com/ArctisVerlag
https://www.instagram.com/arctis_verlag/